宿舍关系处理指南

1. 尊重彼此：八卦是不好的行为。作为室友，我们应该尊重彼此的隐私和个人空间。 *少听谣言！ 你也少胡诌补！*

2. 建立沟通渠道：及时沟通可以有效解决问题。（吵架除外）*吵架其实还挺高效的 确实*

3. 互相包容：每个人都有自己的习惯和喜好，在日常生活中要互相理解和包容对方，比如饮食喜好。*禁止在公共场合吃香菜！ 禁止你禁止我吃香菜*

4. 公平分配资源：合理使用公共空间，如客厅、浴室等。不要在别人洗澡的时候直接冲进浴室。*？？？ 那次明明是紧急情况！ 我信了*

5. 拒绝"凡尔赛"。*说啥呢？怎么感觉在内涉我啊？？ 秀猫除外:)*

6. 灵活调整：如果发现某种安排不合适，及时进行调整。灵活性和妥协是解决问题的关键。*有事请拨打我电话：132××××8886. 你就睡我对床！*

签字：辛辛肉串   签字：辛甲屑文

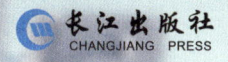

宿舍关系处理指南

长江出版社
CHANGJIANG PRESS

12月	一	二	三	四	五
1	DAY1 **好戏开场** 他这辈子洗过那么多次澡，还从来没遇上过这么有戏剧性的事。 @001			DAY5 **生日** 他不会忘记今天是他的生日了吧？ @067	DAY7 **麻烦事** 我是董洛，天学校要开毕业生讲座要参加吗？ @107
2					
3		DAY3 **倒霉透了** "看见常岸的脸就感觉迟早要倒霉。" @031		DAY6 **转变** 强扭的瓜倒也未必不甜。 @085	
4					
5	DAY2 **死对头** 他对常岸是那种像小孩不爱吃苦药一样的、非常纯粹的、难以解释的"不想搭理"。 @019		DAY4 **误会起源** 天地可鉴，他只是个恰好路过的倒霉路人而已。 @049		
6					DAY8 **归零** "恭喜同学们返回校园，这一个月来们工作的支祝大家在接的生活里一利。" @135
7					
8					

第15周

下厨房-京酱肉丝的正确做法　　京酱肉丝是甜的还是咸的？　　震惊！南北口味大P

一	日	×
六	日	

宋和初
上次饭钱什么时候给我?

宋和初
小组作业做了没?

宋和初
怎么不说话?

宋和初
真没电了???

微信

第15周

12月 一 二

1

DAY9 @001
不是错觉
"为什么要当作无事发生?"
@157

2

DAY11
出校
"打,老板多给一层,我可以加车子是敞篷开回去就凉了"
@221

3

4

DAY10
金钱是永恒的难题
"你说我要不要——借他点——钱?"
@191

5

6

7

SONG HECHU

8

| 三 | 四 | 五 | 六 |

常岸
你告诉我，

常岸
这个京酱肉丝，

常岸
为什么会是甜的！！！

FANWAI
番外

一个没意思的日常
@265

一个爬山日常
@269

一个回家日常
@274

一个跨年日常
@280

散落的日记碎片
@284

LAST DAY
尾声
但青春没有分界线——
因为我们在一起，这个艰难的春天也充满希望。
@249

▶ ▶ ▶ ▶ ▶ *SuLiding*

"你……要不要一起来？"

身下的车子一晃，常岸的声音有些意外："我跟你一起去？不合适吧。"

"有什么不合适，我家只有我妈在，没别人。"

这话给常岸留足了推脱的空间，以免他不好意思拒绝。

从后视镜内看去，大片的浅蓝色天幕下，风把他额前碎发卷起来，远处时不时几缕柳树梢入镜，油画一样明亮漂亮。

常岸的声音很轻，却很坚定："我和你一起去。"

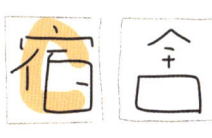

宿舍关系处理指南
We have a roommate relationship.

My Good Roommate | 宿舍关系处理指南

  这一年的寒假结束，学校迎来了一段颇为兵荒马乱的日子。

  因换季爆发的流感等传染病偶见新闻，没想到这一遭降临在自家校园里。此次病症较往年稍显严重，传染性又强，学校不得不将部分同学移到校外，以保障师生的正常生活。而常岸和宋和初这一对冤家在机缘巧合之下，在这个转移大军里共同被划进了校外公寓，成了室友。

  鸡飞狗跳又不失关爱互助的生活似乎在不远处与他们招手。

Day 1

好戏开场

他这辈子洗过那么多次澡,
还从来没遇上过这么有戏剧性的事。

01

宋和初从澡堂子里走出来。

他的发梢上还挂着几滴水珠,左手提着装满沐浴用品的小篮子,看着周围来去匆匆的学生,一瞬间恍惚地觉得自己好像好莱坞灾难大片的男主角,独自站在神色匆忙的人群中间,一脸茫然地望向远方。

按照灾难大片的拍摄手法,接下来应该将镜头拉近,细细拍摄着男主角脸上的震惊和无措,紧接着将画面一转,对焦到他的手机,借用不断刷新的聊天界面为观众解读故事背景,拉开精彩的影片序幕。

在他洗澡的这段时间里,手机已经承载了太多尚未阅读的信息,平时沉寂的寝室群更是直接聊了"99+"出来。

宋和初打开了班级通知群,通过官方通知和小道消息拼凑出一个事实。

学校最东边的宿舍区里被救护车带走了一个男生,整栋楼拉了警戒线,学校通知的原话是"全体学生迅速回到寝室",而这句话前面的定语是"不管在做什么"。

宋和初抬头看了看，身边大部分人要么冲向宿舍楼，要么冲进了澡堂旁边的超市。不断有人从眼前奔跑而过，超市老板"只出不进"的喊声将学校内骤然紧张起来的氛围烘托得十分到位。

宋和初站在原地，还没能从刚刚那个惊天动地的澡堂子里缓过神。

……他这辈子洗过那么多次澡，还从来没遇上过这么有戏剧性的事。

半个小时前——

今天只是个平平无奇的星期五下午，他像往常一样一下课就准备来洗个澡，再瘫到宿舍床上迎接美好的休息日。

一切都进行得非常顺利，澡堂楼下的大爷一如往常地啃着一根玉米，他也并没有忘记带校园卡。唯一能够称得上"意外"的，是他在澡堂更衣间里寄存衣服时遇到了常岸。

他和常岸虽是同寝室的室友，但一年到头也说不上几句话，这归功于他们都看对方不太顺眼。

宋和初还算了解室友的作息，常岸一般都等到晚上踩着门禁的点去洗澡，很少在下午就来澡堂。不过刚刚见常岸穿着一身黑白运动服，脚上踩着昂贵的球鞋，手腕上是隔几天就换个款式的护腕，看样子是刚从球场打篮球出了一身汗回来，这个时间来洗澡倒也合理。

宋和初装作没看见地走向另一边。

这个时间段澡堂里的人不多，远处隐约的水声下，开合柜门和拖鞋趿拉来去的声音变得很突出。

宋和初拉开柜门，脱下了上衣。

他听到隔着一排柜子的常岸低声骂了一句街。

"咋了？"这个声音有些熟悉，听上去像常岸的那个好哥们，两个人经常一起打球，忘记是叫卢林还是卢森。

"我忘带拖鞋了。"常岸咬牙切齿道。

"别回去跑一趟，那不是有公用的……行行，知道你嫌脏，那你回去吧，我自己洗了。"

宋和初听到一阵柜子和塑料盆的碰撞声，紧接着是常岸的声音：

"我去楼下找大爷再买一双。"

"你真是傻子富翁好骗钱。"卢林骂道。

宋和初把脱下的衣服叠好,微微侧过头,看见了常岸走出门去的背影。

牛,这么不差钱怎么不干脆买个浴缸摆寝室,再雇几个人专门给他搓澡兼撒玫瑰花。澡堂黑心大爷的一双拖鞋卖二十块,二十块都够在食堂吃两顿晚饭了——宋和初无趣地在心里计算着,关好柜门,提起塑料小篮子走向浴室。

他挑了离门口最近的一个隔间,把校园卡插进卡槽里。手里的洗发水还没打出泡沫来,就听门口的塑料门帘被人掀开,响起一阵噼里啪啦声。

常岸走进来,看都不看就走进了宋和初正对面的隔间。

宋和初眼皮直跳,但眼下这个场景里他实在开不了口。本来他一看见常岸就烦,现在更烦了。两个人加起来凑不出三只拖鞋,他咬着牙背过身去,把手里的泡沫全都揉到了脑袋上。

对面的水龙头有些故障,水压像是龙王爷骑在水管里面,发出了震耳欲聋的哗啦啦声。

宋和初越洗越心烦。

——他跟常岸的关系从第一天见面时就不怎么样,后续又因为许多矛盾的产生而不断恶化。碍于两人住在同一个寝室里,且室友人都不错,他们不想让其他两个人为难,很少在宿舍内发生正面冲突,但不正面冲突也不妨碍他们把"我懒得跟你说话快离开我的视线"的厌嫌表情摆在脸上。

宋和初闭上眼睛,抹了抹流到额前的泡沫。他在这一刻非常羡慕常岸可以毫无心理负担地洗一个舒心的澡。

宋和初刚要打开水龙头冲洗头发,浴室里的灯忽然闪了闪,"啪"一下全部灭了,顿时抱怨声四起。常岸在瀑布一样的水流下嚷道:"跳闸了?"

"嗡嗡"几声后,灯管又陆续亮起。宋和初挨着门口,看到楼下的黑心大爷撩开门帘走进来,扬声道:"快洗啊小伙子们,学校要求五分钟清场了,把身上的沫子冲冲就得了,五分钟啊!"

"清场?怎么了?"有人探头问道。

大爷站在门口没动:"这个,我也不好说,前阵子咱学校附近不是有那什么传染病嘛,可能和那个有关。你们啊,没准要不让出门了!"

"现在?"此起彼伏的惊呼声充斥在浴室里,但听上去更多是震惊和下意识的激动。

果然,碰见常岸准没好事。宋和初顾不上那么仔细,快速冲洗了头发,收拾一下小篮子就准备走。

也不知是电压不稳还是外面断电太匆忙,浴室里的灯骤然熄灭,再次陷入黑暗。

这一次便不全是抱怨声,兵荒马乱的场面让"封闭管理"的消息变得更真实,这种置身其中的参与感使得所有人的第一反应都是兴奋。

在嘈杂又混乱的、伸手不见五指的浴室里,宋和初对着漆黑的正前方继续走。

——然后他狠狠撞上了一个人。

宋和初立刻反应过来这个人是常岸。他额角青筋都绷起来,下意识就要推开对方,条件反射让他忘记了脚下是湿滑的瓷砖地面。

宋和初一掌推在了常岸身上,两个人在相互作用力下齐齐没有站稳,重心向后倒去。

"哎我去,谁啊!"常岸的声音里有些生气,他在慌乱中手一撑地。

宋和初根本不想常岸认出他来,于是在如此危急的情况下都忍住了没有出声,他皱紧眉头扶住隔间挡板,摸黑站起来,一心只想赶紧逃离这个鬼地方。

他们动静太大,被站在几步外的大爷听得一清二楚:"哎哟,挤什么啊,不要慌,别摔倒了!都站在原地,我去看看灯光怎么回事!"

宋和初站直身子,头都不回地往门边走。

他现在倒是不急了,但是按照常岸那个讲究样子,地上的水溅到了身上，他肯定要回去再冲一下。

"哎，你有病吧，这么宽的过道你推我干吗？"常岸说。

宋和初闭嘴不答。他已经感受到了门帘外吹来的阵阵小凉风，他马上就能离开常岸的视线范围了。

在这千钧一发之时，澡堂门口的应急灯突然"啪"一下亮起，如温暖阳光洒落下来，将门口这一亩三分地照得一览无余。

宋和初知道自己不应该停下脚步，但是头顶上这灯亮得太突然，刺得他的眼睛发疼，眼前一片白，他没忍住停下了动作。

身后的常岸没有了声音。

宋和初绝望地叹了口气。他知道常岸已经认出来他了，毕竟湿漉漉的头发都被撩到了脑后，整张侧脸都毫无遮掩地展现在了常岸面前。

刚刚摔倒磕到的膝盖在此时才隐隐作痛。

片刻过后，如头顶下暴雨一样的高压水龙头的流水声再次响起，看来常岸已经回到了隔间里。

宋和初这才掀帘走到更衣间。

……他想感谢常岸的沉默，这份沉默为他们两人都留下了最后的体面。

当然也有可能是常岸自己也已经尴尬到失语。

宋和初拿着毛巾擦干身子，套上衣服后快速走出了澡堂。

短短十几分钟，澡堂外变了天，隔壁超市被住在这片宿舍区的学生洗劫一空，不少人正骑着车往宿舍楼的方向赶。他伸手在裤袋里掏了半天，掏出来一个不知什么时候放进去的口罩，默默戴在了脸上。

"和初！"

一阵自行车铃声稀里哗啦地响，宋和初转过头，见到是室友钱原正骑着车靠近。

"你刚去洗澡了？"钱原一脚撑住地刹车，跟在他身边慢慢地走着，"我刚在自习室，直接来了几个老师把门一开就开始轰人，刚刚澡堂是什么情况，也赶人？"

宋和初含混地敷衍着："嗯，把灯关了，五分钟清场。"

"哎哟，这架势。"钱原掏出手机，"幸亏我走的时候把扔在自习室的书都背回来了。"

初春的风还算和煦，但吹过湿透的发丝时仍能感受到头皮连带着脊背在发凉。宋和初配合着呵呵笑了笑，心里却是一片天崩地裂。

本就僵硬的关系因为这次尴尬的相遇雪上加霜，不知道接下来他和常岸抬头不见低头见的日子要过多久。

02

宋和初帮钱原抱起车筐里的一摞书，两人并肩走上楼。

这一摞书里除了一些已经被翻烂的书，还有几本崭新的、内容涉及多个领域、专业书之外的其他类型的书籍。

钱原稳坐年级绩点前三名两年。寝室内有一个学霸的好处就是期末周时很有学习氛围……不止期末周，每天都很有学习氛围。

两人推开寝室门，看到陶灵正站在阳台上，撑着护栏向下俯瞰。

听到开门声，陶灵转头迎上来，脸上的表情有些兴奋："外面现在什么样？"

宋和初把书放到桌子上："热闹，像春节前赶大集。"

"你们猜是怎么回事？"陶灵在屋子里蹦跶了几下，凑近他们，"新闻播报后不是让咱们最近这段时间不要出校吗？东区被带走的那个是翻墙出去的，结果刚好跟个病人在一个饭店里吃饭。"

"真的假的？"钱原从书包里掏出眼镜戴上，"这个责任谁负啊？"

"他自己负呗。出校不合规，等事情结束了学校也得处分他。"陶灵一副煞有介事的样子，"他上礼拜出的学校，那这一周时间起码食堂、澡堂、教学楼肯定都去过了，我看一会儿学校就得开始挨个儿查。"

宋和初转头看他一眼："知道他哪个院的吗？"

"还没看见有人说，我去问问。"陶灵坐在自己的桌子上，目光炯炯地盯着手里的手机。

陶灵是班里的文体委员,人缘好得不像话,消息渠道一抓一大把,每次都是他带来第一手前线消息,就连学校里哪个犄角旮旯举办什么活动有哪个大人物参加都知道。

宋和初有些烦心,看来这段时间在学校的勤工俭学肯定要暂停了。要是封闭管理一个月……一个月就是四周,四周就是二百九十块钱。二百九十块钱,能买十四双黑心大爷的拖鞋。

"这是谁的东西?"钱原整理着书架,忽然指了指摆在过道中间的一个脏衣篮。

"常岸的。"陶灵坐在桌子上晃了晃腿,又状似无意地扫了一眼宋和初。

其实宋和初已经看这个占用公共空间的脏衣篮不爽很久了,只是他主动提起来很像在挑事,只好一直憋着没说。今天既然有人开了头,他也终于能骂出口了。

"他要洗就赶紧洗,不洗摆在寝室正中间干吗,中间风水好?"

他话音刚落,宿舍门被闷闷地撞了两下,常岸抱着一个大纸箱走进来。

"哎哟!"陶灵一下子蹦下来。

常岸把纸箱撂到地上,蹲着翻了翻,能看到里面堆着泡面饼干牛奶,甚至还有香飘飘奶茶。

钱原说:"你刚刚去超市了?买了这么多!"

"没,卢林之前买的零食礼包刚好到货,给我捎了一份。"

常岸的胳膊上还挂着洗澡用的小篮子,因为要双手抱纸箱而被勒出了两道浅红色的印子。

这个小篮子让澡堂里的尴尬相遇再次侵占了宋和初的大脑,他直接转身爬上了床,连常岸的半根头发丝都不想再看到。

陶灵的声音中夹杂着物品翻动声:"未雨绸缪,常岸你可以啊!"

常岸淡淡地说:"没有,就是赶巧了。"

听听,这叫什么话。

宋和初趴到床上,还是没有忍住从床帘的缝隙里看了一眼下面。只见常岸穿着那双新拖鞋,头发吹得蓬松有型,身上挂着宽大的T恤衫。

"我把东西放门边了,谁想吃就拿。"常岸把纸箱推到了门边,说完抬头看向宋和初的方向。两人隔着一道床帘,在缝隙里对视上。

宋和初实在不想和常岸多说一句话,但对上了视线也不好移开,既然早已经尴尬到麻木,索性坦然一些,一把拉开了床帘,问道:"那个脏衣篮是你的?"

常岸没料到话题转变得这么突然,愣了一下:"怎么?"

"洗不洗,摆在中间等着它们自己洗?"宋和初说。

这话说得很不客气,常岸立刻把刚刚的澡堂相遇抛之脑后,冷笑一声说道:"又没摆到你枕头边,碍着你什么事?"

"没事没事没事,不碍事不碍事。"陶灵当习惯了和事佬,在他们将要吵起来的前一刻打岔,"现在洗衣机应该不占着,等晚上就该排队了。"

常岸把护腕丢到桌子上,没有再答话,拎起脏衣篮走了出去。

宋和初目送他走出门。

屋里静下来,陶灵撇了撇嘴,掀起眼皮看着他。

宋和初与他对视一会儿,笑了起来:"干什么?"

"我就是觉得挺有意思的,你俩这三十来天要怎么过啊。"陶灵伸了个懒腰,瘫倒在座位上抱起手机。

"看通知群,估计要开始收集每个人的活动范围信息了。"钱原忽然说。

宋和初闻言点开了班级微信群,看到班长转发了长长一串文字。

不出所料,教室、食堂、澡堂无一幸免。

但其中,宋和初关注到了一个信息点——前天下午三点到四点十分的校医院外科门诊2号诊室。他心下一跳,为了避免误差,特意翻出来前天的聊天记录来核对时间。

勤工俭学的岗位是在行政楼的办公室整理文件,办公室的领导老师前几天下楼时扭了脚,在校医院拍了个X光片,后来忘得一干二净,前天下午才想起来,托他去校医院取了一趟。

三点十分,他给领导老师拍了一张照片,配字是:老师我取好了,给您放在办公桌上。

宋和初骂了一句："坏了。"

"怎么，有重合的地方吗？"陶灵说，"填一下统计表格吧，五点钟就截止了。"

钱原问道："你哪里重合？那天咱们班的课都不在四教楼。"

"我去了……"

宋和初的话刚说了一半，寝室门就被人一把推开，常岸已经把头发抓得乱糟糟，进门就骂道："去过校医院是不是要被转移？"

宋和初眼前一黑。

"你怎么去校医院了？"陶灵不知联想到了什么，"你俩打架了？"

"谁？"常岸莫名其妙地看了一眼陶灵，"我球友那天摔伤了，我送他去拍片子来着。"

宋和初猜到了他的下一句话，在心底默念着和常岸同时说出："我骑摩托不是还快一点。"

"那确实。"陶灵非常捧场。

宋和初躺回床上，唾弃自己居然和常岸产生了一秒默契，百无聊赖地打开学校超话慢慢翻着。

今天学校领导忙得焦头烂额，但不得不说，反应速度还是非常快的。五点半就发下了通知，让学生们今晚不要睡得太死，随时可能会有新消息。

天色渐晚，窗外的天一片阴沉沉，成排的路灯提前亮起，大路上空无一人。

宋和初能听到各个寝室都很吵闹，楼道里反倒没什么动静。

左等右等不见有领晚饭的消息，陶灵说要看看对面楼都在干什么，拉开门去阳台转了一圈，几分钟后冲回屋里摆着手："哎，来看！被带走了！"

"谁？"

常岸和钱原迅速起身，三个人挤在阳台边。

宋和初从上铺爬下来，他凑过去时前排已经被三个人堵得密不透风，只能通过缝隙看见楼下有几人穿着白色的鼓鼓囊囊的衣服，连头都被罩住了，身后领着七八个拖着行李的人。

"这是接触比较紧密的人了吧?"钱原说。

陶灵点点头:"看来咱们宿舍区也不安全。"

宋和初刚想接话,站在他前面的人毫无征兆地后退了一步,丝毫没有收力地踩在了他的脚上。他吃痛,一伸手把人推开:"你今天有瘾是吧?"

常岸撑着护栏转过身,两人之间顿时缩短到不超出一掌的距离。他的眉眼长得很有攻击性,眉骨高又压得很靠下,高挺的鼻梁将五官衬得深邃。衣领下锁骨上的一颗红色的小痣,烙在白皙的皮肤上很显眼。

"踩到我了。"宋和初说。

他本来没想说这么幼稚的话,毕竟听起来像幼儿园吵架,但是今天的他面对常岸时总是有些尴尬,只能拿斗嘴来掩饰这种怪异的氛围。

"每次挑刺的都是你,"常岸向后撤了半步,敛起了方才不经意露出的锋芒,懒散地靠在栏杆上,"是我有瘾还是你有瘾?"

宋和初最看不惯他这副样子。

常岸是全寝唯一一个知道他秘密的人,宋和初最不想和他有什么交集,这些事他心知肚明却还非得说这硌硬人的话,像上赶着把踩碎的蟑螂举起来凑到面前恶心人一样。

僵持中有人带着喇叭骑车从楼下穿过,广播回荡在宿舍区内:"及时查看消息,分批准备打疫苗、做检测,转移人员等待通知!"

宋和初收回冷冰冰的目光,在心里莫名地担心起另一件事,万一今晚再把他拉去住的地方又跟常岸碰上就倒霉了。

他的心思早已不在拌嘴上,转身走回屋里,随口乱说道:"我有瘾。怎么,受不了?"

03

确实受不了,常岸挑起眉毛,没接这个话。

跟宋和初吵架与跟别人吵架不同,最大的趣味就是把握尺度。

不知道该如何形容这种微妙的差别。和其他人吵架时只是炸出一个火星，很快就能扑灭，但即便扑不灭也无伤大雅，断了就断了。但跟宋和初吵不一样，他们每天都摇摆在"没必要撕破脸"和"真想揍他"的分界线之间，他和宋和初都知道他俩中间的火星肯定扑不灭，但如果一直烧下去又损人不利己。

　　按照卢林这个局外人的精辟总结，他和宋和初之间的关系在本质上和那些气场不和的叛逆青年似的，先是青涩的、互不熟悉的试探着阴阳怪气，接着进入了激烈又势不可挡的矛盾爆发期，最后是平静之下暗流涌动的井水不犯河水期。

　　常岸当时对这个结论很不屑。时至今日再回想起来，倒是从这离谱的结论里提炼出了一丝精髓，细细品味似乎有些道理。

　　常岸在这个无聊的夜晚难得回忆起旧事，没忍住给卢林发了几句吐槽。

　　卢林回复说：我说真的，你俩从开学第一天就开始吵，吵到现在都两年半了，石头都该孵出孙悟空了，差不多得了。

　　一提"开学第一天"，常岸就止不住地犯头疼。

　　在他大一入学前第一次看到寝室群里的名字时，他先入为主地以为宋和初是一个温和少年，毕竟这三个字怎么看怎么透着翩翩公子的味道。而且宋和初长得也很像个温柔少年，眉毛弯弯压着一双深邃的眼睛，瞧起来总像含着笑。

　　但是入住寝室第一天，宋和初就颠覆了他的想象。

　　常岸对他的形象设定变成了像杀手一样冷漠的精神病。

　　不想再回忆了，他怕自己睡不着觉。

　　常岸反驳卢林说：你跟你们班的班长怎么没孵出孙悟空？

　　卢林直接发了三十秒的语音条："那不一样，我们班班长那是真的不招人待见，宋和初那能一样吗？你讨厌宋和初跟我讨厌班长根本不是一码事，你也不是每天都恨得肺疼，想当众揍得他满地找牙吧？"

　　一条完又跟着一条："你讨厌宋和初那是你主观上不喜欢他，我讨厌班长是他客观上就是个精神病。宋和初像他一样让你白白写了五遍说明材料还说你活该吗？我跟你讲，我们班长……"

常岸听到这里就按下了关闭，翻了个身，把被子拉高一些。

几个人在睡前特意给手机充满了电，怕夜里有什么紧急情况要出门，但没想到今晚过得很平静，完全没有猜测中的警铃大作、紧急检测、救护车滴滴响的场面发生。

但心里惦记着事总是睡不实，常岸做了个光怪陆离的梦。

梦里一个医生拿着做检验的仪器，追着他跑了好几个山头，他跑到哪里都在下大暴雨，最后在下坡时摔了一跤，把另一个人砸下了山，两个人稀里哗啦地滚到山脚，常岸才发现这个人是宋和初。

他吓得一激灵，睁眼就看到黑漆漆的床帘顶，和梦里阴云密布的天幕一模一样。

常岸瞪着一片虚空平复了心跳，五感这才慢慢回到身体里。他听到楼道里有其他宿舍开关门和交谈的声音，比昨天更吵闹。

早上了。

他抓起手机解锁，此时是星期六早上七点五分。

通知群里的新消息很多，其中有一条是五分钟前刚刚发出的，文档内是一串人员名单。图解写着名字标红的同学需要收拾好行李等着去别的地方，标黄的暂时原地等待通知。

常岸挑起床帘，宿舍内一片昏黑，剩下三个人都还在睡着。

他突然心跳加速，最后一丝困意也烟消云散，快速点开文档一行一行查看。这一刻上方弹窗弹出了班长发来的私聊，似乎证实了他的某种猜测。

正要点开班长的对话框时，他眼风一扫，在标红的区域看到了自己的名字。

常岸没有惊讶，反而心里悬着的一块大石头落了地。学校的排查速度和应对手段比他意料中更靠谱。

常岸早就对此做好了心理准备，但手脚还是不自觉地发凉，大概是消息来得太突然，他还没能反应过来。

备注栏里写着他的情况详解：3月6日15:12分，校医院外科门诊2号诊室。

常岸看到了当时一起去校医院的卢林和几个球友，他们的名字只是标黄，备注里面的时间是下午三点半。那天他骑着摩托把伤员送过去，到得比卢林那群人更早一些——他应该在诊室里和那名学生正面遇上了，而卢林他们刚好错过。

常岸把表格向下拉了拉。

标红：宋和初，3月6日15:07分，校医院外科门诊2号诊室。

仿若当头一棒，常岸的眼前闪过了梦里那泥沙混杂的场面。

04

"和初，岸哥，醒了没？"陶灵在安静的寝室内用气声叫道。

他这一喊，剩下三个人全都起床坐直了身子。

陶灵这才恢复正常音量："都起了啊，你们看消息了吗？"

"嗯。"宋和初已经换好衣服，从床上爬下来，"你们两个是不是也要一起啊？毕竟是室友。"

"估计要等到后面几批。"钱原把窗帘拉开，晨间的阳光照射进屋子内，他又顺手开了灯，更亮堂一些。

常岸仰头叹了口气："我是先去刷牙还是先收拾行李？"

"收拾行李吧，万一一会儿就来了，你没收拾完怎么办？"钱原说。

常岸把行李箱从衣柜下面拖出来："不刷牙我难受。"

"难受就去刷，有纠结这工夫都刷完了。"宋和初语气淡淡地说道。

"你这么操心不如替我把行李收了。"常岸说。

宋和初没有说话，一把拉开衣柜，把里面的衣服整理出来，堆叠在行李箱内。

学校超话里有人说要去的地方是校外暂未投入使用的博士生公寓，公寓都是两个卧室搭一个客厅的套间配置，卧室是双人间，但目前只住一个人。他只想早点收拾好早点走，跟常岸离得远一点，以免把他们分到一个屋里。

宋和初把插排拔下来，将线捋一捋塞进行李箱，又从架子上拿了几包卫生纸。

"刚想起来，我快递还没拿，要是有机会你们拿了吧。"常岸说。

宋和初将满满当当的行李箱合起来，抽空看了一眼常岸，这大哥脖子上挂着很拉风的耳机，行李箱内只有一个电脑包，正悠闲地看着手机。

"什么快递？"陶灵问。

常岸摸了摸鼻子："老干妈，给我朋友直播间捧场时抢的，你们拿了吃吧。"

"你朋友代言？这么厉害！"陶灵夸张地问道。

钱原说："老干妈下饭，这个月不用愁伙食了，多谢你。"

右前方投来了无奈的目光，常岸发现他又在不经意间散发出了炫耀的气息，隔着几米就感受到了宋和初的无言以对。

他知道在宋和初的心里他是个爱装的人，但他也总纳闷为什么自己每个不小心出风头的时刻都能被宋和初撞见。

当年开学，他在楼梯间表演了一个从天而降，刚好跃落在宋和初身边，顶着宋和初猎奇的目光和路人的惊呼声中跑了出去，其实只是突然想起来共享单车没上锁，不去关就被别人骑走了。

军训第二天，他骑着轰轰直响的摩托绕着小半个学校转了一圈，从宋和初的面前反复经过了两次，但他其实只是迷路了找不到寝室区。

诸如此类，十根手指都掰扯不清，宋和初早已单方面坐实他是个会走着走着路突然开始三步上篮的耍帅狂。

常岸懒得解释，也无从解释，他跟宋和初聊个天三句话里有四句都搭不上弦，要么宋和初觉得他在装腔作势，要么他觉得宋和初在想杀人，不聊天是唯一一种能够让他们共存于同一空间里的方式。

寝室门被人敲响，对方手里拿着一份名单，看向屋子里的人。

"咱们屋有两个同学要走，对吧？"他核实了一下信息。

"对。"宋和初应道。

"下楼吧，宿舍边小花园集合，到了那里有人接应，听安排上大巴车，不要去其他地方。"这一套话工作人员已经熟练得不打磕绊，说完便转而去敲隔壁寝室了。

宋和初立刻拖着行李箱向楼下走去。

虚掩的门后,常岸仍然在做着拖沓的收尾工作。他思考一会儿,把水杯也塞进箱子里。

陶灵趴在椅子上看着他毫无条理地整理,笑得直弯腰:"和初跑得影子都追不上,生怕一会儿跟你挨着。"

常岸自认不是十指不沾阳春水的大少爷,但确实很少亲自收拾行李,一时间忙得焦头烂额,闻言不屑道:"谁愿意跟他挨着。"

"我看肯定得挨着。"钱原也转头围观,"你俩一个寝室出来的,拆开的话有风险,放在一起又省屋子又合规。"

工作人员从门口冒头:"快点哦同学,学校催得紧,很快发车。"

常岸干脆把桌面上的东西全都扫进包里。

楼道里这才乱起来。被带离的人并不多,但全部都是被催后跑下楼去的,听起来脚步混乱、行李箱嘎吱响,球鞋摩擦地面发出刺耳的声音。

"保重,岸,我们会不负所托,继承你的零食包。"陶灵说。

常岸手忙脚乱地把拉链拉上,背好包:"祝我好运。"

05

宋和初的提前出逃没能成功,他刚走到楼下便被宿管阿姨喊住。

宿管阿姨坐在小屋子里,从玻璃窗里看着他:"登记一下,哪个屋子,叫什么?"

"209,宋和初。"他说着就往门外走。

"你们屋里还有一个同学呢?"阿姨问。

宋和初想不明白为什么他俩一定要一起走:"在后面。"

"怎么——哎,后面的同学,你哪个屋子?"

宋和初心中暗道不妙,压根不用回头就知道是常岸跟了上来。

"209的,我叫常岸,阿姨。"一阵行李辘辘响,常岸大步流星地追了上来,并潇洒地与他擦肩而过。他戴着一顶棒球帽,那个头戴式耳机还挎在脖子上，看上去更像是要去度假。

常岸本也不想这么高调地追上来并从宋和初身边经过，是在楼上被人催了好几句，不得已才匆匆赶下来。

一出宿舍楼就能看到小花园，小花园背靠一条大道，此时停着两辆大巴车，陆续有不少人从楼里出来，小跑着赶向那里。宋和初瞥了眼常岸的背影就懒得再看，他抬头望了望天，碧蓝的天空万里无云，是个不错的春日。只怕接下来很长一段时间都没办法畅快地晒太阳，也很难再大口呼吸新鲜空气了。

两人一前一后向小花园而去，默契地谁也没有主动说话。

"那边的，干什么呢！"不远处正有人举着喇叭喊话。

宋和初闻声看去，举着喇叭的是巡视的领导，被喊话的是一男一女两个人，就在他的正前方，正加快了步子往大巴车的方向走。

两个人挨得很近，看样子是借此机会见面的小情侣。

领导气得嘴里不饶人，喇叭声响彻花园："什么时候了，还拉着手一起走！"

身后有不少刚刚从楼里出来的人，只能听见声音见不到当事人，都不明所以地向四处看着。宋和初感受到了几道路人的目光，脚步猛然一顿。常岸配合着快速向旁边让开，和他拉开了一米远的间距。

"知道躲远了？现在情况非常不明朗，非常不明朗！都是成年人要对自己、对他人负责，知道吗！"领导的火气快要喷射而出。

宋和初硬着头皮加快步子，走到了常岸的前面。他刚一动作，就看到前面的小情侣同时尴尬地跑了起来，顿时心道不妙。

"别跑，跑什么，再摔着！老师也不是针对你们……"喇叭因为持续扩音而发出尖锐的长鸣。

"要死，邪门了！"常岸低声骂道。

宋和初也很想骂人，似乎只要他和常岸凑在一起就没好事。

在大巴车下登记好个人信息，志愿者安排他们间隔着坐下，等了没多久就不再上人，车门缓缓关上，转而驶出了校园。

把行李箱暂时摆在了脚边，宋和初看向窗户外面。

大巴车途经北宿舍区时遇到了另一辆正清点学生的车，除此之外所过之处不见人影，往日里人流如织的教学区一片冷清。

车上的人都神情严肃，有人不停地捏鼻梁，手指反复摩挲着背包肩带。焦虑感第一次这样真切地落到头上，明明已经见过了太多故事，也听说过许多遍将要走的流程，却仍然不可避免地担忧。

宋和初握着手机，老妈在十分钟前发了微信问他学校的情况如何，他只说现在不能出门了，没有提起别的事。

这几年，老妈一个单身母亲撑起这个家不容易。宋和初一直在学校周边找兼职，让家里少出点生活费。

他把兼职赚的钱都存了起来，没有跟老妈提过。

老妈性格辣，但心思敏感得很，他每次随口提起自己要赚钱的事，老妈总觉得是在瞧不起她，就和他说家里有的是钱、不要委屈自己，说如果同学出去玩就跟着出去玩，别给家里省着。

宋和初仰起头靠在椅背上，捏了捏鼻梁。

话虽如此，但全市的消费水平集体下降了很多，没什么花大钱的机会了——也算某种意义上的收支相抵。

他一仰头，刚好能看到坐在斜前方的常岸。

常岸此时的表情十分悠哉，正在翻找随身的背包。宋和初以为他在找什么贵重的物品，没想到他拿出来了一个颈椎按摩仪。

……大开眼界。

Day 2

死对头

他对常岸是那种像小孩一样的、
非常纯粹的、
难以解释的"不想搭理"。

宿舍 关系处理指南

01

宋和初长这么大遇到过很多不可理喻的人,有的人让他很厌恶,有的人让他很心烦,但常岸是唯一一个超出这两个分组的人。

他对常岸是那种像小孩不爱吃苦药一样的、非常纯粹的、难以解释的"不想搭理"。

他知道常岸也不想搭理他,在经历了无休无止的、充满放狠话和激情辱骂的吵架之后,他们已经彻底明白,面对对方,他们根本无法沟通。在许多问题上,宋和初没办法理解常岸,常岸也没办法理解他,放弃了试图说服对方以及证明自己的企图后,他们不约而同选择了避开聊天。

也挺好,起码不用再在对方身上置气了。

宋和初移开目光,看了一会儿车窗外流动的景色。

出校后过一条街就是公寓楼,大街上同样没有几个行人,整座城市陷入了短暂的降速运行。

宋和初举起手机,对着这条街拍了一张照片,窗玻璃上反射出了常岸的半个影子,一并被收入照片里。

常岸把耳机摘下来,把颈椎按摩仪挂到了脖子上。

他其实没想当众做出这么奇怪的行为,翻来翻去也并不是为了找按摩仪,而是他忽然发现自己似乎没带数据线。这按摩仪就摆在他的桌子上,被催促时他一着急就把桌上东西全都划拉进包里了,但唯独落下了数据线。

这简直是噩耗,常岸翻遍了整个包,连个插头都没找到。

他向四周看了看,所有人都是一副严肃的表情,车内格外安静。

——看来只能等安排好住宿后再想办法解决了。

老师在车上紧锣密鼓地把人员安排好,下车时,常岸将帽檐向上抬了抬,看到其中一栋楼里已经住了人,几扇窗户边都站着学生在向下看。

本以为屋子是先到先得,没想到学校早就已经用电脑系统分好住处,直接点名将人分成三批带走。

常岸和宋和初被分到了最后一间房。

"我看刚才那同学是一个人一个套间,我可以去跟他住吗?"常岸站在屋子门口,做了最后的挣扎。

"不可以。"工作人员一口回绝,"之前是同寝才能合住,否则会增加人员交叉感染的风险。"

常岸的心理防线慢慢崩塌,两眼直勾勾地盯着对面的人。

"不合规,体谅一下。"

宋和初实在看不下去,生怕常岸做出什么出人意料的丢人举动,只好转身主动推开了房门。

特殊时期确实没有办法,常岸也不想为难别人,一步三回头地跟了进去。这屋子门口还有一小节台阶,常岸迈上去,总有一种他迟早会被绊一跤的预感。

工作人员公事公办地将门拍上,顺手在门上粘了个门磁感应封条。

宋和初挑了一间阴面的卧室,站在门口转头看过去。常岸的眼神看起来很不爽,棒球帽将他的头发压得很低,遮在眼前,将一双眼尾上扬、颇具攻击性的眼睛衬托得更锐利。

宋和初的本意是借此动作通知他一声"这间屋子归我了,有没有意见",但常岸也不说话,只好当他是默许。

宋和初进了屋子。

屋里是一张上下铺的双人床,不过只有下铺铺了床垫,放了枕头。旁边是两张桌子和两个柜子,是常规双人间宿舍的样子。他从包里拿了张消毒纸巾,准备把桌子擦一擦,余光看到常岸甩手进了对面的卧室,并毫不客气地咣当一声关上门。

有病,过不了五分钟就有人来例行检测,还得灰溜溜地把门打开。

宋和初看到对面门框上挂着个摇摇欲坠的纸片,是门框的检测合格证,随着这一声响飘飘悠悠地掉落下来。

——常岸也没想到这门有这么大动静。

他的后脑勺一阵阵泛疼,料想到了自己在宋和初心里的形象又变成了随意摔门的"小学生",但他只是想关上门,把门后面的扫帚拿出来,再打扫一下柜子旁的角落好放行李箱。

屋里已经做过一次清理,没有什么灰尘,褥子枕巾也都是全新的。

常岸打开行李箱,仔细地翻找了一遍,确认他真的没有带数据线来。他的目光滑过光溜溜的书桌,也确认了这屋子里大概不会给他准备电子产品……现在不止数据线,他还需要一个插排。

他叹了口气,把窗户推开通风,楼下有几个医生正在做防护,看样子是要上来做身体检查。

在窗边吹风的这短短三分钟里,常岸又想起来他还需要洗发水、剃须刀,以及洗衣服用的肥皂。他转头看向空荡荡的屋子,又发现他连抽纸都没带。

常岸手插在口袋里,神游天外地望着几个护士大夫分配好检测用品,向楼这边走来。

……先挨过今晚再说吧,他不相信宋和初就能想得起来带这些东西。

算了,起码他还有个颈椎按摩仪。

02

  房间的隔音效果一般，楼上拖拽行李箱的声音很清晰，又有新一批人住进了公寓内。
  大夫很快敲了门。
  宋和初去开了门，常岸跟在他身后等待。
  大夫的手法很专业，两三下就完成了宋和初的检测，挥挥手示意常岸换到前面。
  常岸为了配合大夫的动作而微屈双膝半蹲下来，扬起头。
  没等大夫开始动作，常岸的拖鞋忽然一滑，眼前顿时一片光影缭乱。这一节小台阶压根不高，但弯着腿的动作还是让他重心失衡向前倒去。
  就知道他迟早得在门口摔一次！
  总不能向前扑到大夫身上，常岸反应飞快地向后一抓，猛一把抓住了身后的固定物体，堪堪稳住身子。
  他想都不用想就知道他拽住的是宋和初的衣服。
  "常岸。"宋和初咬牙切齿的声音在头顶响起。
  常岸腹部核心发力，脚下配合着跟上了一级台阶，快速站直身子，装作什么都没有发生的样子，继续蹲了下去。
  刚刚这一幕杂技表演结束得太快，大夫也没有反应过来，只是笑着完成了检查。
  关门后常岸转头看了看，宋和初的衣服完好无损，虽然表情看上去很阴森，但起码没有要发作的迹象。
  两人面面相觑几秒，不待有人开口，房门被再次敲响。
  常岸回手拉开门，不见有人影，只见到了放在门边小板凳上的两份午饭。
  才刚刚上午十点，这个时间吃午饭有些早，不过看公寓上下所有人都忙得无暇歇息，入住、检查、送饭三线齐头并进，该是也没人在意吃饭时间合不合理这些琐事了。
  常岸提到手里，给宋和初递了一份。

盒饭热腾腾地冒着热气,他透过蒙着水雾的盒盖看清了饭菜内容。

看样子学校没来得及订套餐,这饭是食堂随机分配的,瞧起来都是食堂阿姨现打包的,甚至考虑了荤素搭配——京酱肉丝里搀着几根隔壁餐盘的土豆丝,配着几根蘸了西红柿鸡蛋汤的青菜。

常岸从来不吃学校食堂的京酱肉丝,原因是他难以相信世界上的京酱肉丝竟然有甜口的。

"不会又放糖了吧。"他低声叹了口气,拿着一次性筷子走回卧室里。

宋和初听着像见鬼了:"京酱肉丝本身就是甜的。"

"那是你吃的不正宗,这菜是咸口的。"

宋和初听笑了:"到底是谁不正宗,京酱肉丝是甜面酱做的,怎么可能是咸口?"

常岸无法理解他:"肉丝是用盐腌的,你说是甜的还是咸的?"

宋和初像是在听他讲笑话:"用什么腌的和用什么炒的有关系吗?就像西红柿炒鸡蛋的味道也是炒制时放糖决定的。"

常岸被气笑了,一字一顿说道:"怎么会有人喜欢把西红柿炒鸡蛋做成甜的?"

宋和初闭上嘴,沉默地看着他。

对峙十几秒后,两人齐齐转身进了各自屋子,把门"砰"一声拍上。

他们平时不会因为这么幼稚的话题而吵架,但不能出门的日子太无趣,好像任何一点意见相左都能变成导火线。

常岸把筷子抽出来,戳了戳米饭。

大概也是对人不对事,就京酱肉丝和西红柿炒鸡蛋到底吃什么味儿这种话题,如果是钱原或陶灵选择的与他相反,他也只会觉得是每个人口味不同而已。但一换到宋和初身上,怎么看怎么像是在抬杠。

常岸沉默地吃完饭,又沉默地把饭盒收拾好。换了任何一个人来同住,他们都能聊聊天打发时间,但眼下这种情况,再聊几句他都怕他俩打起来。

无聊。

不聊天就只能上网，但常岸又必须减少手机使用次数，以免在今天就耗尽电量——他不太想在第一天就拉下脸去找宋和初借东西。

常岸在椅子上呆坐一会儿，又不信邪地打开了电脑包，包里连移动硬盘和转接头都有，偏偏就是没有数据线。

失去了电子设备的一下午，时间都像被稀释了般流逝得缓慢。虽然平日里也都是在宿舍躺着玩手机，但一旦把大门一锁，他立刻变得好像不出门活不下去一样，倒不如睡一觉。

常岸把行李箱里的东西整理好，在床铺上重新铺了一层自己带来的床单。

正准备躺下，他那时有时无的洁癖再次翻涌上来，四肢都像不听使唤，大脑呐喊着告诉他：先洗澡再到床上躺着。

常岸挣扎几秒，从包里抽了一条毛巾和新内裤，走向浴室。

在途经宋和初房门前时，他故意把地板踩得噼里啪啦直响，推开浴室门时也发出了很大声音。

他懒得敲门跟宋和初说他要洗澡，又怕这不长眼的一会儿不知道他在里面闯进去——应该不会有这么缺心眼的场面发生，但这种程度的嫌还是要避一避的。

03

下午三四点的太阳刚好从卫生间的小窗户里照进来，洒在地上一片金灿灿，常岸关好门后打开水龙头。

他们所在的房间是四楼，楼层并不高，但水压明显供不上来，也许是楼下也有人在用水，水龙头里的水淅淅沥沥连不成流。

常岸把水温调到最左边，流出来的照样是体感微凉的温水。

诸事不顺，今天应该研读下皇历。

常岸发誓不洗完澡绝不上床睡觉，坚持在这像下小雨一样的水里费劲地洗着，光是把全身都淋湿就花了不少时间。

他刚刚渐入佳境，忽然就听浴室门被粗暴地敲了两下，还没等他说请进，门就被轰然打开。常岸连震撼和尴尬都顾不上了，只能顶着巨大的问号,看着若无其事走进来的宋和初。

宋和初脸上很镇定,他举着一只手机,语气平平:"群里说五分钟后停水,供压和管道都出问题了,晚上恢复给水。"这话听起来平静得像是两人在大马路上偶遇,而不是一个在洗澡,一个推门闯入。

水温不够,两人之间只有一扇透明的玻璃门。常岸久久不能平静,在这样意想不到的突然刺激之下,心率猛一下飙得飞快,血压以难以想象的速度飞升。他深深地看着宋和初,咬紧牙关:"你就不能叫我一声吗?"

"我叫了你八声,你一句都没听见。"宋和初被他反问后也流露出了一丝不耐烦。

常岸本能地想驱赶他走,但理智回笼后问出口的第一个问题却是:"什么群?"

"公寓群。"宋和初更加不耐烦,皱起的眉毛拧成花,他歪了歪头控诉道,"我从下午一点零三分就邀请你加入,现在三点四十九分,你跟瞎了一样看都没看。"

到底是他瞎了还是宋和初哑了,这中间相隔两个多小时,宋和初就不能出声提醒一下吗?

细雨如丝般的水轻飘飘地落到脸上,常岸抬手擦了一把,被这一出吓得心口堵,飙到胸口的气顶得他直犯恶心:"知道了,你可以走了。"

宋和初也不恼,只是一挑眉。那道强忍烦躁的目光让常岸下意识侧过身,怒目切齿:"你真是有瘾了是吧?"

宋和初收回视线,好整以暇地"哦"一声:"反正你又出不来。"

常岸闻言,怒火慢慢消下去,反而被激起了奇怪的胜负欲。这简直是明晃晃的挑衅,都挑衅到头上来了。他倒是想看看宋和初能镇静多久。

两人静静地相持一会儿,常岸忽然伸出手,作势要拉开那道玻璃门。

宋和初反应更快,立刻后退一步撤出浴室,一气呵成地将门关紧,

-026-

留下一句"无聊"。

……棋逢对手。

常岸也没心情再洗这毛毛细雨的澡,用毛巾沾干身上的水珠。在换上衣服时,他的右眼皮疯狂跳动起来——太不吉利了。他用手按了按,半天也没止住。

推门发现宋和初已经回了卧室里,常岸在客厅转了两圈,发现除了一个烧水壶之外没什么可为己用的生活用品。

他踩着一步一水印的拖鞋回了卧室。

打开手机发现微信里的未读消息并不多,他这才想起来他早就不知什么时候给宋和初设置了消息免打扰。他们两个的全部沟通交流都在寝室群里,公事私事一律不私聊,聊天框里只有一条孤零零的邀请加群,除此之外荒如枯野。

除去宋和初的消息,还有几条未读是常雪发来的语音。

常岸把音量调小,没想到点开时还是扩音外放了,声音很大。

"怎么一直不回我消息?"

他的眼皮再次跳起来,把音量键按到底,转身去找耳机。

宋和初正靠在椅子上翻着朋友圈,就听到隔壁传来了女孩的语音。

还真是死性不改。一天到晚就见他拈花惹草,浪子这一个头回了两年半还没回过来。

自打他认识常岸的那一天起,就没少听说过他在外面欠下的风流债,加在一起都能写一本百万字长篇小说了。有当众撕破脸的狗血三角恋大戏,有"白月光"出国苦寻替身的深情虐恋,有骑着摩托车千里追人在大马路上大哭下跪的骇人疯癫故事,甚至还有花钱给前前女友打胎的人渣情节。

宋和初不太信。虽然两个人平日里接触不多,但总归是室友,他还真没有亲眼见过常岸身边有人。可这么多传闻总不会是空穴来风,听来听去,难免不会在潜移默化中信以为真。

宋和初自动代入了常岸的那些八卦传闻内,心道也不知又是哪个可怜的姑娘被他这个纨绔子弟骗了。

他左思右想也想不明白常岸哪里吸引人,就凭他有个颈椎按摩仪吗？

04

学校内部的消息早上已经通报出来了，常雪在家看到，耗到下午才想起来关心一下自己的弟弟。得知弟弟被关在学校里，也只敷衍地问了问伙食和住宿条件怎么样。

常岸问：你不怕我被传染吗？我这两天都有点怕了。

常雪说：这也不是害怕就能避开的事。

常岸趴在床上：我跟我那个室友被关在一起。

常雪过了几分钟才回答：能忍就忍忍，别跟人家吵，也别给学校添麻烦。

怎么一提"那个室友"常雪就知道是宋和初，连问都不问问？

常岸这才恍然发现，他跟常雪之间所有关于学校的聊天都是围绕着宋和初这个死对头展开的。常雪对他的大学生活不感兴趣，寒暑假回家见了面他也基本不聊学校，只有偶尔想起来了会提一两句那个看不顺眼的室友。

太灾难了，常岸抬起腿，脚腕交叠搭在木床的床尾上，仰面看着上铺的床板。

陶灵一直在寝室群内发各种小道消息，据说筛查范围扩大了，再往后的人就不来公寓住了。常岸有些担心自己的情况，但今天的检查结果要几个小时后出，这段时间他除了枯等什么也做不了。

公寓大群内有人问了生活必需品缺失的问题，负责人说最快也要明天晚上才会送补给，常岸也不好意思去问能不能点购。

他躺在床上做了几分钟心理建设，终于一鼓作气爬起来，敲响了宋和初的房门。

常岸本以为自己会经过一个格外挣扎的纠结过程，没想到敲这个门时很从容，没有那么多无趣又多余的想法。

也许是他对于"我们是一条绳上的蚂蚱"的事实越来越有实感，又或许是每分钟都在变化的紧张局势让人心焦，他已经能够接受不得不与死对头相处的这件事了。

"有事?"宋和初没有开门。

常岸在听到这句话后又不免强忍暴躁怒道:"有。"

有点离奇,无论一开始身处于什么样的情景里,带着什么样的心情,可只要一听到彼此的声音,他们都能迅速回归到熟悉的、不耐烦的状态里。

"说。"

常岸吃了闭门羹,脸上有些挂不住:"你就不能打开门吗?"

"你非得面对面才能说吗?"宋和初的语气同样差劲。

常岸咬紧牙关,别别扭扭地说:"你有……数据线吗?"

"什么?"不知是真的没听清还是故意反问。

常岸气急了:"数据线!"

门一下子被打开,宋和初脸上挂着真心实意的困惑:"数据线?"

这是他们少有的面对面打量对方的时刻,虽然一直待在一个屋子里,但常岸头一次如此认真地看着宋和初。

宋和初昨晚大概没睡好,眼底挂着淡淡的青色,头发没有认真打理,只是随意地抓了抓,发梢翘着,看上去比平时那副冷冰冰的样子要亲切一些。

……哦,想起来了,梳子也没带。

常岸一边懊恼一边挪开眼神:"没有就算了。"

宋和初靠在门边,半晌才说出话来:"谁会不带数据线出门,脑子被门夹了吗?用不用我帮你恢复恢复啊?"

常岸每次听到宋和初说这样的话,都感觉他真的会在某个月黑风高的夜里付诸行动。

"有没有,不借拉倒。"常岸求人求得很理直气壮。

宋和初半信半疑地看了他一会儿,才转身回屋里拿数据线:"还要什么,一次性都说了。"

常岸看他举手投足间都带着不屑,牙根直痒痒,索性一口气全说了:"纸,借我一包。"

宋和初再次投来了难以置信的目光。

"插头也给我。"

"你连颈椎按摩仪都带了,没带卫生纸和数据线?"宋和初问。

常岸就算再不想解释也不得不解释了:"我那是随手收拾的,我包里还有一盒糖和一个红霉素眼膏,我都不知道什么时候放进去的。"

宋和初从包里拿了没拆封的卷纸:"抽纸没了,拿这个吧。"

"谢谢。"常岸说。

常岸的这句"谢谢"比他没带卫生纸还让宋和初吃惊。宋和初反复打量着,把常岸看得甚至有些心虚。

"还有插头。"常岸强撑着厌烦的语气,挠了挠眉毛,咬咬牙说,"不白借你的,你记账吧,借的回去都等价还你。"

"不用你还。"宋和初被他气得想笑。

也不知道常岸知不知道自己这样说话很欠揍,说得好像别人斤斤计较、睚眦必报一样。

"看不起谁,记。"常岸伸手接过,看到宋和初是两个手指间捏着插头的一个角递来的,仿佛每个毛孔都透露着嫌弃,不禁喷道,"我是不是得用酒精消完毒才能还给你啊?"

宋和初扯起嘴角:"别了,你有消毒纸巾吗?"

……没有。

常岸和他聊不下去,立刻转身离开了这个是非之地。

宋和初背对着他:"把门带上。"

房门被关紧,常岸的脚步声变得模糊。

Day 3

倒霉透了

"看见常岸的脸就感觉迟早要倒霉。"

01

宋和初躺倒在床上，按亮手机屏看了看时间。

这是他们这一个月……哦，如果算上寒假的话，是今年开年以来——除了吵架之外说过的最长的一段对话。

如果没有这个特殊的情况发生，也许他们这一整年都不会说很多话，彻彻底底做一对陌生人。

宋和初松开握成拳的手，掌心里有几道指甲掐出来的月牙。

这个拳头是什么时候攥起来的他没有印象，也许是看到常岸的那一刻开始，也许更早一些，从听到他的声音起。

常岸每一次出现在面前，他都会无可避免地回忆起大一开学的那个九月，一闭眼画面仿佛就在眼前放映：初秋里叫得更旺盛的蝉响，在阳台里站了太久从颈后沁出的汗水，被他甩落在地四分五裂的手机，推开门后屋子里站着的常岸。

只是被撞破了一些秘密而已，宋和初想不通为什么他会对这件事耿耿于怀，毕竟知道他家里事的人不少，高中时的朋友、发小都对此略知一二。

在他的记忆里应当有很多比这更难以忘怀的瞬间,比如老家泛上水渍的破旧木椅、推脱间跌落在地的存折。

也许是因为他和老妈搬了新家,曾经的那些记忆场景或多或少地有了相对应的新事物出现,慢慢稀释了从前的画面。就像新沙发可以让旧木椅变得模糊,存款逐渐增加的银行卡能弥补那张破存折的遗憾。

但常岸一如既往的没心没肺、情商飘忽不定,半点没变。

宋和初最初还对于"讨厌常岸"这件事心怀一丝愧疚,因为在他的视角看来,常岸可能都没弄清楚为什么自己被讨厌了。

不过后来他发现常岸也很讨厌他,并且这讨厌同样来得莫名其妙,与自己相比有过之而无不及,某种意义上也算守恒了。

宋和初最开始以为他对自己的这个秘密反感,但后来又觉得可能没有那么深层次的原因,常岸只是非常纯粹且理直气壮地讨厌他而已。

这样也挺好,谁也别招惹谁。

放在枕边的手机嗡嗡地响了起来。宋和初翻了个身,发丝垂下来挡在眼前,几根头发戳得眼睛睁不开。

来电显示是个陌生号码,但是这串数字他早已默记于心。

这是宋东风的号码。

他没有动,只是静静等着电话自动挂断。

当晚宋和初做了噩梦。梦里宋东风拎着一把菜刀,追着他从小巷子里跑出来,他跌跌撞撞地被一把木椅绊倒,木椅底下藏了一只黑狗。狗被他惊得跳起来,伸出爪子就挠他,挠完后宋和初骂了它两句脏话,却见黑狗跳起来变成了常岸的样子。

宋和初吓得向后一躲,脚下踩到了一个摔碎的手机。手机屏幕瞬间亮起,在这一刻发出了诡异的喇叭录音,喇叭里反复重复着"那边的,干什么呢"。

宋和初硬生生被吵醒了。

他醒来后一秒都没等,快速抓起一旁的手机……宋东风没有再联系他。他这才倒回床上，松了一口气。

沉重的眼皮垂了垂，却听到不远处隐约有人在吵架。

宋和初在半梦半醒间分辨不出是梦还是现实，他昏昏沉沉地睡了十分钟回笼觉，定好的闹钟再次把他吵醒。这闹钟的定时是七点二十，每天的例行检查是七点半，他起床后洗漱完毕时间也就到了。

宋和初这才发现争吵声就在窗外，听起来是常岸那边的窗户，不是楼上就是楼下。他拉开房门，吵架声变得更清晰，常岸正叼着牙刷站在客厅窗边，耳朵贴着纱窗听得很尽兴。

宋和初瞥他一眼，径直走向卫生间，一路就听到楼上的男人在高声胡搅蛮缠。

"这问题很严重！我们都是一开始就住进来的，都知根知底，合住肯定无所谓啊！"

"你们如果现在要加人，我肯定第一个不乐意，万一有风险怎么办，有没有考虑过？"

听起来是房间不够了，学校想塞人进来，被"原住民"抵制了。

与他争吵的是一男一女，比较冷静，在卫生间听得不真切。

楼上喊了一嗓子："你们这都不合规矩，这可不是谁自私的问题，这关系到我们的健康和安全！"

还有一个人在搭腔："要是塞人我就打电话举报！"

宋和初弯腰洗了把脸，心说他跟常岸住一屋子都没喊受不了，这么看起来，他和常岸的接受度都还挺高，起码没第一天就对着对方嗷嗷喊。

02

一直到大夫来，楼上的争吵也没停歇。

做过了例行检查，常岸忽然对大夫说："大夫，楼上是要加人吗？"

"本来是呢，学校也不想的，现在有争议了，正在解决，估计马上就换地方了。"大夫说完，毫不留情地替他俩把门关上了。

宋和初当即猜出来了常岸的想法。

常岸的那些球友昨晚也过来了，因为在名单上标黄而被分配到了第二批，住在他们对面的公寓楼。一个套间里两个屋子，每个屋子都是双人床，常岸的计划是直接搬去跟那群球友住，逃离宋和初。

不过看这架势应该行不通了。

早餐照例在检查后送达，昨天有人在公寓群里发了菜谱，名字起得都像模像样，今天一看倒是像诈骗，"花样主食"是花卷，"营养主食"是粗粮包，"香甜主食"是豆沙包，像是从食堂批发运来的。

楼上的吵架进入了僵持阶段，不再有激烈的喊声，但仍能听清一些沟通的内容。

校方似乎打来了电话，宋和初听见很大一声"喂"，后面便模糊了些。

为了多听听八卦，丰富一下无聊的生活，他和常岸不约而同地坐在客厅里。

他们第一次在客厅面对面吃饭，不过谁都没尴尬别扭。

宋和初眼里的常岸是个吃饭也要摆架子的人，坐在食堂里拿筷子的动作一定要优雅帅气，张嘴吃饭也不能幅度太大。不过现在他正探着脖子，认真地捏着被烫得变形的塑料杯，头发潦草地耷拉着，毫无形象可言。

两杯豆浆里都加了糖，宋和初喝了一口便抬眼看向常岸。

常岸抿一小口品了品，果然一脸不可理解地举起豆浆仔细查看。但他这一次没有说出"怎么会有人往豆浆里加糖"这样的话。

常岸的生活是宋和初无法理解的、没有糖的世界。

饭后是导员开的年级大会。导员三令五申强调了遵守纪律的重要性，又撂了句狠话："还有哪些同学通过非正常手段出过校，立刻找我报备，只给你记一次过，如果后续被查出来了，那就不只是记处分了。"

年级大会的后半段是心理辅导环节，导员像是在捧读会议纪要，讲了这段时间的心理调整。

说到后面，导员感慨了一句："我知道啊，有些同学可能跟室友关系不好，那借着这个机会拉近彼此距离不是很好吗？你们才都二十岁出头,这个年纪遇上的朋友那都是要联系一辈子的……"

宋和初觉得这种心灵鸡汤还是要因人而异。

在会议末尾,导员说:"如果有同学觉得生活越来越枯燥,可以拿个笔记本来写日记,把每一天的生活记录下来,等到一切结束后再看,一定感慨万分。"

这倒是个不错的提议。

宋和初打开手机备忘录,简单回忆了一下这几天的生活,给笔记起了一个响亮的名字。

倒霉版封寝日记。

封寝第一天,非常倒霉,洗个澡遇见了常岸,黑灯瞎火地撞在一起摔了一跤。

封寝第二天,一般般倒霉,常岸做个检查都能摔,衣服差点被他一把撕下来。

封寝第三天,暂时还没遇到倒霉事。

楼上的争执彻底结束,公寓群里发了情况说明,先是向同学们道歉,表示是安排不妥,然后保证不会再向已住人的寝室内加人了。

也能够理解,谁都不想生病嘛。

看来公寓已经住满了。

常岸坐在小沙发的另一端,举着手机不知道在和谁聊天。

他穿着居家休闲服,袖口挽到了小臂上,露出的手腕上挂着花里胡哨的手链,后颈的衣服领口处露出一小角白色,看起来像一块膏药。

宋和初脑子有些停滞,想不出来日记里要写什么内容,便借着放空的目光明目张胆地打量着常岸。

这段日子也没见常岸再给头发做造型,总是随意地任由头发乱着。

不过宋和初猜他应该是忘记带梳子……应该也没带洗面奶和洗发水,按照常岸那个高调张扬而不自知的性格,如果带了肯定早就摆在浴室里。

"看够了没有?"常岸结束了一把游戏,把手机揣到兜里,淡淡瞥了眼宋和初,拿起只喝了两口的甜豆浆进了屋。

宋和初连眼皮都懒得掀，在备忘录里写："看见常岸的脸就感觉迟早要倒霉。"

03

客厅里只剩下宋和初独自一人安静的呼吸声，还有不远处卫生间里水管中的流水声。

宋和初霸占了客厅，盘起腿坐在沙发上，在日记上又写下新的一句话："我俩要受够对方了。"

常岸是知道他的秘密的，并且刚开学就知道。

宋和初没有为这事情刻意避嫌过，常岸也没表现得很在意，到后来更像是早早就忘了。

在宋和初看来，他们俩还能挂着一副好脸色勉强相处，是因为常岸这人虽然不顺眼，但人还可以，没把他的秘密到处说，连寝室里另外两个人也不知道。

听上去是独属于他们两个的秘密……

宋和初第一次从这个角度思考问题——他之前一直觉得是常岸强行翻起了他的底牌。

他把喝干净的豆浆杯子和装豆沙包的塑料袋团在一起，丢到了卫生间门口的垃圾桶里。垃圾桶下面有一摊水，宋和初愣了愣，顺着水迹看去，发现那水是从洗手间里流出来的。

总不会是某人洗完脸没关水吧。

他打开灯，看到灯光下水管外壁亮晶晶地闪着，源源不断的水顺着水管流下来，已经淹了洗手间的地面。

是从楼上渗下来的。

倒霉事说来就来。

他转身想找个盆接水，但找了一圈也没摸出个趁手的来，卫生纸和抹布又是稀缺资源，不方便往地上盖。

宋和初往公寓群里发了消息：五号公寓楼的503，你屋里漏水了，都流到403了。

几秒后,群主出来"艾特"全体成员。

瞧这水势比昨天常岸洗澡的水流都大,地板都快泡得翘起来了,宋和初赶紧给公寓负责人打了个电话。

"喂,刘老师吗?我是……"他话说一半,卫生间里的灯"啪"一声全都灭了。

宋和初吓了一跳,连忙退到客厅里让双脚离开水面,转头就看见常岸站在电闸旁边。

好小子,动作还挺快,拉闸也不知道吱一声。

"喂,同学?"听筒里的声音很杂乱,"也是来反映公寓漏水问题吗?"

"是,我是五栋403。"宋和初把附近物品拿到一旁去,垃圾桶底下留下一圈圆圆的水印记。

负责人说:"刚刚503的同学已经上报过了,检修人员正在过去,你们有财务损失吗?"

"暂时没有。"

"先注意用电安全,工作人员很快就到,还有问题联系我啊。"

宋和初听着那头乱七八糟的声音,想必是忙得不可开交,便道:"知道了,谢谢老师。"

常岸扛着个拖把站在他身后,见他挂了电话,用眼神询问是什么情况。

卫生间里已经如同水帘洞一样壮观了,宋和初检查了一圈屋里,确认没有安全隐患后指了指卫生间门口。

水已经慢慢流到客厅中,常岸拿着拖把将门口挡住,把客厅和卫生间阻隔开。

"然后干什么?"

宋和初疲倦地靠在墙上:"等着吧。你屋里有盆吗?"

"裂了。"常岸言简意赅。

宋和初歪头指了指桌上的一卷胶带,常岸了然,把手里的拖把归置好,回屋去拿盆。

大红花的盆一看就知道是屋里自带的,和常岸本人的风格天差地别。

"补补,我把卫生间的地面收拾一下。"宋和初交代了任务。

常岸站在桌边,拿胶带围着盆绑了几圈。

一旁桌上的手机振动起来,常岸下意识以为是自己的手机,望过去,来电是一串陌生号码。

宋和初的。

他转眼看了看在卫生间里收拾地面的宋和初,停下了手里扯胶带的动作。安静下来之后,手机铃声变得很突出。

宋和初听见了铃声,踩着水走到客厅,拿起手机看了一眼,又抬眼看向常岸。

常岸没有回应他,继续埋头扯着胶带,刺啦刺啦的噪音再次填满整间屋子。

响铃声在手中持续了将近半分钟,宋和初才接起电话,转身走进屋里,只能听到进门前的一声"喂"。

常岸手指一勾,修补好的盆在指尖与桌面间转了几圈。

倒是能猜出电话里的人了,能让宋和初表现出这个态度的,全世界除了他自己就只有宋和初的那个亲舅舅了。

04

宋和初拿着电话走进屋里。

其实他本不必避开常岸,毕竟这些事情他都知道,再多知道一些也无伤大雅。但又不像已经淋湿的人懒得打伞,更像是被冰雹砸了满头,就算身上湿透了不想躲了还是要找地方避一避。

"小初,开学了?"

宋和初沉默着没有说话,走到了窗边,望着楼下空荡荡的长椅和刚刚发了一层新芽的绿化带。

宋东风也不尴尬,呵呵笑着,尾音沙哑:"前两天打电话给你,怎么不接?"

电话里传来瓷杯杯盖被掀开时轻轻碰撞出的声音,接着是咕嘟咕嘟的吞咽声,宋和初站了一会儿有些累,转身拉了一把椅子过来,椅子腿蹭在地面上,发出刺耳的吱呀声。

令人牙酸的这一声让他仿佛回到了老宅,看着宋东风拽着一张破椅子走向门口,一躺就是一整天。

那时的宋东风穿着一套皱巴巴的西装,里面的衬衫早已汗湿却从不肯脱下西装外套,脸上的皱纹从眼尾向下蔓延,动动嘴角便会层层堆积出一个笑,再配合着条件反射哈腰点头。

"有事吗?"宋和初问。

"哦,没事没事,这不是最近好多地方都让在家里办公了,打电话问问嘛。"宋东风说,"你妈还能上班吗?"

"能上。"

宋和初伸出脚,但够不到顺着窗子照入的那一角阳光。

他的屋子在阴面,只有下午才会有大片的阳光照进来。

"还上呢?"

宋和初又说:"嗯。"

对面安静一瞬,有些讪讪地说:"小初,你……"

"有事直说吧。"

宋东风咳了咳,抬高一些音量:"那个房子,跟你妈已经谈过了,九十六万,合同现在就能签。"

"她怎么说?"

"她说……"宋东风含混敷衍着,"让我来跟你说说呢。"

宋和初的胸口憋着一股火,却还要压着:"九十万往上就没得谈。"

"小初,舅舅现在是急需这个钱,你们家也不亏是不是?这地段的二手房现在不好买,都是一家……"

宋和初不等他说完,直接挂了电话。

狗跟你一家人。

他坐在椅子上没动,直接拨了老妈的电话,在响铃的过程中瞥了一眼紧闭的房门。

被听到就被听到吧。

老妈的电话通得很慢,一接起来张嘴就骂,嗓门亮得快要穿门而出。

"真不是个玩意儿！他找你了？他是以为你好骗想拉拢过去吧？八十多万到手的房，现在卖咱们九十六万！全小区就他卖的最贵！"老妈一串辱骂气势如虹。

"妈……"

"跟我说什么都是一家人，他卖我九十六万的时候怎么不想想都是一家人？你舅妈背后怎么说咱家的，以为我不知道？"

宋和初听着她骂了五六分钟才停下。

"你最近别操心买房的事了。"宋和初闭了闭眼睛，喉咙口像堵了一团橡胶。

老妈的情绪终于不再那么激动，猛喝了几口水之后说："你结婚没房，让小姑娘跟你一起租？趁着妈有工作好贷款，这经济形势没准哪天就下岗了！"

宋和初心头一跳，有些话堵在嘴边说不出口。

"他这两天总跑你姥姥家，我得盯着点。"老妈最后说。

这些繁杂的家事扰得人心烦，宋和初自己烦，也替老妈烦。挂掉电话后他推开窗户，深吸一口轻风卷进来的新鲜空气，终于觉得呼吸通畅了一些。

有时候就是这样奇怪，明明没什么太具体的事，但却总是被压得喘不上气。

家里堆成堆的破烂事，读书和挣快钱之间似有若无的矛盾，被迫封闭的生活也仿佛看不到尽头。

还有个烦人的室友。

烦人的室友今天一副无精打采的样子，病恹恹的，不知又是谁惹他不快了。

宋和初打开房门，去卫生间看了一眼情况。

漏水已经完全止住了，只有挂在水管上的水珠时不时还会掉下来几滴。楼上敲击管道的施工声清晰可闻，常岸补好的那个大红盆摆在地上，已经接了小半盆水。

宋和初走到客厅，看见常岸把耳机扣在头上，闭着眼睛躺在沙发上。

这是什么意思，占领地盘兼示威吗？

宋和初盯了他一会儿，常岸却连眼皮都没颤一下，呼吸很沉，看起来是真的睡着了。

此时房门忽然被人敲响，是楼上的修理工下来问情况，宋和初听到外面的志愿者说不用开门，便隔着门说已经不漏了。交谈几句之后，他扭头发现常岸被吵醒了，耳机被拉到脖子上挂着，依旧瘫着没有动。

常岸哑着嗓子问："修好了？"

宋和初迎着他朦胧的视线，犹豫了一下，问道："你是不是病了？"

常岸愣了愣，像被一盆水兜头泼醒，一个鲤鱼打挺："我去，别吧，我抵抗力很好……但好像是有点。"

话没说完，他打了个喷嚏。

05

常岸用力揉了几下眼睛，在口袋里摸了摸，找出一个口罩戴上。

"你……"宋和初语塞了一下。他俩门对门，同吃同住，东西都混着用，这时候戴口罩还有什么意义。

常岸摸着自己的脑门："应该没发烧，就是感觉嗓子不太舒服。"

宋和初叹了口气，从屋里拿了一个温度计，递给常岸。

"但是我感官还没有失灵。"水银温度计还没拆包装，常岸打开后甩了甩，"不过确实感觉肌肉酸痛。"

宋和初说："等你失灵了那还了得？"

常岸又打了个喷嚏。

"你是感冒了吧。"宋和初观察了一会儿，"现在换季。"

"也许吧。"常岸打完喷嚏，鼻子堵得难受，微微张开嘴呼吸，却感觉口罩里又闷又憋。

"我给负责人打个电话。"

宋和初也不走动了，拽了把椅子坐在一边，眼看着常岸眼眶里蓄起了泪水,然后"啪嗒啪嗒"往外掉。

"我……"滑落下来的泪水把常岸吓了一跳,他连忙抓起纸巾擦干净,"这咋也得是重感冒。"

"你昨天晚上没感觉吗?"宋和初又丢了一包纸给他,"刚才在外面扯胶带的时候都没这样。"

常岸嗓子疼,不想说话,在心里说道:你放屁,我本来就是难受想回去睡觉,谁能想到卫生间漏水。我扯胶带的时候一句话都没说,你居然没看出来吗?

负责人今天很忙,第一通电话没打通,第二通过去,机械女音提示对方正在通话中。常岸挂断后等了一会儿,等来了负责人的回电。

测体温刚好满五分钟,他拿出温度计,看到水银柱停留在 36.7 前面。

"喂,老师。"常岸带着鼻音,"我可能感冒了,今天的检查结果出来了吗?哦……没有发烧,就是流鼻涕嗓子疼……不咳嗽。应该是今天早上开始的。"

宋和初坐在一旁听他打电话。

常岸抬眼与他对视一下,问道:"你难受不?"

宋和初说:"不难受。"

"他不难受。"常岸将原话转达给负责人。

那边应该又说了些什么,只听常岸问:"那我是不是能搬出去住?"

宋和初同样期待地等待着回答,但常岸只是低低应了一声,又"嗯"了几句,挂了电话。

"说什么?"

常岸把手机所有的音量调到最大,放在了手边,又闭上眼倒了回去:"说让你保持静止。"

"我还能怎么静止,在屋里躺着不出来吗?"宋和初接了一杯水,有气无力地说。

"给我也倒一杯。"常岸说话像蚊子哼哼,说完又叹气,"算了你快进屋吧,我本来就犯晕,看见你有点想吐。"

宋和初额角直突突:"负责人同意你换房走吗?"

"不知道,他说他上报问问,指不定咱俩要被打包一起送去医院。"常岸说。

倒霉蛋遇上倒霉蛋,一天到晚意外横生。宋和初没想到这一趟真能被传染,虽然常岸的状态的确像普通感冒,但一旦上报后走流程估计很烦琐。

他回了房间刚要关门,又听到常岸问:"你还有纸吗?"

宋和初找出压箱底的一包纸,回到客厅隔空扔给他,问道:"还要什么?"

"不要了。"常岸吸着鼻子,"记账上。"

宋和初看着他可怜兮兮的样子:"别记账了祖宗,你进屋睡一觉吧,别在这里戴个口罩躺着,一会儿被闷死了。"

他并不太想管常岸,巴不得让他自生自灭,但他俩现在是拴在一根绳上的蚂蚱,不管实在不合适。

踌躇片刻,宋和初问:"你会烧水吗?"

常岸从中听出了杀气,他莫名其妙地看过去:"烧水干什么?洗澡不是有热水器吗?"

宋和初彻底不想管他了,转身就走。

"啊,喝的水啊。"常岸抬了抬音量,嗓子被扯得都麻木了,"你帮我烧吧,按瓶卖,你记账,我回去结算付钱。"

卧室门关了又开,宋和初惊得不知说什么:"你脑子里都是鼻涕泡吗?"

"恶心。"常岸说。

宋和初不知如何接话,闭上嘴,默默地给电热水壶插上电。

和常岸共寝两年半,因交流甚少,他以为这人只是爱表现而已,没想到是个如此高调且高调得理所当然的、脑子不太好使、喜欢散财的慈善金主。

"常先生还需要别的服务吗,你那颈椎按摩仪需要我给你拿出来挎脖子上吗?"宋和初好声好气地问道。

常岸抽了一张纸按在鼻子上:"不必了,只买水,其余一律算作你强买强卖。"

06

宋和初把水烧上,看常岸鼻塞难受得睡不着觉,没忍住问道:"你这得吃点药吧?"

"说一会儿有医生来。"常岸说完,弯腰把垃圾桶里的垃圾袋拎出来系了个扣,放到了门边。

他走到靠门这边才听到,楼下隐约有救护车的鸣笛声。

宋和初也听见了声音,两人凑到窗边往下看,见到一辆救护车停在楼下,几个医生正在从车厢里拿东西。

"这不会是来接你的吧?"宋和初倒吸一口凉气,"这也太兴师动众了。"

"不知道。"常岸趴在窗边,看着医护人员戴好了防护面罩。

旁边几个屋子都传来了开窗声,不少人被救护车所吸引,探头向下观望。

常岸有些心虚,眼睁睁看着几个全副武装的大白直奔403而来。没多久便有人敲门,打开门后,站在最前面的医生问道:"常岸同学?"

"嗯。"常岸不知道要不要拉下口罩,手指勾着口罩带。

"来,先做个检查,然后给你开一副感冒药,观察一天。"医生动作利落地拿出消毒水擦了擦手。

常岸配合着张开嘴,这次检查非常到位,他知道自己的表情很狰狞。

医生把试剂收拾好后交给身后的另一个大夫,又换了个全新的:"宋同学,你也来。"

宋和初没料到还有他的戏份,凑了过来。

"大夫,我不会被拉去做深度检查吧?"常岸问。

"暂时不会。"医生把两个试管一起放好,从随身小包里拿了几个药盒,"你的结果一直正常,加上你描述的情况,考虑有可能是感冒。"

常岸想问那还能不能换屋子住,但见医生忙得头顶冒汗,还是把话咽了回去。

"药的服用方法都写上了,先吃三天看看效果,有新情况随时说,最近换季注意温度,不用太焦虑,好好休息。"

"好的。"常岸接过药。

医生没有半分留恋,齐齐对他挥了挥手,"咣当"一下替他们关上了门。

换屋子的希望落空,宋和初认命地把自动断电的烧水壶拿起来,倒了杯开水在杯子里:"行了常先生,您快来试试温度,看看那药是饭前吃还是饭后吃。"

常岸反应慢吞吞的,他仔细辨认了一下药盒上的圆珠笔字:"饭后。"

"那现在还需要服务吗?"宋和初问,"先生,您会用热水壶往外倒开水吗?"

常岸现在虽然脑子转得慢,却也能听出来他是在调侃:"我不是傻子。"

宋和初看他的样子就知道答案,叹了口气:"热水壶上那个把手是为了让你握着的,手指头别碰壶身,不然救护车还得来一趟烫伤药膏。"

常岸摸了摸鼻子,想起来自己确实习惯用一只手拿着把手,另一只手扶着壶。

宋和初盯着他的眼睛,确认他是在清醒状态下听进去了这番话之后,撒手不管了:"好了,那我走了,先生您自便吧。"

他在关上房门前冷酷说道:"一瓶水五块钱,一壶大概能灌满两瓶多,抹个零头,十块。"

常岸捧着水杯吹了吹,嗓音喑哑地道:"跪安吧。"

宋和初关门。

他们的检测几个小时后就出了结果,负责人在微信上私发给了他们,两人的结果都让人十分安心。

因为常岸病得精气神很差,当晚睡得早,宋和初便跟着早些熄灯。

他本以为明天早上的常岸会起不来床,还想着到时候得去叫醒他,谁知一晚上过去,常岸的病居然好了个七七八八。但他自己则一起床就察觉到喉咙发疼，眼前晕晕的，看样子是被传染了。

他把病症告诉了大夫，大夫记了下来，让他也先跟着吃几天药。

宋和初头晕乎乎的，转转眼珠都发疼，打电话一五一十地报备给负责人，才知道近期换季，有好几个人都出现了感冒的症状。

生病后食欲消退得厉害，他没怎么吃早饭，但为了吃药还是耐着性子吃了半个花卷垫肚子。常岸从头到尾都没有与他说话，只在进屋之前把早上要吃的药放在了他的手边。

宋和初第一次发现常岸还有些残存的人性。

药效一起就催得人困，他回到屋里裹着被子躺着，昏昏沉沉地做起梦，梦到了他入学第一天的场面。

那是他和常岸第一次见面的时刻。

画面很清晰，能看到常岸那张俊朗如刀削的、棱角分明的面庞，以及他背着的豪华登山包，提着的尊贵鳄鱼行李箱，顶着的名牌酷炫棒球帽。

宋和初在梦里再次感受到了耀眼得不可忽视的光线。

Day 4

误会起源

天地可鉴,
他只是个恰好路过的倒霉路人而已。

宿舍关系处理指南

01

他们的第一次见面非常中规中矩,彼此没有留下什么特别的印象。

宋和初是本地人,开学报到来得最早,而常岸是第二个走入寝室里的人,各自占据着屋子一角。因为亮相的造型太高调,让常岸看上去不太好相处,宋和初不太想和他说话。

当天晚上只有他们两人,双双沉默地各干各的事情。

宋和初的手机铃声打破了屋里的安静,他本想拉开门去外面接听,却觉得动作太突兀,显得过分生疏了,便没有动。

电话是老妈打来的,说已经联系好了搬家公司,问他在老宅的东西有哪些需要扔掉。

宋和初说:"我明天回去一趟吧。"

老妈说"可以",又问道:"你箱子底下有个黑黢黢的毛绒娃娃,小时候的,还要吗?"

宋和初对此没有印象,便说:"毛还洗得干净吗?能洗就带走,洗不出来就扔了吧。"

他说完后，感觉到了常岸投来的异样目光。

老妈那边一边翻箱倒柜一边说："你高三的教材都不要了吧？这个课外书一页都没有写哦，回头问问我同事有没有孩子送他们吧。"

应该说的是他以前买过的练习题，宋和初说："你都送人吧，也卖不了多少钱。"

常岸看过来的目光更加犀利。

宋和初背对着他，一时间没弄明白这股敌意从何而来。

"我把你这个书架拆了带走吧？但是我看这几个升降腿不灵光了。"

宋和初说："有几个能升，把能升的带走，回去我处理，剩下的卖了吧。"

身后时有时无的注视像是在嫌他打电话聒噪，宋和初实在别扭，起身去了阳台。

一通电话结束，回屋里再见到常岸，对方已经不再与他有目光交流，只是脸上的表情颇有些冷淡。宋和初懒得琢磨别人的心思，也没有再主动挑起话头。

但从那夜起，他在常岸的心目中变成了一个冷漠无情之人——随意丢弃家里的小动物、只留能生崽的。

常岸倒不至于因为这种自我脑补出来的事情而讨厌一个人，只不过他们之间的气场不合太明显，只要一对上眼睛就能感受到彼此对彼此的嫌弃。

他看得出来宋和初也不想主动找事儿，便秉持着少管别人闲事的原则，有意无意地避开需要单独社交的场合。

直到军训后的那天下午。

军训的结业会演在中午就结束，陶灵和钱原跟着朋友出校去吃饭逛街。常岸回到寝室时本以为只有他一个人，但他一转眼却看到阳台门紧闭，有声音从门缝里漏出来。

他站到门边向外看，是宋和初在打电话。

常岸犹豫一下，本想悄无声息地离开，却听到宋和初情绪激动地骂了几句话。

"我妈从姥姥那里只拿了三百块钱，是上礼拜她带姥姥去看病的挂号费和药钱,多的一分没拿,就连从医保里走的部分都没要,"宋和初厉声道,"你儿子怎么样是你家的事,姥姥没义务养着你一个人吧?"

看样子在上演家庭伦理大戏,没意思。

常岸把洗好的军训服团成一团,准备顺着新生群发的地址过去把衣服捐掉。他刚蹲下身打开柜子,就听到宋和初在外面怒声说:"是,没错,这跟你有关系吗?少把重男轻女那一套带到我这儿!"

常岸的动作顿了顿。

"你去吧,告诉他们,告诉所有人钱都是你的,有胆子你就去!你儿子要结婚了关我什么事?你孙子姓什么关我妈什么事?你家能传宗接代,你家血脉正统,多了不起啊。"然后是掷地有声的一句,"别再来烦我和我妈!"

在那之后确实是掷地有声了,他听到有什么东西被摔了个稀碎,说不定是宋和初的手机。

常岸暗道不妙,当机立断就要站起来冲出门,但还是慢了一步。

宋和初直接拉开了阳台门,门"啪"一声晃了两下简直快要碎了。

两个人对视一眼,突然安静下来的宿舍里流动着无处可逃的尴尬。

看清了宋和初脸上没有熄灭的愤怒和重新燃起的烦躁,常岸也不自觉皱起眉头:"就听了个尾巴,你那么大声,想听不见也难。"

宋和初没有方才听起来的那样恶狠且天地不怕,他喘得很急促,看来也被气得够呛。

面对常岸这个不速之客,宋和初则什么也没说,只是脚一勾把阳台门又拍了回去,转过身倚在阳台栏杆上缓神。

常岸本以为他会叮嘱一句"别说出去",但瞧着他发抖的肩膀,大概是已经被那通电话气到说不出来话了。

想想也能够理解,被亲人拿这种事情威胁,换作是他能直接动手。

从宋和初的寥寥几句中,差不多能勾勒出一个故事背景,也就是非常俗套的情节,家里重男轻女,打电话的舅舅底气足,宋和初的妈妈只能靠自己的儿子拿话语权。

让人厌烦的家长里短。

常岸对别人的家事不感兴趣,但总归是误打误撞听到了人家的秘密,再装得若无其事也不可能当作真的没发生过。

他意识到这将成为他们关系的转折点。

从前还能演得表面和和气气,把厌烦只留在心里,经此一事导火索点燃炸药桶,只怕会演都不演,把关系僵硬摆在明面上了。

……天地可鉴,他只是个恰好路过的倒霉路人而已。

02

宋和初被一声重物坠地的声音吵醒,梦里身穿荧光球衫打篮球的常岸从他的眼前消失,梦境戛然而止。

他躺在床上迷糊了一会儿,才反应过来自己身在何处。

这一场感冒来得快去得也快,睡醒一觉后呼吸还算顺畅,身上也不再酸疼。

门外的动静很大,他闭眼歇了歇按亮手机屏,才凌晨五点十分。

昨晚没有胃口,饭就吃了几口,此时肚子里空落落的,楼道里又人声嘈杂,他难以再次入睡,便起床换上了衣服。

走出屋时看到常岸也已经起了床,微弓着腰撑在客厅的窗户边。

天色还未亮起,一片灰蒙蒙的蓝,对面的公寓楼灯光点点,公寓区外的大街边路灯还没熄,排成一列昏黄。

窗户被常岸打开了一条缝,晨风顺着缝隙吹进来,把发丝吹得乱糟糟,只留下一个轮廓潇洒的剪影。

宋和初走到门口,从猫眼向外看,只见到几个穿着防护服的人在走廊内。

"外面怎么了?"

常岸转头看向他:"隔壁单间的兄弟生病了,要去医院。"

"哦。"宋和初揉了揉眼睛,去卫生间洗漱。

陶灵在寝室群里转发了几条超话的微博,又简单描述了学校现状,说气氛开始变得有点压抑。宋和初一只手划拉着手机,一滴水珠顺着鼻梁滴落,砸在手机上,晕出一圈模糊的颜色。

他用毛巾角把水珠擦干净，放毛巾时发现自己摆在架子上的洗发水被人动过。

平时习惯了用完后就冲洗一下按压泵，但此时泵口却挂着没被冲掉的洗发液。宋和初想问问常岸是不是用过了，但又懒得起话头，索性装作没注意到。

回到客厅后常岸依旧站在原处，只不过已经关上了窗户，转身直视着他。

见宋和初走出来，常岸问："我借你洗发水用用？"

宋和初在暗处看不清他的表情，便抬手打开了客厅的灯："我以为你都用完了。"

"……没有，我刚没睡醒以为是我自己的，顺手按了一下。"常岸皱了皱眉头，看起来不情不愿的。

"用吧。"宋和初坐在沙发上，想了想又问道，"你之前说你包里带了糖？"

常岸意味不明地"嗯"一声。

"给我一颗。"宋和初垂下头按着眉心。

"你低血糖？"常岸走到屋里，稀里哗啦地折腾了一会儿，才拿了一盒糖出来。

宋和初还以为是小卖部柜台上摆着的那种瓶装硬糖，没想到是个包装精致的润喉糖，小小的铁盒上还裹着一圈丝带。

他伸手接了一颗："没有，我试试味觉还灵不灵敏。"

常岸盯着他："灵吗？"

"灵。"宋和初舌尖卷着糖果，一股清新的蓝莓味夹着薄荷香，倒是很提神。

常岸把小盒在手里抛了抛。

扔在茶几上的手机振动起来，他们同时看了过去，来电的是那串没有备注的号码。

是宋东风。

常岸适时地转身回屋里，本想给宋和初留出接电话的空间，却没想到铃声一直没停，宋和初压根没接。他把糖放回原处，干脆回到客厅里,坐在沙发的另一端。

两人沉默地等着铃声自动挂断。

常岸被吵得有些心烦:"你拉黑他不行吗?"

"不行。"这里面的故事说来话长,宋和初不想和他一一掰扯,生硬地回答道。

常岸也不想多说,咳了两声,点开游戏界面,拿起水杯灌了半杯水下去,含糊道:"有病。"

"逼得太绝又没好处,逼着他去我妈面前吵吵嚷嚷吗?"宋和初满不在乎地说。

常岸原本没想接这个话,但实在没忍住:"闹这些事儿,他就图你姥姥的那点存款吗?"

宋和初正要脱口而出"关你屁事",又觉得大早上起来说这些太晦气,有气无力地解释了一句:"那点儿存款够辆便宜车了。"

常岸没再追问,把耳机扣到头上。

和他一起联机打游戏的是卢林。卢林在那边小声"喂喂喂",听到常岸的回应后,用气声说:"我不开麦了,我室友还没起床,你说话我听着就行。"

"嗯。"常岸敷衍道。

卢林继续用气声问:"你今天怎么起这么早啊?"

"咳嗽,睡不着。"常岸言简意赅。

卢林在游戏里换了个装备,又继续小声问道:"哎,我跟你说,我昨天就想说结果给忘了,你那个前好哥们的朋友圈特意对我开放了一天,天天秀他八块腹肌的健身朋友。"

常岸脑门一疼:"我再说一遍,我跟他不是好哥们。"

卢林越说越激动:"好好好,你说什么都成……而且我昨天看点赞列表才发现,他居然和宋和初是好友?他俩应该不认识的吧,学校有那么小吗?"

常岸看见有人躲在草丛后,一枪把卢林崩了个脑袋开花,怒火顿起:"你不能闭嘴就把麦关上。"

说完这话,他余光看见宋和初从沙发上站起来,径直回了卧室。

常岸猛咳两下,端起水杯喝水压火,估计自己在宋和初心里的光辉事迹又多一条。

03

早起打游戏发挥得不错,两个人配合难得的默契。

常岸趁着捡装备的间隙问卢林怎么也起得这么早,对面沉默一会儿,在游戏里打了一行字。

"听说我这栋楼闹鬼啊。"

常岸两指熟练地操作着,抽空瞥一眼聊天框:"你不是住公寓楼里面吗?哪来的鬼。"

卢林忍不住开麦了,低声说:"我们这栋的大群里,晚上有人说听见楼道里有脚步声,特别规律,但根本看不见人,门口还时不时有水滴声。"

常岸听着就像劣质的鬼故事:"骗人的吧。"

"那一层都能听见,很多人都说!还说半夜会有光从窗户外照进来。"卢林说得很着急。

常岸对此嗤之以鼻:"扯淡,从窗户外面照进来,那说明光源是对面楼,我就住你对面,我怎么不知道我们楼晚上有人用手电筒?"

"你睡得跟死猪一样,当然……哎!你后面有人!"

常岸压根不信,但陡然间听见卢林这么阴森地低喊"后面有人"还是吓了一激灵,顿感后背有蚂蚁爬一样:"哪儿!"

就听游戏内一声枪响,他被人从背后击中,血量直掉。

"你看不见后面的人吗,脚步声多响啊!"卢林埋怨一句,蹲下来给他喂药包。

常岸不好意思说他刚刚真被吓到了,随口岔开话题:"你们群里传的什么鬼故事,一会儿转给我看看。"

他的预想中卢林是全靠口述在装神弄鬼,都是虚无缥缈的,没想到卢林转给他的聊天记录有整整一百条。

第一条的时间是前天晚上,半夜一点多,一个群里昵称是"303"

的人发了消息问：楼道里是有人在走吗？

接茬的应该是他室友：谁出门了？在楼道走。

大约十分钟后，有住305的人回复他：我也听见了，猫眼里看不见人，声音不在我们这头。

再下面一条的时间直接来到了昨天晚上，这次聊天的人变多了。

依旧是凌晨，先是有人提起楼道里有声音，接着一整层的人几乎都在留言，每个人都说猫眼里看不见人，随之而来的是"门口有滴水声"的消息。一开始大家都以为这是有人在搅浑水跟风吓人，但这住403的直接发了一段语音。语音消息没有随着记录转过来，但看后面齐刷刷的感叹号，看来是确实录到了滴水声。

常岸住的房号也是403，这让聊天记录看着更加瘆人。

讨论告一段落，到了后半夜凌晨四五点，又开始有人在群内发消息，声称有光从对面楼照过来。有可能是其他人都还没起床，又或者是大部分都拉了窗帘没有看到，暂时还没有人回复这条消息。

常岸看着有些毛骨悚然。

太阳从东边升起，窗外的天渐渐亮起来，早晨的例行检查逐步开展。

常岸揉揉眼睛，一个姿势坐了太久，有些背酸。他走到窗边，低头看着救护车上陆续下来的医护人员，又觉得也没什么可怕的。

不知为何，他总觉得这公寓楼里正气十足，不管哪里闹鬼都不可能闹到这栋楼里。

公寓内每天来往不断的全都是医护人员和志愿者，给了常岸十足的、生在红旗下的实感。

有人敲响了房门，今日份的早晨来得早又很丰盛，附赠在餐盒上的酸奶应该是刚刚从冰箱内拿出来的，凉丝丝的还挂着几滴水珠。

黄桃味儿的，太甜了，受不了。

常岸把宋和初的那份单独留在了茶几上。

不一会儿有医生上门做检查，他们把身体状况分别向大夫转述，走完例行流程后，宋和初拿着自己的那份饭回了屋。

宋和初最近不会刻意去群里看每日菜单，这样一日三餐就如开盲盒一般，让人很有期待感，是无趣的生活中难得的乐趣。

从昨天的午饭开始，伙食明显变清淡了，辣菜几乎被取缔，小菜甚至变成了凉拌苦瓜这种清热去火的菜品。

宋和初戳了戳鸡蛋，把蛋黄吃掉，手机弹出来几条微信消息。

兰田：[图片]。

兰田：最近连辣萝卜咸菜都没有了，嘴里没味儿。

宋和初点开图片，拍的是校内同学的盒饭，和他们吃的不太一样，但也都大同小异。

他回复道：是啊。

糊弄学大师。

这兰田他压根就不熟，是很久之前在学校社团里加的其他院同级生，前两天看到他在朋友圈秀和他一起健身的朋友的身材，明晃晃的肌肉摆在朋友圈里，宋和初觉得他勇气可嘉，随手点了个赞。

谁知这人偏还就缠上来了，有事没事就发几句闲聊，看上去像拿他当树洞。

不搭理不合适，但他又懒得和人家细聊，只好每次用"嗯"和"是啊"草草了事。

如此明显的潦草态度也没能打消兰田的积极性，几乎每天都要发一两句琐碎日常。

宋和初觉得奇怪，他们两个在社团里几乎没怎么说过话，难得的几次共事也都没有什么交集，关系还到不了无话不说的份儿上，他又不是想健身。

宋和初感觉有点烦。

他分神把蛋清拣出去，单手将微信退到后台，打开视频软件找下饭视频看。

客厅里突然传来一阵稀里哗啦的声音，听起来像常岸在沙发上拉肚子了。但宋和初知道这是酸奶袋子在挤压下破漏发出的声音，陶灵曾经在寝室里展现过这个画面。

他已经能想象到客厅里的美景了。烦躁更上一层楼。

04

  常岸的高超反应力让他在酸奶袋子破漏的前一秒抬高手，沙发上只零星溅到了几个点，大部分都扬在了茶几上。

  他站在旁边看着这一地狼藉，脑袋直冒烟。

  卫生纸已经是稀缺资源，只能拿抹布擦完再反复清洗。

  又是一个倒霉的早上。

  常岸一边擦着桌子一边点开了占星频道，耳机里放着本周运势解析，听起来他要水逆大半个月。强迫症隐隐发作，他把抹布反复清洗了四遍，擦得茶几一尘不染才算罢休。

  占星频道里开始对星座逐个解析，在结尾提醒了生日在三月中旬的人近期多加注意，少和磁场不对付的人呆在一起，以免遇上血光之灾。

  常岸转着脑袋想了想，他的朋友里没有人生日在三月中旬。

  刚把客厅收拾利索，宋和初便悠闲地走了出来，上下扫视着茶几，把手里的空盒丢入垃圾桶。

  常岸瞧着他这一副事不关己的模样，才想起来宋和初的生日就在三天之后——三月中旬。

  关在公寓里不出门，屋子里连一把水果刀都没有，上哪儿去见血光之灾。常岸对此的评价为太过迷信，随手将耳机扯下来。

  占星频道里那悠悠的背景底音消失，但常岸像是听出了耳鸣，总能似有若无地听见那段悠长的共振声。

  这声音在耳畔响了一整天，直到晚上躺在床上，屋外夜黑风高，他伴随着心理暗示下的幻听回忆起了早上看到的鬼故事。

  走廊里有脚步声在来回走动，但门眼里看不到人；莫名其妙的滴水声在门口响起；窗外从对面楼照射进来的怪异灯光。

  这屋里还有一个人被预言有血光之灾。

  常岸越想心里越没底，一下子坐起来，踩着拖鞋打开屋子里的灯。

  感冒算是彻底好了，鼻子也不堵，咳嗽也压住不反复了，他按亮手机屏幕，此时正是夜里一点。

明明白天没觉得有多吓人，但一入夜就仿佛都真切了起来，浑身汗毛都直立着。他甚至感觉对面楼正有人站在窗边看着自己。

常岸断定自己是被隔离出精神问题了，以前他独自在家看鬼片都敢半夜上厕所，现在听个鬼故事连觉都睡不着了。

坐立不安地躺了半个小时，他终于没有忍住，推开门，向黑黢黢的客厅里走了一步。挂在墙上的钟亮着暗幽幽的光，他两脚灌了铅似的在门口站了一会儿，等双眼适应黑暗后将客厅里的每一寸都看了一遍，决定顺路去个卫生间缓缓神。

常岸步子极轻，在经过大门时，他那敏锐的听力果真捕捉到了一丝异动。

他立刻驻足，背冒冷汗，细细听着。

门外安静几秒，突然传来一阵极其清晰的脚步声，几乎就在403的门口！常岸像被人踩了尾巴，立刻向后退了几步，猛地踩到摆在地板上的大红盆，"夸嚓"一声把用胶带补好的盆踩了个稀碎。

他头皮直发麻，立刻屏住呼吸，维持着踩到盆的动作没有动，脑海里已经上演了一出恐怖片。但想象中眨眼间近在咫尺的脚步声没有出现，反倒是等来了身后卧室暴躁的开门声——宋和初被吵醒了。

常岸居然松了口气……起码多了个活人。

他松开脚，翘起来的盆又"吱嘎"倒回地上。

常岸屋里的灯没有关，宋和初站在玄关的明暗交界处，满脸堆着不耐地看过来。

"你……大半夜出来尿个尿，不知道的以为你把马桶坐碎了。"

常岸正要反驳，那瘆人的脚步声再次响起。

"哎！"常岸决定先把吵架放一放，指着大门，"你听见没有？"

"什么？"宋和初莫名其妙。

常岸屏息凝神，两人直直对视着，楼道里的声响清晰地传进来。

"门外有人？"宋和初试探性地回答了一下。

居然还是个疑问句。

宋和初在常岸的脸上看到肯定的神色，更加莫名其妙："门外有人，把你吓得踩碎了一个盆？"

-060-

常岸不知从何说起，但有宋和初在，确实给他壮了不少胆子。他鼓起勇气走近大门，压低声音："是有人，但是从里面根本看不见有人。"

宋和初就站在离门口几步远处，看着常岸鬼鬼祟祟地靠近猫眼，又半晌不敢把眼睛凑过去。他打了个哈欠。

其实他并不是被常岸吵醒的，这感冒后期就是咳嗽，他咳得睡不着觉，一直都没闭上眼睛，早就听到常岸开门上厕所的声音了。

他怀疑常岸这样子是做噩梦醒来糊涂了。

但能让这没心没肺的二货吓成如此应该也不是演出来的，他心底生疑，便半信半疑地跟着凑过去。

常岸微俯着身贴上猫眼，宋和初站在他身后，不知不觉间两人就挨得挺近了，宋和初发觉后刚要挪开一些，常岸却猝不及防地向后一退，后脑勺直奔他的门面而来。

他躲闪不及，被撞了个正着，连呻吟声都没发出来，鼻尖到鼻根一阵麻，从里到外都酸痛难忍，眼前顿时模糊着渗出眼泪。

宋和初疼得脑仁嗡嗡直响，眼泪顺着脸颊就滑了下来。

他捂住鼻子，指间传来湿意，还以为是鼻涕被吓出来了，但很快便有一股铁锈味顺着酸涩钝痛的鼻腔钻了进来。

鼻血稀里哗啦地往下流，宋和初在这一刻想到的是自己居然上火了，看来这几天吃的凉拌苦瓜没起作用。

05

混乱中终于有人打开了客厅的灯。

宋和初看不清面前的场景，想抽出一只手抹抹眼泪，但手指头上血腥一片，抹到脸上还得吓着面前这胆小鬼。

他冲去厕所洗了洗。鼻血流得并不多，已经自行止住了。

"你是不是有病？"他拿纸擦拭着，确认没有血迹再流出来了，骂道，"你看见什么了？"

常岸站在他身后，抓了两把头发："看见一个人影过去了。"

宋和初觉得他在说废话，有脚步声当然有人影，这个时间估计是晚上巡房的工作人员。

"你不是说只有声没有人吗？"

"谣言是这么说的，谁能想到真有人。"常岸说得轻描淡写，伸了个懒腰，"你没事吧？"

宋和初小心翼翼地碰碰鼻梁，酸痛得紧皱起眉，好在从镜子里看不出鼻子有什么变化，也没有想象中的红肿歪斜。

简直倒霉得离谱，平白无故被人磕了一个后脑勺，结果流了一手血。反观当事人居然看上去心情还很不错，正悠悠然地在他身后溜达。

宋和初被气得头脑清醒，一丁点困意都没有了，把毛巾挂回架子上："咱俩的仇不至此吧。"

"不好意思，我真的不是故意的。"常岸说。

说得很真诚，但怎么看怎么欠揍。

宋和初冷笑："你看起来很高兴。"

"没有。"常岸对于谣言的不攻自破确实感到轻松，但鉴于宋和初因为他受了伤，他象征性地收敛了脸上的笑意，"谣言之前还说对面楼的房间门口有水滴声，我怎么听着这个屋里也有呢。"

宋和初面无表情地指向水管："公寓一直在修水管，它白天也响，你没听到过吗？"

听起来很有道理。常岸又说："还有人说天快亮的时候外面有光照进屋子里。"

"那是凌晨过来的工作人员，你拉开窗帘还能看见几辆亮着大灯的车。"宋和初关掉客厅的灯，捏着胳膊走进卧室里，叹了口气。

"你怎么什么都知道？"常岸最后真心实意地问。

宋和初不想再聊下去了，木着脸走到卧室里："是你什么都不知道。"话音未落，他不由分说地关上了门。

常岸盯着这扇紧闭的门看了一会儿。

宋和初没有给他将功补过和嘘寒问暖的机会，看来这一个后脑勺把他砸得很恼火。

想到这里常岸忍不住笑了笑。

他俩凑在一起总是轮着倒霉,什么意想不到的事情都能发生。他关门躺回床上,给宋和初发了微信关心一下伤势如何,不过半晌没得到回答,这才拉灯睡觉。

周围陷入黑暗,缺席了上半夜的倦意翻涌而来,他在半梦半醒间迷迷糊糊地想起了一些往事。

他对宋和初的第一印象与宿舍里其他人都不同。

当初在撞破了天台摔手机事件后,宋和初有意与他疏远,他也没有热脸贴冷屁股的习惯,便顺其自然地随他而去。但两人同住一间寝室,同在一个班级读书,难免会在校园里碰上面。

在某次去往教学楼的小路上,他见到一群人蹲在路边喂草丛里的小猫咪。宋和初刚巧从一旁路过,脸上露出了明显的嫌色,直接绕了一个大圈,仿佛生怕沾上半缕猫毛。

在走过去几米后,他看见宋和初转头瞧了一眼那只小猫。那眼神很冷,看得他心惊,在不经意间便巩固了他心目中的杀手设定。

后来没再见过宋和初与小动物一同出现,也没有再看到宋和初露出过那样冷酷的表情,但那一瞬间着实太深入人心,想忘记都难。

一个讨厌小动物的、说话总是冷冰冰的、看起来情感不是很丰富的人。

常岸承认这是对宋和初的刻板印象,但时至今日,他也还没能从宋和初身上找到打破刻板印象的地方。

怎么会有人不喜欢猫咪?

这段房门抓鬼的午夜插曲带来的情绪起伏太大,常岸睡得不踏实,早上天刚刚亮就自然醒了,辗转反侧也再睡不着。

睡眠不足让他有些昏沉,行尸走肉般起身走进卫生间。

他正准备洗把脸,余光却看见墙上挂了一只巴掌大的绒毛蜘蛛。

常岸的神经已经经不起波动,平静地抬头,对着八爪蜘蛛看了一会儿。

蜘蛛若有所感,飞快地挪动几条腿爬了下来。

"嗷嗷嗷……"常岸弹起来,后退几步冲出卫生间,"嘭"一声把卫生间的门死死拍上。

他牢牢抓着把手,像是害怕蜘蛛从里面和他对拧。

公寓楼外传来几声狗叫,生物钟规律的狗的叫声是早晨七点的准时播报,七点,宋和初该起床了。

常岸仍然感觉脑子没转过弯来,依旧沉浸在飘忽的睡梦中,原地缓了缓神,拿手机拨通了宋和初的电话。

宋和初的屋子里传来手机铃声。

过了几秒,宋和初的骂声虚弱地飘出来:"你是不是有病啊!"

常岸挂断电话,又紧跟着拨了第二个过去。

急需冷酷杀手!

06

宋和初卷着浑身怨气走了出来。

感冒让他看起来更多了几分憔悴,鼻头红彤彤的,但不妨碍他浑身上下散发着冰冷气息。

常岸在他面前强撑不起来,一只手牢牢拽着门把手,另一只手非常坦然地指着卫生间:"有蜘蛛。"

宋和初耷拉着眼皮:"打死它。"

常岸僵硬地比画一下:"巴掌大,带毛的。"说完又认真补充道,"我害怕。"

宋和初忍无可忍:"鬼你也怕,蜘蛛你也怕,什么东西你不怕?"

常岸问:"鬼和蜘蛛不应该害怕吗?"

一大清早被人喊起来抓虫子,宋和初一脸木然,又困又烦地抄起笤帚。

"我听说蜘蛛不能拍死。"常岸拦了一下。

宋和初强忍怒火转头看他。

"我看过视频,蜘蛛产了卵背在身上,拍死了的话那些小蜘蛛就全都会跑……"

"别说了,求你。"宋和初被他说得起了一身鸡皮疙瘩,连忙指向热水壶,"把水烧上。"

常岸依依不舍地抓着门把手。

他预感到宋和初下一句话就要说"蜘蛛又不会自己开门,你拉着门干什么"。

公寓里备的热水壶都是未拆装的,全套崭新,用起来很趁手。常岸烧了一壶水,听着"咕噜咕噜"的沸腾声渐起,响了一会儿后热水壶啪的一声自动断电。

宋和初拔下插头,拎着热水壶就要去卫生间。

"你倒杯子里再去吧,免得浇手上。"常岸仿佛已经感受到了炙热的烫意,手指蜷缩了起来。

"不用。"

常岸半点没有犹豫推脱,直接说了真话:"其实我是觉得硌硬,你拿着热水壶去浇虫子,我应该不会再喝里面的水了,怪浪费的。"

宋和初这才驻足,按照少爷的吩咐把开水倒入小纸杯里。

做完准备工作,他推门而入,几秒后传出一阵开水倒在地上的声音。

常岸倒吸一口冷气。

"你要来看看吗?"宋和初问。

"……不。"常岸把垃圾桶放到门口,侧过头不去看里面的惨状。

宋和初捣鼓了一会儿,还特意为遗体盖了一层白色卫生纸,以保护常岸脆弱的眼睛和心灵。

他拧开水龙头洗手:"真该把你这样子拍下来,发给你那堆前女友看。"

常岸用脚把垃圾桶踢远:"我哪来的前女友?"

这话说得太典型了,渣男。

结束了兵荒马乱的抓虫子环节,距离上门检测还有一段时间,宋和初回到屋子里拿手机。

指尖碰到屏幕时自动解锁,弹出来一个未接来电。

宋和初第一眼还以为又是常岸打来的,定睛却发现是宋东风的电话。

宋东风这两天像要吊死在他身上，有事没事都得来打个电话。

这位亲舅舅的亲儿子，也就是他的表哥，年纪轻轻便熬夜、抽烟、喝酒样样都沾，上个月把自己作进了医院，连做了三个手术。这些医疗费用不算高额，宋东风一家承担起来绰绰有余，偏偏他赌瘾难消，拿着老妈给他包的小一千红包去赌，赔了个血本无归。

大概是赌输了的刺激太大，也不知道最近他在发什么疯，忽然咬死了姥姥手里的五万块钱不放。老妈说那五万是姥姥给宋和初留着毕业以后用的，不能让这个白眼狼平白抢走，最近两个人闹得不太好看。

现在医院陪床有人数限制，宋东风进去了就没再出来，瘾一上来就魔怔，到后来甚至打电话给宋和初，字里字外都是威胁。

宋和初能感觉出来他这回是认真的，不像两年前阳台吵架那次空有虚话了。他打开日历盘算着——再过几天就是他的二十岁生日，宋东风最好别不长眼在他的生日那天惹事。

此时手机上方忽然弹出一个对话框，宋和初打开微信却没有看到有小红点提醒，顺着找了一圈才发现是他刚刚被踢出了一个群。

群是新建的，群名还没起，把他踢出去的是陶灵，看起来像手滑拉错人了。

他给陶灵私发了一个问号，但半天没收到回信。

而此时的陶灵正热火朝天地组建另一个新群聊，把钱原和常岸都拽了进去，群名为"午夜秘密行动"。

常岸瘫在客厅里喝水，看到这行字差点把水倒进衣领里。

常岸：这是什么群？拉错人了吧？

陶灵：[文件]。

常岸点开文件，迎面第一行大字是"和初二十岁生日企划"。

常岸：拉我进来干什么？

陶灵：知道你俩关系不行，往年这种事儿一般不喊你，但是今时不同往日，这次无论我们在互联网上计划得多周全，最终都只能交由你来付诸行动了。

常岸：？

Day 5

生日

他不会忘记今天是他的生日了吧?

01

为了不辜负室友们的殷切期待，常岸还是认真研读了一下文件内容。

陶灵神通广大，打听到了宋和初生日的前一天，各个学院会统一给住在公寓里的学生送物资，托人让院里的熟人单独送了个袋装的纸杯蛋糕来，以此充当宋和初的生日蛋糕。而常岸的任务是把小蛋糕藏起来，装饰一番，零点再送给宋和初。

为了避免常岸尴尬，陶灵特意预订了一个腾讯会议，表示他和钱原会准时参会。

常岸问：我拿什么装饰？

陶灵：你那边有什么？

常岸：什么都没有。

陶灵沉默一会儿，过了五六分钟才回话：我让他们再带根火腿肠过去。

这七零八碎的，怎么能在宋和初的眼皮子底下"藏起来"？

钱原适时救场：我还拿了根蜡烛，都装在一个小袋子里了，今天做检测的时候，我把小袋子给了学长。

这还差不多。

光是联想一下即将要发生的事情，常岸就尴尬到后背冒汗。

常岸：你俩是不是有点太闲了？

陶灵：最近这段时间太枯燥了，乐子能找一点是一点，再说，过了那天就该上网课了嘛，等上课就更没劲了。

差点忘了还得上网课，常岸猛然发现他没带教材。

好在经历了借纸、借洗发水、借数据线等一系列事情后，开口借书似乎不是什么难以启齿的事了。

不一会儿公寓群内果然发了公告，说是过几天学校安排各个学院给自己的学生送温暖，会额外送些物资到公寓来。

他观察了一下宋和初对此的反应，看着似乎对此没什么太大兴趣，仍是一副病未痊愈的疲倦模样。

但宋和初就算是病晕倒了也不可能病成傻子，要想神不知鬼不觉地把小袋子拿到手，只能趁其不备。

常岸一直以为自己在这个生日企划里扮演了"被迫服从"的角色，直到那日检测上门，他看到跟在后面的院系志愿者时，才发现其实自己很乐于参与其中。

非常幼稚，但在这种封闭的生活里又非常刺激。

宋和初的感冒进入了终极阶段，咳起来没完，这两天一直没有睡好觉。

常岸看他一副无精打采的样子，就知道他准备做完检查后睡个回笼觉。

这倒是给了他一个偷渡的机会。

送物资和送早饭都采取了全程零接触的模式，学长把东西放在门边椅子上之后再敲敲门。常岸一直堵在门口，眼睛瞄着宋和初，打算等他进屋后再开门。没想到宋和初也站在客厅里，两眼直勾勾地盯着他。

"干什么？"常岸有些心虚。

"开门啊,"宋和初也奇怪道,"等谁呢?"

常岸坚守在门口:"你不是不吃早饭吗,等我开门干吗?"

宋和初被他无缘无故问了一串话,皱了皱眉头:"不是说今天有送物资的吗,我想看看是什么。"

"一卷纸一个盆什么的呗。"常岸脑子转得飞快,想装得若无其事的样子。

但宋和初一眼识破他:"你是不是让人家偷偷带了东西进来啊。"

常岸见势顺水推舟,立刻应下:"你别举报我啊,我求了人家好久的。"

"我没那么闲。"宋和初露出了忍了又忍却没忍住的鄙夷神色,接了一杯水后回了卧室。

常岸这才打开门,把放在门口小凳子上的几个袋子全都拿进来。

小袋子是牛皮纸袋,里面放着两个小蛋糕,一根玉米火腿肠,还有三根生日蜡烛——没有打火机。

这是准备让他钻木取火吗?

常岸从门眼里看到学长送完后面的屋子,正好从门前经过,他咬了咬牙,敲门说道:"学长,你有……打火机吗?"

学长在门口顿足:"没有,他们说要送的东西都在袋子里了。"

"好,谢谢。"常岸硬着头皮说。

说完就听到宋和初骂道:"我劝你别在这屋里抽烟。"

常岸有苦难言,又无从狡辩,憋了半天才说:"我没……行吧,我不抽。"

新的一天,常岸在宋和初心里喜提新的头衔:封闭管理还想学抽烟。

常岸把东西偷偷带到屋里,关好房门。

没提供打火机大概是因为陶灵和钱原也没有,也不方便出去买。

他绞尽脑汁,甚至上网搜了钻木取火的教程,最终也没能搞定蜡烛上的火苗。无奈之下,他只得把蜡烛孤零零地插在蛋糕上。好在旁边还有一根火腿肠做陪衬,让这个蛋糕看起来不算寒碜。

晚上近零点,钱原和陶灵准时加入腾讯会议,常岸打开手电筒,站在宋和初的房间门口。

"没事儿,岸哥,别尴尬,他一开门我就尖叫,不会让你冷场的。"陶灵摩拳擦掌。

"你俩网络有延迟,等你叫起来,蛋糕都吃完一半了。"常岸第一次面对这样难办的场面,手指都尴尬得蜷缩在一起,抖来抖去捧着那个小蛋糕。

"还有一分钟,敲门吧!"钱原说。

常岸深吸一口气,敲响房门。

但预想之中的应声没有到来,宋和初似乎睡着了。

他不会忘记今天是他的生日了吧?

常岸擦了擦脑门的汗,更使劲地拍了拍门,因为一手端蛋糕一手拿手机不方便,还顺便上脚踹了一下。

"咚!"

02

"他不会过阴历生日吧?"钱原忽然提出问题。

常岸心道这场面是箭在弦上不得不发,门都敲了,总不能装作是在梦游。他又敲了几下,低声说:"你俩谁敢退出会议我回去弄死谁。"

"不退不退……开门了吗?"陶灵问。

常岸刚要说还没,面前的门"呼啦"一声被拉开,宋和初猝不及防地出现在了面前。

颇具浪漫色彩的打光让此时的氛围稍有些诡异,还是大半夜敲房门。宋和初的脸在手电筒光与背后昏黑卧室的明暗映衬下,被勾勒出几道犀利的阴影轮廓,把整个人烘托得更加冰冷。

宋和初的起床气在这一刻达到了巅峰。

好在腾讯会议里的陶灵终于反应过来,鼓掌"耶"了几声。

宋和初没有睡醒,皱着眉看向常岸的手机屏幕。

由于钱原的听筒和麦克风都打开着,两个室友在彼此的收音里反复重合，在网络延迟下回声不断，硬生生喊出了上百人的聒噪效果。

常岸也清了清嗓子，说道："生日快乐。"

这四个字被淹没在鬼哭狼嚎般的欢呼声里，但宋和初准确地捕捉到了这句话，目光放空片刻，像是回忆了一下今天的日期，终于慢慢将视线从屏幕转到了常岸的脸上。

常岸忽然感觉有些无所适从，手机里传出了乱糟糟的生日快乐歌，却在这一刻变成了被屏蔽于玻璃罩外的画外音，声音逐渐模糊远去，一盏沉默的聚光灯下只站着他和宋和初两个人。

宋和初安静地盯着他的眼睛，在一曲歌完毕后，才垂眼打量起卖相不太好的蛋糕。

"生日快乐！蛋糕怎么样？"陶灵的声音扩音后变得有些失真。

宋和初笑了笑："挺好的，谢谢你们。"

"我们偷偷送过去的。"钱原挤在摄像头前，"但是宿舍里没有打火机，没法点蜡烛了。"

常岸耸耸肩，为白天被误解的自己辩解道："所以我问打火机不是要抽烟。"

"没关系，这样也很好。"宋和初仔细瞧了瞧，才发现蛋糕边上还摆着一圈切开的火腿肠。

"许个愿吧。"常岸把蛋糕举起来，放在他的眼前，"记得吹蜡烛。"

宋和初没有问哪里来的蜡烛，只是点了点头，闭上眼睛。

——没有愿望可以许，一时间没有想起来。

线上的两个人也屏息注视着他，屋里鸦雀无声，只能听到两道轻缓的呼吸声和手机微弱的电流声。

那就许愿世界和平吧。

再许一个通俗百搭的……一切顺利，身体健康。

宋和初睁开眼，对着没有燃起火苗的蜡烛轻吹一下。常岸手中的手电筒晃了晃，跟着一同灭掉。

仿佛真的吹熄了生日蜡烛。

就料到是这样的小把戏，宋和初没想到他们的幼稚脑回路居然重合，没忍住笑了一下。

周遭陷入黑暗,只有手机屏幕发出荧荧微光,他不经意间抬起眼与常岸对视。

常岸的鼻梁骨长得笔挺,侧面看眉弓接着山根像一片起伏连绵的山脉,将半张侧脸笼在阴影下,错觉之下,深邃的面容连带着那双眼睛都变得柔和起来。

陶灵的鼓掌声热烈响起。

宋和初挪开视线,微不可见地皱了皱眉。

"生日快乐。"常岸把手电筒再次按亮,将蛋糕交到宋和初的手里,"拿去吃吧。"

杯装蛋糕的杯底总是带着油,常岸特意垫了一张卫生纸。

宋和初看着稀缺资源如此轻飘飘地被当成了蛋糕碗,叹了口气接过来:"一起分了吧。"

他们坐到客厅里,却都不约而同地没有打开灯。

陶灵和钱原在会议里一起聊了一会儿最近的生活,考虑到明天要开始上网课,很快便下线去睡觉休息了。

常岸把沙发靠枕当作垫子,铺到地板上坐在窗边。对面的公寓楼也早已熄灯,宽阔的公路上空空荡荡,只有远处的高楼还亮着灯光。

今夜无云,月色明亮如水洒在窗前,掉落在白砖地面上,反射起片片清亮的光。常岸伸手把窗子推开一条缝,凉爽夜风顺势而入,把不知为何略有些紧绷的氛围吹散了。

宋和初盘腿坐在一旁,小心翼翼地把纸杯蛋糕掰成两半,递给他一半。

常岸说:"其实我屋里还有一个。"

宋和初动作流畅地收回手。

"算了,掰都掰了,给我吧。"他又把那一半蛋糕夺了回来。

太久没有吃过垃圾食品了,一个小蛋糕也能品得津津有味。

常岸咬了一口,看着星光明灭的夜空,问道:"你是不是忘记今天的生日了?"

"没有。"宋和初说,"就是我刚才睡着了,你来得太突然,没反应过来。"

"哦,我还以为你白天已经猜出来了。"常岸说。

宋和初幅度很轻地摇摇头,半晌才说:"谢谢。"

"不用谢。"常岸咬着火腿肠里的玉米粒,"你生日都不等零点吗?有朋友发祝福还能回复一下。"

宋和初把蛋糕吃完,拍了拍手里的蛋糕屑,漫不经心地说:"没什么人知道我的生日。"

03

"是吗?"常岸突然有些不知如何接话。

因为他知道宋和初的生日——不知是不是习惯使然,整个寝室的生日他都知道。

宋和初以为他想偏了,便自顾自解围道:"陶灵是班委,班里经常填个人信息,他应该是从我的身份证号码里看到的。"

"哦。"常岸从面前的窗玻璃的反光里看着宋和初。

宋和初垂着脑袋不知在想什么,忽然掀起眼皮与他在镜中对视。

没有下意识地错开与躲闪,常岸直直地看着他。

"怎么了?"宋和初问道。

这似乎是常岸第一次见到宋和初的笑,确切来说是对着他的笑。

宋和初的眉眼生得太漂亮,不笑时也像含着融融暖意,嘴角稍稍带上一丁点笑意便会让整个人都和煦温暖起来。

他们之间总是针尖对着麦芒,很少有这样和平相处的时光。

这个笑很浅淡,转瞬即间却能瞧出发自内心的放松和轻快。

"没事。"常岸这才慢悠悠地转开眼。

冷酷杀手的人设崩得很彻底。

虽然只是一瞬的不同,但常岸意识到,以后可能再也没法把他当成从前的宋和初了。

就算他再拍死多少只蜘蛛也无法挽回。

"睡觉吧,明早还要上课。"宋和初率先起身,把靠枕上的灰拍干净,丢回沙发上。

常岸坐在原地没动，又过了十来分钟才站起来。

他这时候才想起来之前开的年级大会，当时辅导员说这是个不错的机会，能促进有矛盾的室友彼此增进了解。他当时觉得都是放屁，很多东西也不是了解了就能改变的，就像安排卢林和他班长相拥十分钟也不可能让他们和解。

不过如今扪心自问，他确实没有之前那么讨厌宋和初了。

常岸当晚做了光怪陆离的梦，梦里有蛋糕和玉米火腿肠，有清爽的晚风，似乎还有宋和初一闪而过的笑容。

场面变化飞快，故事没有逻辑性，接连不断的梦境让他有些疲惫。在转醒的刹那还能捕捉到梦中的一帧画面，但睁开眼的瞬间一切却都忘得一干二净。

常岸仰面躺在床上，楼外传来的一两声狗吠昭示着新一天的到来。

但他感觉不太好。

他别扭地挪了挪身子，有点尴尬。他明明没梦到什么具象化的事情，总不会是生活压力太大而导致的。

常岸从床头柜摸索到手机，按亮屏幕看了一眼时间，早上七点十五，而八点就要上第一节课，今天一天都是满课。留给他偷摸洗床单的时间不多了。

他把鸡窝一样的头发捋到脑后，穿起衣服后快速把床单叠了起来。

公寓原本有公共洗衣房，但封闭管理之下出不了门，只能自己在卫生间拿着肥皂手洗。

常岸长这么大洗过衣服，洗过袜子，洗过内衣内裤，唯独没手洗过床单，这床单展开来比他臂展还长，拎高了还有一角会垂地，看着就让人犯头疼。

更头疼的是他压根没有带任何能够洗衣服的工具。

常岸讲究惯了，不愿意用公寓里提供的那块肥皂，总觉得洗手用的皂上细菌密布。

宋和初倒是有一块全新洗衣专用的硫黄皂，大概是收拾行李时为了方便，直接拿了一个还没拆封的，此时就摆在架子上的洗发水旁边。

走投无路，只能拉下脸去借了。

早晨做了例行检测，宋和初把早饭领到手，进屋前还叮嘱了他一句"不要忘记早八上课"。

常岸应声答应，犹疑片刻后问道："你的肥皂，借我一块？我要洗个衣服。"

宋和初拎着小米粥，没有理解他的意思："你用呗。"

"我的意思是……"常岸第一次遇到如此难以启齿的请求，措辞半天，索性说道，"我切一半吧，分开用，回去还你一块。"

宋和初的表情变得十分耐人寻味。

常岸眼睁睁地看着自己的形象再度崩塌，但他实在不好意思说出实情。

"切吧。"宋和初没有像往常一样开玩笑嘲讽，只是淡淡地点了点头。

常岸拦了一下门，在夹缝里补充道："没别的意思，我就是穷讲究而已。"

宋和初哭笑不得地看着他："你……自我认知很清晰。"

常岸意识到最好再说些什么，但喉咙被噎住一样说不出话来。

好像说什么都来不及了。

借个肥皂——只是一件小到不能再小的事情，按照宋和初的性格也许压根不会放在心上的晨间小插曲。但常岸却说不上来的别扭。

他自认是个潇洒的人，不会敏感地解读旁人的一言一行，哪怕有时收到了明晃晃的敌意也不会太过在意。但他此刻却敏锐感受到了有些事情正在潜移默化里发生改变。

他似乎开始越发在意宋和初了。

说不上来这改变的原因是什么，像偶尔后背上某个地方发痒，想认真感受一下伸手去挠时，那股痒意却又消退下去，四处抓挠都如同一拳打在棉花上。

好吧，也许是神经末梢不够敏锐，也许是时候还未到。

04

  常岸本想吃完早饭就去把床单洗了,但不知出于什么心理,他非常不想被宋和初看到。一耗就耗到了八点过后,老师用腾讯会议开始了他们入住公寓以来的第一堂课。

  上课的前十分钟都在和同学聊近期生活,学校目前的情况还算明朗,但不得出入的状态还要再持续一段时间。

  宋和初在自己的屋子里关着门听课。

  这机会不可多得,常岸没有分毫犹豫,立刻抱着床单冲去了卫生间。他把门锁好,对着洗手池,在脑海里演练了一下动作。

  穷讲究并不是徒有虚名,他不想把床单堆在洗手池里洗,只好全部架在肩上,只把脏污的部分送到水龙头下。

  他个子高,在水龙头下搓洗需要微微弯腰,这个姿势不太好办,架在肩膀上的床单经常会滑落。他一边肩侧发力撑住床单,一边弓腰洗着手里的东西,还要分神听老师讲课。

  这老师一讲起课滔滔不绝,没有点名的习惯,常岸却做贼心虚,时不时要抬头检查麦克风有没有关好。

  他对于"怎样算洗干净"的定义不明确,总觉得还会搓出泡沫来,冲洗多遍后低头闻了闻,硫黄皂的味道淡得几乎闻不到,应该算是洗好了。

  常岸如释重负地将被单团成一团,揽在怀里溜出门。

  眼看大业将成,在距离卧室仅仅只有一步之遥时,宋和初却突然开门走了出来。

  人倒霉起来,霉运挡都挡不住。他们直直撞了个脸对脸,常岸怀里的一团被单不能更明显地展露在宋和初面前。

  常岸的脚不听使唤一样加速,明明知道这模样很狼狈,却还是不受控地逃回了卧室。

  离得这么近,只有一种可能宋和初没有看到,那就是他瞎了。

  果不其然,屋子里陷入了几秒钟的沉默,唯有网课老师的声音回荡在空中。宋和初许久后才冒出一个感叹词:"啊?"

常岸从未感受到这样无孔不入的尴尬，纠结一番后索性推开门，叹了口气："所以我说要把肥皂切一半。"

又是一阵沉默，大概是宋和初也不知道该说什么，最后才调侃了一句："这才搬出来住几天啊，不至于吧。"

常岸下意识想反驳，但细细想又觉得这话里有话："不是，就算不搬出来住也不至于啊！"

也许是话题跳到了一个很微妙的领域，追问下去不合适，强行略过又会很尴尬，两人干巴巴地对视着。

宋和初在这一刻体会到了一种前所未有的怪异情绪。

仿佛他在此时才终于意识到褪去耍帅标签的常岸只是个普通的、和其他任何人都没有区别的男生。

他们之间的不合拍和看不顺眼成为了遮羞布，从头至尾将两人束缚在一个固定关系的天平上，半好不坏地僵持着，他们始终没有尝试过踏出友好建交的一步，也从未想过这一步是有可能踏出的。

宋和初歪着脑袋回忆了一下。

常岸在他面前从来不刻意装酷，怕鬼怕虫子都理直气壮，全然不似他对外所展现出的男神形象。这种与平时相割裂的状态一直让他不太适应，但有时想想又觉得本该如此。

因为不在意，所以不去演，该是什么样就是什么样。

他是这样想的，常岸也是这样想的。

不用靠性格与行为处事来维系一段友谊，也就无须去维持一个好形象，反正是好是坏也影响不了他们糟糕透顶的相处。

宋和初看着常岸的脸，发现他的下巴已经冒出了一圈淡淡的青苔。

他终于发现了这股怪异情绪起源于何处。

是因为常岸在别扭，他感受到了常岸的手足无措，所以他才会跟着有些尴尬。

常岸为什么会别扭？因为洗床单，还是因为昨天晚上的短时间和平相处？

宋和初微不可见地皱了皱眉头，又很快舒展开。

对话原本将终结于此，可他却装作寻常地继续开玩笑道："不至于吗？你那些精彩纷呈的花边新闻可都有名得很。"

宋和初承认他在潜意识里有意想把常岸说得很糟糕，不知是为了提醒谁。

常岸却没听出来一般，一扬眉毛："我哪来的花边新闻，都是卢林传出去挡桃花的……"

好像又装了一把。

常岸适时闭嘴："算了，传就传吧。"

网课老师还在滔滔不绝地讲着，宋和初意味不明地笑了笑，转身回了房间。

常岸无端有些说不出口的堵心。

这种感觉不上不下的，说不出个一二，但就是噎在心口堵得慌，像吃了一粒容易卡嗓子的胶囊，喝了半天水也不确定到底有没有顺下去，总要惦记着。

不太好的预兆。

05

网课第一天上得很顺利，同学们全都没有迟到早退，看来如今上课已经成了封寝生活里唯一可做的事情。

屋子里的氛围不太乐观，无处遁形的尴尬充斥在每个角落里，搞得常岸拎着一根数据线都不知道什么时候还回去更合适。

但似乎只是他一个人在单方面尴尬。

中午送饭时他和宋和初在客厅里碰了面，宋和初的行为举止自然得不能再自然，像是完全忘记了早上的事。

"数据线还用吗？"

常岸终于得到了顺着台阶下的机会，把线扔给他："不用了。"

宋和初接过来："下次让陶灵他们托人把你的线送来吧。"

"嗯。"常岸看了他一眼。

敲门声适时响起，常岸等了几秒后才开门，把凳子上的午饭拎进来。

今天的餐盒是圆形的,看起来像是面食,自打隔离以来一直是米饭套餐,还没有换过面食吃。

他和宋和初之间的饮食差异无法调和,曾在寝室里争论过炸酱面到底是咸的还是甜的,宋和初说当然是甜的,他觉得世界上只有咸的,一来一回吵了半天。

直到钱原小声说他老家做的是辣的,争论才就此休战。

常岸把饭放到茶几上,看到宋和初不知什么时候接了个电话,正坐在沙发上皱着眉头。

电话那端应该是宋东风,宋和初的脸色不太好,表情是十足的不耐烦,看样子时刻有可能把面条掀翻在地。

愤怒的气场太强大,常岸端着一碗面站在玄关处,有些不放心地转头看了看。

宋和初在这时猛地站了起来。

常岸见状一愣,把餐盒放到一旁,走到宋和初的面前,时刻防备着他有所动作。

这次可不能再摔手机了,这屋子里没有备用机给他用。

宋和初闭着眼仰了仰头,深呼吸一口气,直接把手机扔在了沙发上,径直去了洗手间。在擦肩而过时,常岸拦了一下,却没说出话来。

宋和初的眼圈被揉得一片红,眼角更甚,仿佛眨一眨就能滴出血来。

常岸心头一跳,手中的禁锢松了松。

宋和初推开他。

落在沙发上的手机通话还没挂断,常岸盯了一会儿,走过去拿起来,能听到里面仍有一个男人的怒骂。

他听着咒骂声心里不痛快,便转头对着洗手间问道:"你手机,我给你挂了?"

一声模糊的"嗯"。

常岸正要按下挂断,听筒中的男人说道:"谁?你是他同学?"

常岸心道"我是你皇祖父",本想装没听见不多管别人的闲事,但越想越咽不下气,冷声回答道:"与你无关。"

"他不是被学校安排去别的地方住了吗?在外面还有室友?"宋东风问。

常岸这才听出不对,对面的人似乎喝得有些上头,说话也是大着舌头含糊不清。

宋东风控制不住音量,扯着嗓子一样说道:"他还有关系这么好的朋友?"

常岸立刻就明白为什么宋和初能被气到流眼泪了。

"这么孤僻的人,他还能交到朋友?"

颠三倒四的话,常岸听着只觉刺耳又讽刺,冷冰冰地说:"关你什么事?"

"这就不关我事了?"宋东风反复重复着这句话,"二十岁生日给了三千块钱,真是亲孙子啊。"

常岸说:"三千块很多吗?"

他听到洗手间里的宋和初低声笑了起来。

"狂!你谁啊跟他这么好?你是他……"

"说完了吗?"常岸打断他,"你上哪儿喝的酒?这个手机号是你本人吧?等着我现在就举报你。"

他不由分说地挂断了电话。

界面跳转回了桌面,在几秒钟没有进行操作后自动黑屏。他从漆黑的屏幕上看着自己的脸,才发现不知不觉飙升的心跳仍然没有回落,沉重地怦怦跳,连带着指尖都在颤动。

也许是被气的。

卫生间里又没了动静,常岸带着一股无名火,把拖鞋踢得直响。

他怕宋和初是在里面哭,被他看见了会尴尬,便在门口等了片刻。

里面的水龙头开了又关,关了又开。常岸还是没有忍住,探头看了一眼,却看到宋和初正贴在镜子前,两只手扒着左眼的眼皮,下巴和鼻尖上都挂着水珠。

常岸被这场面吓了一跳:"你干什么?"

宋和初收回手,单闭着左眼,从镜子内看过来:"眼睫毛掉眼睛里面了。"

常岸没能说出话来。

宋和初再次撑开眼皮，苦恼地凑在镜子前仔细看着："揉了很久了，找不到在哪儿，又很硌。"

常岸感觉自己被蒙骗了，咬着牙："你哭一会儿就流出来了。"

"哭不出来。"宋和初说到这里没忍住笑出声，"三千块难道不多吗？这个帅真是耍得炉火纯青。"

06

"他像这辈子没见过钱一样。"常岸磨了磨后槽牙，越想越不爽。

他承认自己见过的流氓太少，猛地一下遇上这种说话不过脑子、混得理直气壮的人，实在是气不打一处来。幸好今天在这里的人是他，如果是陶灵或者钱原呢？听到这些话会是什么反应？

常岸只觉不可理喻。

——又或许宋和初是故意的，如果换成别人，他未必会留下这个接电话的机会。

他没再围观宋和初寻找迷失的眼睫毛，拿着盒饭回了卧室里。

宋和初听着他的步子远去，眨了眨眼睛，异物感依然强烈，眼珠稍微转一转就磨得生疼。他对着镜子里的自己——眼前蒙了一层模糊的水雾瞧不真切，只有一圈被揉得通红的眼睛看起来最突兀。

明明只是一小根连找都找不出来的睫毛，却硌在眼角或什么地方，刺得他连眼睛都睁不开。

他再次弯下腰往脸上扑水，水珠顺着小臂流下去，淅沥沥落到地面上。

其实他是故意把没有挂断的电话落在那里的，说不上来是出于怎样的心态。

也许是因为他再受不了宋东风的死缠烂打，终于决定要拉黑他，刚好借了常岸的手，若是日后宋东风翻旧账，他还能狡辩一句"不是我拉黑的"。

从前一直没有拉黑，是怕宋东风恼羞成怒去老妈那里闹，但他最近烦心事太多，倒是债多了不愁，浑不怕了。

毁灭吧。

宋和初又揉了揉眼睛。

今天的午饭是面条，姑且当作是生日长寿面了。

他的餐盒上放着一个没拆开的纸杯蛋糕，宋和初拿起来看了一会儿，一并端去了屋里。

他顺手把宋东风的号码拉黑，单手打开餐盒盖，另一只手翻着朋友圈。最顶头的一条动态是五分钟前，兰田发的，文案只有短短一行字。

"心碎的瞬间只需要一秒。"

然后又在评论区给自己回复了一句："分手了，单身。"

宋和初饶有兴趣地挑起一筷子面条。

这人从官宣到分手只需要五天，看样子也不是和平分手，不知这短短五天里发生了什么精彩绝伦的故事。

他继续向下翻，看见了常岸在昨晚发的动态，是微信运动的步数截图，图上的人全都是齐刷刷的二三十步，配文是"现象级"。评论区有陶灵和钱原，两个人像对暗号一样，发了相同的坏笑的表情。

看样子是在筹谋昨晚的突然惊喜。

宋和初把面条咽下去，跟在他们两个的下面也回复了一个"坏笑"。

现在许二十岁的第三个愿望——希望小行星撞地球，但寝室四人及老妈可以逃入世外桃源。

宋和初把面条吃了个干净，吃完有些犯困。

老妈曾经在他耳边念叨过，吃饱了就困是血脂高的表现，但他也懒得在意，只想躺进被窝里，下午的两节课靠划水度过。

光是想想就感受到了一阵轻松，他立刻就从柜子里拿出换洗衣服，准备去浴室洗个澡，一觉躺到晚上。

这两天公寓的水管终于修好了，中午的水压也很稳定，宋和初拉上浴室玻璃门，第无数次腹诽为什么这玩意儿是透明的。

他打开花洒，挤了半泵沐浴露在手心里。

刚刚打出泡沫来,他听到水声之下隐隐有急促的脚步声,正由远及近地快速逼近浴室。宋和初想都没想就把泡沫抹在了自己身上。下一秒,卫生间的房门被人猛地推开,常岸如入无人之境,目不斜视地闯了进来。

宋和初脑仁生疼,眼看着他冲到了洗手池前,又旁若无人地一扬手脱下了上衣。

上衣上能看到几片水渍,看上去是面被打翻了。

运动少年的资本一览无余,练出来的肌肉恰到好处,看起来很像勇猛的拳击教练。

宋和初叹了口气,关掉了水龙头。

哗啦啦的流水声消失,常岸这才向一旁扫了一眼,又开始面不改色地冲洗自己的胳膊。

"你……"宋和初都觉不出尴尬了,"进来干什么?"

"怎么了,没看到吗?"常岸歪头指了指扔在一旁的上衣,"我把粥打翻了。"

这场面太怪异了,一个火急火燎一个若无其事,手里却还都在各忙各的事。明明早上还因为借个肥皂而尴尬得故意躲着对方,那种无从说起的、关系稍缓的心照不宣又被宋东风的电话加热,宋和初原以为常岸起码躲他两天,才能回到从前的相处模式。

他突然有些无法理解常岸的脑回路。

常岸的手大概被烫到了,看起来红彤彤的,冲了一会儿也不见好。他稀里糊涂地折腾了一会儿,又着急忙慌地转头对着宋和初说:"你快洗,你洗完我洗,烫死我了。"

宋和初迎着他无比坦率的眼神,动作机械地重新拧开水龙头。

在他的印象里,常岸虽然大部分时间都一副满不在乎的模样,但心思细得很,对一些细微的变化的捕捉很敏锐。

按理来讲不会做这么莽撞又违和的事。

……这是在干什么。

Day 6

转变

强扭的瓜倒也未必不甜。

01

也不知道洗手池的水管和浴室水管的构造如何,两个水龙头一起开启时,浴室里的水会温度骤降。

宋和初关掉花洒,敲了敲玻璃门:"你这怎么弄的?"

"胳膊肘掀翻了。"常岸没好意思说是看到了兰田的朋友圈截图,一时震惊才碰倒了滚烫的粥。

宋和初围观了一会儿他冲洗胳膊,实在没忍住:"大哥,你好歹注意一下自己的形象吧?"

常岸说:"这还不算注意吗?要是卢林在里面,我直接开门进去一起洗了。"

他按压一下被烫得通红的皮肤,细密针扎一样的疼,但比方才要好很多,看来并不严重。

他给宋和初的这个答案半真半假,一来确实是真心话,他刚刚疼得直冒汗,实在想当即就冲到浴室里,二来也确实掺杂了一分刻意,只不过这份刻意是针对他自己的。

刻意提醒自己，别太在意一些变化。

他对宋和初的态度在逐步软化，只是从"看不顺眼的人"变成了"也许可以试着做朋友"而已，只是许多情绪都被无限放大了。

宋和初的形象跳脱出了从前的扁平化标签，不再是"讨厌小动物"或者"冷漠无比"，在日复一日的相处过程里，他不断地向着这些标签背后填充更多的信息，渐渐地让宋和初这个名字变得丰满而立体，从一个标签变成了也会被一些事牵动情绪，会高兴、难过、尴尬的，活生生的人。

这让常岸没有办法再像从前那样视他为空气，越是了解，越是难以照旧，越是不由自主地改变。这种向好的改变预示着新友谊的建立，而开启一段全新关系的过程里，许多行为举止都会在无意中被过度解读。

也许只有他一个人在过度解读，也许是他在过度解读宋和初是否也有过度解读，也许是他在过度解读宋和初有没有发现他在过度解读……

这让他陷入了一个独自尴尬的死循环里。

常岸在试图把这种尴尬感消解掉，将他们的相处模式重新拉回之前的样子里，坦率一些，少在意一些。他也没想这么用力过猛，谁能料到这面的威力如此强大。

本以为这一串举动会让自己也有些不好意思，没想到实操起来居然还很自然，甚至让他渐渐从刻意装自然变成了真的自然。

宋和初换好衣服，在临走前问道："我给负责人打电话送点药膏来？"

"应该不用，你快出去。"常岸一溜烟钻进浴室里。

宋和初将他的话置若罔闻，转头就联系了负责人，要了一管烫伤药膏。

洗澡的这短短十几分钟里，兰田给他发了不少微信。宋和初一边铺被子一边看，看得倒吸了几口凉气。

兰田快速从失恋的悲伤里走出来，并宣布自己要向着新的一天出发了。

宋和初不是傻子，一眼就看出来兰田失恋心痛，正在四处撒网找人发泄心情。

这人还记不记得他长什么样子，就要气势汹汹地来找他谈心？他拍了拍枕头，一骨碌钻进被窝里，给兰田发了"加油"两个字敷衍而过。

兰田的形象在此刻才清晰起来，从一个勇敢追爱的文艺青年变成了处处留情玩弄感情的渣男。

兰田的表达欲不请自来，自顾自发泄起了失恋的情绪，说到后来还抱怨起自己曾经的朋友。

宋和初懒得理他，但消息弹窗不断，余光一扫就能看清内容。

兰田说自己曾经追的那个人不懂他，总是一副高高在上的模样，架子摆得比谁都臭。后面一段是两个人的相遇相识，见面是在酒吧里。

也许是兰田突然发现这个场合与自己表现出的人设相悖，连忙找补了几句，说他是去找朋友的，不是去玩的。然后又飞速将话题拉回主线，说酒吧里灯光绚烂迷人眼，他和那位对视一眼，当即有一种相见恨晚的感觉。

这段初遇讲述得太令人印象深刻，兰田及时刹车，埋怨起了这个人的恶劣事迹。

包括但不限于脾气不好、性格阴晴不定、生活很难伺候、脑回路常常难以捉摸，说得非常不堪，只是代入一下就无法让人接受。

宋和初半张脸埋在枕头里，没想明白兰田为什么要和这个人死缠烂打当朋友。

卫生间的门发出几声响，常岸洗好后走了出来。

宋和初听见声音，瞄到他站在客厅里，浑身上下只在胯上围了一圈毛巾。

……这位的脑回路也常常难以捉摸。

他知道常岸应该是没有拿换的干净衣服进去，但这场面未免也太不雅观了，换了别人都会快速跑进屋里，谁会像常岸一样光明正大地站在外面。

宋和初在床上翻了个身，背对着门用力按了按太阳穴。

02

常岸换好衣服,差不多正好卡到下午的网课时间。

他加进了老师的线上直播,顺便点开了校内新闻推送。

学校内部看起来已经控制住了,零星有几个校内病例,都是最初生病的人身边的同学。

看样子回校指日可待了。

在公寓里住的这段时间像进了世外桃源,好像每天都没有荒废,又好像每天什么也没干,一眨眼时间如流水,抓都抓不住。

常岸把颈椎按摩仪随手套在脖子上,侧脸看着窗外的树冠。

不用考虑学习,不用考虑未来,不用考虑下一顿饭吃什么,只有偶尔听到宋东风的电话时才有与外界接轨的实感。

回到学校似乎就意味着被抛之脑后的烦恼再次找上门,不能再做个没心没肺、混吃等死的废物了。

常岸百无聊赖地拿起手机,在空荡荡的聊天界面反复刷新。

每一天都在期待有新消息,能聊一句是一句,他怕自己将要失去与人社交的能力了。

无聊之下,他给常雪连发了好几条骚扰信息。

"看看怎么样了?"

看看是常雪养的虎斑猫咪,大名叫"常回家看看",因为名字实在太长,老爸干脆把前三个字扔掉,只留下了"看看"两个字。

常雪居家办公的这几天几乎每时每刻都在分享照片视频,有时候是可爱的猫,有时候是令人恼火的垃圾与猫毛。

几分钟后,常雪发了一段短视频过来。

看看趴在键盘上,两眼恹恹无神地眯着,耷拉着耳朵。常雪伸手戳了戳它的脑门,它不耐烦地侧过头,眼珠转了几下,露出一缕嫌弃的眼神。

常岸看了好几遍,越看越觉得这只猫像宋和初。

常岸:它怎么不太高兴?

常雪:没睡醒太累了吧,可能因为我这几天总是闹它。

她又发了条视频过来。视频里她伸出两根手指把猫耳朵拎起来，看看小声喵了喵，一脸厌弃地挪到后面。

常岸越看手越痒痒，便问道：我能拿这个视频发朋友圈吗？

常雪：发呗，第一次见你炫猫。

常岸保存了视频，配了一个猫爪的emoji发了出去。

他本来也没想炫，但看着卢林持续直播截图兰田的朋友圈，莫名产生了一种想发动态的分享欲。

朋友圈发出去的十分钟内陆续收到了一些反馈，每多出一个红点，常岸都会点进去回顾一遍视频。

……看看怎么越来越像宋和初了？

卢林非常捧场地发了一连串恶心表情，又跑来私聊他。

卢林：你怎么突然开始发猫了，跟兰田宣战？

常岸只觉晦气：我都没他好友了，宣个屁。

卢林：哦，我还以为你知道了呢。

卢林一旦表现出这种引人上钩的腔调，就一定是吃到了什么趣味盎然的瓜。

常岸：说来听听。

卢林：兰田又开始四处找人抒发失恋之痛了。

常岸本以为会是什么惊人秘密，大失所望：他不就是爱好与人互渣吗，这有什么的。

卢林：但我怀疑他盯上宋和初了啊，我刚看他发的朋友圈，那个聊天截图的头像打得马赛克很敷衍，一看就是宋和初。

常岸：？

卢林发来了一张图，是兰田和另一个人的聊天记录，内容很简短。

——我决定了，过去的便过去了，每段过往都是为了向我伤痕累累的心上裹一层盔甲。要向前看，前面有更好的人，不是吗？

——加油。

常岸起了一身鸡皮疙瘩，难以置信兰田创作出了这么让人心惊肉跳的文字。

回复"加油"俩字的人的头像打了码，但仍能看出是蓝绿配色，中间带着一抹红,像测视力的时候镜头里的那个旷野上的红气球。

常岸笃定全校除了宋和初没人用这么有毛病的头像。

也许是看了一下午猫咪,他对宋和初叠加了一层毛茸茸、软绵绵的滤镜,立刻对卢林骂道:兰田这人,吐苦水祸害他兄弟们还不够,还祸害宋和初?

卢林半天才回复:我还以为你很想看这个乐子。

常岸语塞,发了一串省略号:这倒也确实挺乐子的……

03

被人不声不响地截图聊天记录发了朋友圈,还没有把头像打上合格的马赛克,宋和初看到时有些生气。

要是其他时候也还好,但兰田这个文案太有引导性,很难不让人多想。

宋和初面无表情地点进兰田的对话框,话说得不太客气。

"下次截图对话时麻烦告知我一声,谢谢。"

似乎说得太生硬,他在表情栏里挑了一会儿,加了一个眯眼笑的表情,看起来更阴阳怪气了。

兰田半晌没有回复,宋和初又切去朋友圈。

兰田的动态后面是一段小猫的视频。小猫趴在键盘上,一只手出镜捋了捋它的耳朵。

宋和初点开视频又放大看了一遍,被兰田扰乱的心情慢慢回暖。

小猫还小声叫了,要把音量调很大才能听到,他只觉心脏掉入一片软绵绵的棉花里。

他这才注意到发布人居然是常岸。

常岸从来没有提起过他养了一只这么可爱的猫咪,但这条动态看起来也并不像网络上的视频。

常岸居然养猫?

宋和初一直觉得他连养自己都养不活,居然还能养小猫?

他犹豫一下,还是给视频点了赞。

所有存在于互联网上的猫都是可爱的，不会有被挠和被咬的风险，除了不能亲自摸之外没有任何缺点。

宋和初小时候被猫围堵在巷子里挠了一爪，打了一个月狂犬疫苗，对猫猫狗狗产生了深深的心理阴影。时至今日，他看到猫还是会绕着走。

但这种源自内心深处的恐惧居然和主观喜爱不冲突。在看到小猫时，他还是很想上手摸一把。

宋和初又点开视频看了一遍，似乎连带着发布视频的常岸都变得可爱起来了。

下课后没一会儿便有人敲门送药，报备药品都送得很快，有时情况紧急会比三餐先一步送达。

宋和初伸手开门，目光落到攥着门把的手背上，才发现自己身上也有一片红斑。

他一惊，卷起袖子仔细看，发现小臂内侧皮下泛红，有几处冒出了两三点小红包。

跟在后面等饭的常岸探脖看了一眼，没看见别的，倒是看见了宋和初的胳膊。

常岸按住他的肩膀转了半圈正对着自己，皱紧眉头："你也把面洒身上了？"

宋和初嫌弃地叹着气，开门将烫伤药膏递给常岸。

"这是过敏了吧？"常岸看都没看，只是认真地问着。

宋和初原本没什么感觉，此时才觉出背上胸前隐隐发痒，他歪着脑袋蹭了蹭肩："没事，我一会儿去要一板氯雷他定，吃了就好了。"

常岸半信半疑地盯着他胳膊上的红疹："没事吗？我看过敏严重的红疹会起到呼吸道里，要送医院的。"

自打看见了朋友圈里的可爱小猫，宋和初对他都发不出脾气了，好声好气说道："我经常起这个，这不算完全的过敏疹，这个是荨麻疹，可能是我中午吃到什么了，或者是前几天感冒抵抗力下降了。"

常岸的动作比他说话还快，不由分说地拨了负责人的电话。

宋和初欲言又止地看着他。

对面接听很快,常岸和负责人说了姓名、房号等一些基本信息后,把手机递到了他的耳边。

宋和初抬了抬手,见常岸没有要把手机交给他的意思,便微微侧过头,就着他的动作,对电话里说:"老师?"

"怎么了?说是起荨麻疹了?"负责人问。

宋和初又抬眼看向常岸,说道:"是,需要一盒氯雷他定片,最好今晚能送。"

"一会儿就能送到。是不是得抹点药膏啊?"负责人问,"直接让医生上去看看吧。"

"不用,我以前也会起……"

负责人等他说完后,才说道:"还是让医生去看看,因为我这边开药得走流程,起疹子也在需要上报的表格里,就……虽然说应该没事,但是有万分之一的可能,这个……学校那边比较谨慎,让医生看看你也放心。"

"那好的。"宋和初下意识抬手扶了一下手机。

常岸把手机向他掌心里送了送,不动声色地抽回手。

"大概十几分钟后吧,医生就会到,如果还有什么问题随时联系我。"

宋和初把手机握在手里:"好的。"

电话挂断后跳回到桌面,壁纸是一只懒洋洋的猫,图片背景和今天朋友圈里面的视频背景一样,看起来是刚刚换的。

宋和初像是有意没话找话,以免气氛陷入沉默的尴尬里:"这是你的猫吗?"

"嗯,我姐养的。"常岸接过手机。

宋和初"哦"了一声,又说:"挺可爱的。"

04

"挺可爱的",短短四个字打破了常岸对他的旧印象。

原来宋和初也不是讨厌世界上的所有小猫,原来是喜欢冷脸猫猫。

医生在五六分钟后就敲门进来，脸上带着面罩，宋和初见他没带着检查的装备，便没有摘下口罩。

大夫的动作很专业，手中拿着一面像是放大镜的东西，戴着橡胶手套，仔细看着起红疹的皮肤。

"荨麻疹，给你开点抹的药，这个药你用过吗？"

包装上写的什么什么松软膏，具体名字没印象，但看这个包装很眼熟，应该是曾经用过的药。

"应该用过。"

大夫又拿了口服药给他："暂时尽量用以前用过的药，以免碰新药出现新的过敏反应，这药都是治荨麻疹的，你应该都吃过。"

宋和初"哦"了一声，第一次经历这种面对面站在门口的就诊。

大夫问道："除了胳膊，还有哪里起了？我看一看。"

宋和初反手挠了挠后背，忽然有些局促："后背。"

大夫点点头，示意他转身。

宋和初咬着牙转过头，和常岸撞了个脸对脸。

常岸不识趣地站在原地没动，宋和初只好硬着头皮掀起后背的衣服。

大夫看得很快，还打了个手电筒："嗯，是荨麻疹，还没起包，就是皮下泛红，趁着还没开始，吃这几个药就行。"

宋和初放下衣服："好的。"

"忌口啊，你应该都清楚了，牛羊鱼虾辛辣不能吃，少出汗，别泡澡，不能挠。"大夫交代注意事项的嘴皮子很快。

"药得吃多久啊大夫？"常岸在后面问了一句。

大夫把腰上的小包扣好："先吃七天，控制住了就减量，不能直接停药哦。"

宋和初心道他以前也没吃过七天药，基本上一晚上就能痊愈了。

不过这次后背的面积比较大，挠了半天又不见好，估计和以前的情况不一样。

大夫临走叮嘱了一句："药膏早点抹，现在先抹一次。"

宋和初连声应着，立刻就联想到了一些尴尬的事。

他自己抹药很难抹到后背，但叫常岸来帮忙却总感觉不合适，也不太好开口。

晚饭在这时才被送来，被暂时搁置在茶几上，宋和初把药的包装拆开，对着说明书研读一会儿，洗了手准备涂抹上。

常岸一声不吭地跟在后面，目送他进洗手间，拿肥皂洗手，从洗手间走出来。

宋和初就料到他不怀好意，转头看过去，常岸果然正八风不动地站在不远处，嘴边含笑，像一尊等待被唤醒的大佛。

宋和初做了个不算激烈的心理斗争，最后妥协道："来帮我一下？"

常岸明知故问道："帮什么？"

"抹药。"宋和初举起手里的药，"帮一次忙抵消一次记账本的借物记录。"

常岸一挑眉："性质不一样还能互通？"

宋和初看在小猫的面子上没有骂人，只是静静地看着他。

"好吧，来，这个我有经验。"常岸撸起袖子。

宋和初回屋子里翻找了一会儿，拿了几个一次性手套出来。

"你来这儿还带手套干什么？"常岸诧异道。

宋和初侧坐在沙发上："你问你自己，上礼拜点完炸鸡把赠的手套满地扔，落我脚底下我给捡起来，随手就放旁边了，谁知道怎么会出现在我包里。"

常岸把手套稀里哗啦地戴上："抹多少？"

"看着办。"宋和初说。

常岸研究了一下药膏管，开口处覆盖着一层箔膜，要用盖子反面的小尖头戳开。

常岸小心翼翼地戳了一下，没能成功。

他尽量不挤压药管，动作极轻，手指发力。

只听"噗"一声，药膏从开口处窜了出来，拦都拦不住，一口气窜了一大长条出来。常岸连忙把药囫囵全部抹到宋和初的背上，眼看药管还在继续吐痰，他快速将盖子拧上。

他把堆在一起的药膏慢慢涂抹开，顺着泛红的地方揉着。

宋和初耸了耸肩:"痒,你摸猫呢?"

常岸手下发力,稍微使劲。

宋和初眼前一黑:"更痒了。"

"比猫还难伺候。"常岸额角直跳,不管不顾地使用起了自己的独特手法,装作听不见宋和初的抗议。

05

宋和初对常岸的手法不抱有任何希望。

"怎么越来越红了?"常岸嘀咕道。

"有疹子吗?"

"没有,就是红。"

宋和初叹了口气:"那可能是你揉搓的。"

常岸低声笑着:"我没有使劲……你自己够不到后背吗?"

"我要是够得到就不喊你帮忙了。"

常岸的目光落在他的肩膀上:"那你颈椎不好。"

宋和初忽然想起来之前看到过常岸在脖子上贴膏药:"推销你的膏药?"

常岸"噗"一声:"那是我花钱从医院开的,我给你干什么?"

他说完,用另一只干净的手顺手捏了捏宋和初的颈侧:"斜方肌僵硬,二十来岁就颈椎出问题啊。"

宋和初烦得要命:"好了没有?"

常岸毫不留情地推开他,摘下手套,看了一眼表:"好了,全程用时六分钟,一分钟抵消一条账。"

就知道这人没安好心。

药膏还没有吸收进去,宋和初没法穿衣服,只能先掀开晚饭的餐盒。

之前还嘲笑常岸洗完澡没穿衣服像个精神病,没想到自己也变成了这副模样。

"这是牛肉啊。"常岸咬了一口餐盒里的炒肉,"你吃不了吧?"

宋和初愣了一下,看着餐盒里炒得香气扑鼻的肉,亮着一层爆香的油光:"你能吃出这是什么肉?"

常岸说:"牛里脊。不信你看菜单?"

宋和初翻出公寓群的每日菜单,今天的菜当真是五香炒牛肉。

他闷闷不乐地扒拉着牛肉旁边的葱丝,只能挑着另外两个素菜吃。

茶几很矮,他不得不弯下腰,膝盖向旁边岔开。两个人挤在一起,常岸向一旁躲了躲。

躲避的动作很细微,不仔细的人也许不会注意,常岸倒是做得很自然,但宋和初却像被提醒到了一样,再一次清晰地看到了他们之间有什么正在改变。

他不想让常岸因为他而感到尴尬,如果他们之间的关系永远无法从对头自然地转换为朋友,那就没有必要试图去转换了,卡在中间不上不下两个人都难受。

宋和初把醋熘白菜吃完。

不知为何他总感觉若是两个人还停留在从前的关系里,常岸会对他说"要是不吃牛肉就都给我"。

算是无凭无据、天马行空的想象,常岸未必真的会这样做。

不过能够肯定的是,从今往后他都不会再有这样做的可能了。

晚饭吃的都是青菜叶,没什么油水,宋和初料到了自己会饿,果不其然,夜里躺在床上辗转反侧,还没到零点就饿了起来。

他没有开灯,在黑暗中回复着手机里的消息。

之前卖惨装可怜都是骗常岸玩儿的,还是有挺多人知道他生日的,好几个高中同学都发了祝福给他,还有几个生日礼物的物流卡在了中转站发不进来。

今天宋东风发疯,是因为时隔小半个月他终于从医院住院部里逃出去了,办理层层手续把陪床名额转给了舅妈。应该是这段时间憋坏了,情绪压抑太严重,在医院里又管理严格无从释放,出去喝了点酒立刻就上了头。

老妈给宋和初发了红包和祝福,全程都没有提宋东风,宋和初便也没有主动提起,怕让老妈知道宋东风私下找了他之后生气。

老妈让他发个自拍，看看她儿子是胖了还是瘦了，宋和初说屋子里黑灯瞎火没法拍。

老妈说：你没在宿舍吗？你们宿舍不是都很晚熄灯来着？

宋和初也懒得继续瞒了，便说：我被学校安排到外面了，在学校的公寓里，单人间双人房挺好。

老妈果然急了：什么时候的事儿？你也生病了吗？

宋和初无语：我生病了还能等到现在告诉你？只有短暂的接触。

老妈这才说：又没跟妈说，怕我担心啊？

不然还能怎样。

宋和初翻了个身，又继续聊了几句。

翻身后的姿势面朝窗户，他隐隐听到楼外面有阵阵音乐声。

十几分钟后不见音乐声散去，他掀开被子，拉开窗帘看到是马路上的一辆车，也不知是车载音响还是后备箱放了个扩音器，正播放着一段纯音乐。

不是飙车时的摇滚配乐，纯音乐里小提琴声轻缓，让人有种置身电影画面内的错觉。

宋和初睡不着觉，一时兴起，溜达去客厅里坐在了窗前。

十九岁的结尾一夜和二十岁的开头一夜，都是以窗前观景收尾，想来也算有些仪式感。

白日里不论何时向下看，楼底下总有一两个医护人员的身影，此时一片静谧，宁静得仿佛一切都没有发生。仿佛他们只是公寓内一户普通的住户，在夜里听着马路上的音乐，抬头看着几颗闪烁的星星，发呆愣神直到产生困意。

客厅里没有时钟，墙面上只有一个等待挂上时钟的钉子，但宋和初看着月亮出神，脑子里却像有指针在走动。

身后传来极轻的一声开门声，接着是压着响的脚步声，脚步在行至客厅时戛然而止。

宋和初偏过头，看到常岸端着一杯水站在玄关处。

"怎么没睡？"常岸率先开口，"外面吵？"

宋和初摇头。

-098-

常岸没再放轻动作，拎起热水壶接了一杯水，又慢慢踱步走到他身边坐下。

这个动作仿佛让他们心照不宣地达成了某种契约，彼此没有任何沟通与交流，默默地并肩看着窗外。

放音乐的车仍没有走远，轻扬的古典乐飘入屋中，把这场景烘托得更像电影落幕。

他们的沉默里没有尴尬，没有胡思乱想，不约而同地将彼此当作不存在，也许是倦怠了，又或者只是困了。

宋和初第一次感受到这样奇妙的人际磁场，似有若无地萦绕在周身。

看起来常岸在这里与不在这里并无区别，没有对他的心情与想法带来任何影响和改变，但他知道，这幕电影画面里一定要有常岸的出席，否则会像没蘸酱油的清蒸鸡腿一样食之无味。

"聊聊吗？"常岸喝了一口水。

宋和初看向他，银白月光洒在常岸的侧脸上，刚喝完水的缘故，唇边湿润，自带了高光的滤镜，瞧起来就很像电影男主角。

"聊什么？"

常岸等了许久后才说："聊聊宋东风。他说你性格孤僻没朋友……你高中过得不开心吗？"

06

"那有什么可聊的。"宋和初说。

载着音乐的车远去，大提琴声渐行渐远，仿佛预示着故事将要完结于此，观众永远无法得知这个问题的答案，主角的归宿被留白，无数种结局将存在于每个人的想象中。

"我本来没想问的。"常岸说，"但是宋东风上次说得太直白了，我再不问问也显得太刻意了。"

宋和初心道你居然知道，听他语气没有不适的意思，便问："你想听哪部分？"

常岸嗤笑道："还能点播？"

"有什么不能。"宋和初调整一下坐姿，盘腿盘得有些发木，看来脊柱这一条线确实有点问题。

常岸说："你想说哪部分就说哪部分。"

哪部分都不想说。

虽然宋和初已经不把曾经的事情放在心上，但此时回忆起来，仍然有些条件反射一般的抗拒。

"我有一个好朋友。"宋和初低声说，"在一起玩了很多年的朋友，取个代称，就叫他'小洛'吧。"

他思考一下，又说："算了，还取什么代称，叫名字也无所谓。他叫董洛。"

常岸心底"咯噔"一声，不希望故事的走向是宋和初的这个老朋友伤害过他。

如果是被曾经真心当朋友的人推开又伤害，未免太残忍了一些。

"当时我是班里的学习委员，平时没什么事儿干，是夹在班长和同学之间的传话员。"宋和初说，"也许是我看起来人缘好吧，后来好多人有话都不跟班长直说，跑来找我迂回。"

"当时班上有一个同学早恋，恋的还是隔壁班的同学，那人已经有对象了。他觉得这样的自己很割裂，无法对自己的心意负责，已经严重影响到了他的学习成绩。"

"我们班主任因为他成绩下降太快找他谈过话，之后那个隔壁班同学就去找班主任私聊过，那个同学应该看出来了——不知道他们两个聊了什么，所以他很煎熬，想主动找班主任坦白。"

常岸听得一愣一愣："为什么？就因为这个？也许只是师生之间在聊学习内容什么的而已，这不就是自己吓唬自己吗？"

"我也是这样说的。"宋和初按住眉心，"他焦虑得每天睡不着觉，我随口安慰了几句，谁能想到被人听见了。"

常岸的心情像在坐过山车："被听见了？那这又有什么的，你不是在安慰别人吗？"

"被董洛听见了。"宋和初手指揪着头发梢慢慢卷着，语气很平静，静得让人听来心惊，"我当时说了些感情方面的话，不知道他听去了哪部分，可能误会我没对关于感情的问题表态，觉得有问题。"

"从那以后他开始……跟我不太好了。"宋和初说到这里停顿一下，"我是不是看起来很好说话？脾气好，像遇上什么事都不会生气一样。"

常岸转头注视着他："只有看起来是。"

宋和初与他对视一眼，笑了笑："也许只是对你不是。"

"后来我和他挑明了，我不希望我们两个决裂，说得还挺客气的，虽然只是我自认为很客气，但他还是把这件事传了出去，但话里话外都在黑白颠倒。"

常岸静静听着，问道："那宋东风是怎么知道的？"

"你不问问班里同学有没有人相信吗？"

"我本来就是问的宋东风，其他的又与我无关。"常岸晃着水杯里的水，不知道的还以为是端了一杯红酒。

宋和初托着下巴看向天空："班里应该信了吧，没什么人觉得我三观有问题，但决裂毕竟是真实发生了，我人缘不错，大家也不会在我面前表现出来，但是……"

他犹豫一下才说："越是装作无事发生，我越会觉得别扭。"

常岸晃动的手腕动作一滞，细细品味了这句话的弦外之音，才说："是吗？可是前两天没看出来你别扭。"

宋和初叹气般笑了起来，将曲起的腿伸展开，脚尖顶在落地窗玻璃上。

常岸非常轻巧地承认了前两天他是在"装作无事发生"。果然如他所猜，他们的关系早就在无形中不知不觉发生了改变，两人终于都没有撑得住继续演下去。

还是坦诚更符合常岸的性格，能把这种私人得不能更私人的事情都坦诚问出来，也算他有本事。得亏是他还算了解常岸，知道他是个什么臭脾气、烂性格，要是换了别人，听到这话也不知会不会尴尬又羞恼。

宋和初说："我都习惯了啊，我一直生活在这样的'装作无事发生'里。只有我自己不别扭，其他人才不会别扭。又不是所有人都会像你一样，感觉不自在了就主动找我聊，大部分人会永远装着看不出来。"

"装傻不累吗？"常岸问。

宋和初思考了几秒，用胳膊肘碰了碰常岸："普通人的社交思维和你这种以自我为中心的人不一样，给我也倒杯水。"

常岸站起来，反驳道："我没有以自我为中心吧，我也很乐于服务别人，比如给你倒杯水。"

"那是我用词不当，你自己意会吧。"宋和初说着，转头看向常岸。

常岸的身形隐在黑暗中，热水壶的水哗啦啦流出，掉入玻璃杯里，由一声清脆慢慢变成咕噜咕噜，水雾蒸腾，在空中抖一抖就消散。

宋和初想不起来他们曾经还有没有如现在这样平和的时刻，很多时候的彼此厌恶都源于不了解和浮于表面的互相猜测，说开了之后倒也感觉不到有什么值得讨厌的地方了。

从前他一直看不惯常岸的这种"自我"，觉得他太特立独行，太娇生惯养，做什么都好像在装。

但现在想想也不尽然。

心态的转变也很神奇，明明没有发生什么令人改观的事情，但他却可以从另一个出发点来看待常岸了。

强扭的瓜倒也未必不甜。

"意会到了。"常岸说。

07

"宋东风是在高三百日誓师的时候知道的。"宋和初说，"那天我妈加班，让宋东风来学校接我……在学校门口的公交车站，或许他只是路过，我也不知道他为什么会出现……不过看上去就是来找我的。"

宋和初又想了一会儿："或者是去接我哥吧，我哥的实习单位和学校在一条公交线路上……我也不知道。"

"百日誓师的时候放了几个很能调动情绪的影片,当时还有不少人看哭了。也许董洛是受到刺激想修补关系吧,我不知道,他结束后就来找我了。"宋和初说,"你看,这件事里有这么多巧合,偏偏就是同时发生了。"

常岸端着水杯站在后面,一言不发。

"他到车站来找我,说是毕业之前的最后一次,问我愿不愿意听他说一些话。我说没有必要了,到此为止。他的情绪比较激动,上手拉扯了几下。"

常岸慢慢坐回到地上,把水杯放到宋和初的手边:"你这话说得也太……是我的话我也上手。"

"我推开了,他可能觉得没面子,又纠缠了几下。其实他没有说什么其他的话,也没有提起什么与之相关的事情,但是宋东风就是听到我三观不正的事了。"

宋和初抿了一口水:"很有趣是不是?宋东风一个四十来岁的人,平时连他亲儿子的事都不管,偏偏揪住我不放。"

"不过当时我不知道宋东风在,也不知道他都想了些什么,他是等到高考之后才和我说的。"

常岸冷笑道:"还算有点人性,没高考之前跟你闹。"

"他没那么大胆子。"宋和初说,"我高考没发挥好,但比起我哥来也不算差,姥姥心情好,给了我不少钱,这些待遇我哥都没有,换了谁都眼红。"

常岸仍然不太理解,想委婉措辞一下又不知道如何开口,只好说得直白一些:"他上次打电话也是提你姥姥的钱,你姥姥是什么亿万富翁吗?抢个家产还能闹到这个程度。"

宋和初转头看着他:"不是亿万富翁就不能抢了吗?不食人间烟火。"

"我、我爸我妈、我爷爷奶奶姥姥姥爷,全都是独生子女,我上哪里跟人抢钱?"

"全都是?你不是有个姐姐吗,还养了只小猫。"宋和初问。

常岸犹豫了几秒:"常雪是我叔叔的孩子。"

-103-

宋和初就知道会是这样的结果："你有个叔叔，就说明你爸不是独生子女，叔叔是爸爸的兄弟。"

"哦。"常岸摸了摸鼻子，"我们两家来往不多，就常雪跟我关系还可以，那就只有我爸不是独生子，我家也没有争家产这些破事。"

宋和初两手撑在地上，扬起脖子活动几下："破事儿太多，就是因为没几个钱所以才要争。我家还……重男轻女，我妈这些年过得挺累的。"

常岸的脑海里闪过几帧电视剧画面："你姥姥家里问她要钱？"

"倒也没有那么极端……谈不上轻女，他们对我家还算说得过去，但是能感觉出来不太重视，宋东风是男的嘛，又生了个孙子，一直很受器重。"

"什么年代了还搞这一套？那非得按照这个歪七扭八的思路想，你妈也生了个孙子啊，你不也是男孩吗？"

宋和初笑道："是啊，我也是个男孩。"

常岸这才明白过来，为什么宋东风每次闹事都往宋和初面前闹。

在守旧的老一辈眼里，他这个孙子就是老妈能说得上话、过得上舒坦日子、拿得到钱的唯一底气。

宋东风每次都拿他儿子结婚做文章，为的就是提醒长辈们他家马上就能延续血脉，马上就能光宗耀祖了。他拿这些不断地挤压着宋和初老妈的生存空间，当年宋和初在阳台被气到摔手机也能够理解了。

常岸听着感觉如一团乱麻，扰得人头疼："憋屈。"

"那一代的老人好多都思想固化，扭不过来。"宋和初说完后长舒了一口气。

这些话他也曾和别人说起来过，高中有交心的朋友问过他，他捡着其中几个部分零碎地聊了聊。但今天说完却有种真正踏实的、松一口气的感觉，脑子里空白一片。心情像偶尔刷到的解压视频，液压机压着一大坨东西，物品被挤压变形、缩小到微不可见，最终从液压机的小孔里迸发而出，在空中炸了个花儿。

谈不上痛快，但很舒心。有些事情脱口后便能当成是暂时储存在了其他柜子里，虽然负担与压力一直未消失，却能短暂地从肩膀上离开，松快片刻。

宋和初不常和人谈心，他向来不想把苦水吐到别人身上，人家无法感同身受，说不定还会生出些其他想法。

但今天的常岸表现不错，扮演了一个合格的倾听者，这让他倾诉时的心理负担少了很多。他说："讲完了，还有答辩环节吗？"

常岸闻言思考了一会儿。

"嗯……百日誓师放的什么短片？"

他的声音很低，在安静的夜色里变得格外清晰，似乎能够将每个音节拆分开，逐字逐句、慢慢悠悠地飘入耳中。

"要变得勇敢的短片。"宋和初也慢悠悠地回答着，"讲的是……才十几二十岁的年纪，想做什么就做什么，要热血一点、努力一把上个好大学，在高中时代的最后一段时间做想做却从来没做过的事，等到以后……也要勇敢去尝试，别太在意别人的目光。"

常岸沉默了很久。

宋和初想调侃一句"你不会也受触动了吧"，但不知怎的没有说出口。

这句话有点越界了，比这十几分钟里聊的所有内容都更越界。

"好了，睡觉吧。"宋和初站起身，"这些话我不介意说给别人听，但也很在意，我只和你讲过，帮我保密。"

常岸很轻地答应下来："嗯。"

秘密。

Day 7

麻烦事

我是董洛,
过几天学校要开优秀毕业生讲座,
你要参加吗?

01

　　黑夜太适合发酵情绪，睡一觉醒来再回忆昨晚，宋和初的心里只剩下咯噔一声、咯噔两声、咯噔三声。

　　不知道常岸觉得尴不尴尬，但他想起昨晚那几句话，"这些话我不介意说给别人"和"我只和你讲过，帮我保密"，恨不能把这段对话从常岸的脑子里揪出去。简直就像化身为超级英雄之后交代凡躯的后事，比如我走了之后你帮我照顾好这个世界……

　　早晨做例行检查时，他刻意留神了常岸，发现他宛如失忆，没有对昨晚的夜谈做出任何多余的反应。但这一次宋和初觉得他是在故作忘记、假装不在意。也许是因为把很多话说开了，或者是常岸自己想通了些什么，自然得找不出纰漏。

　　常岸的喜怒总是表现得很明显，就像从前把讨厌摆在脸上一样，和他相处起来既心烦又舒心，拉扯得宋和初快要精神分裂了。

　　时隔小半个月，做检查时常岸又一次在门口的小台阶上滑了一下。

　　这次他有经验了很多，往后面拽袖子也拽得驾轻就熟，只是宋和初被他扯得一个趔趄。

大夫对此见怪不怪，只在给宋和初做检查时问了一句："病好点了没有？"

宋和初愣了愣，才反应过来是在说他的荨麻疹，见他并不是昨天上门问诊的大夫，却还是回答道："不怎么痒了。"

"有问题打电话就好，过不了一阵子你们就能回校了，到时候吃药、开药都方便很多。"大夫对他挥了挥手，把门关上。

宋和初本想说他平时也不是像这样总生病，但大夫走得太匆忙，他没来得及开口辩解。

早餐随后而至，菜品难得的很丰盛，光是下饭咸菜就有三种，今天打开盖子后不禁感叹终于不再是酸豆角了。

"过年了？还给了个苹果。"

常岸端着饭菜坐在沙发上："今天校庆吧，一会儿还有节目表演，得拍观看照片发给班长。"

宋和初经他一提醒才记起来，这几天朋友圈里一直有人在转发官博的校庆文章，他看着那些千篇一律的标题从来没有点开过。

最近几年的校庆都办得小打小闹，要么推迟要么潦草带过，最多也就在学校体育场开个不大不小的晚会罢了。

他看过官方公众号以前里面的图片，曾经的校庆很热闹，满街的树冠上都挂着彩灯，广场上摆满了合影打卡点，某次还请过一个小有名气的乐队来开场。

宋和初几乎记不清这样人声鼎沸的场面是什么样子了，在这样的环境里生活太久，似乎做什么都畏首畏尾、不敢出格，图片里青春洋溢的相拥呐喊看起来像上个世纪的事情。

为了给校庆直播挪出一个档期，老师昨天还通知今天的课程改到下周上了。

宋和初后知后觉，叹道："都管理成这样了，还搞什么校庆啊。"

常岸一副若无其事的样子："越惨越庆，不能自挫锐气。"

宋和初打开官网的链接，直播尚未开始。

"不是说八点钟开始吗？"常岸瞥了一眼时钟，在寝室群里发了几条消息，问另外两个人学校内的氛围怎么样。

消息如石子落海，半天没有回音。

宋和初把苹果拿去洗："他俩还没起床吧，又不用早上七点多做检查，谁八点钟起来看校长讲话。"

他把手上的水珠甩掉，转头看见常岸正坐在沙发上，眼巴巴地看着他。

他心道不妙，在一刹那就料到了接下来的台词。

"没有水果刀吗？"

宋和初不知说些什么好："将就着吃吧，以前也没见你削皮啊？"

"那不一样……算了就这样吧。"常岸也拿着圆滚滚的苹果去了厨房水池。

宋和初把校庆直播加入等待列表，转头看着厨房的方向，听到只有水声，没有其他声音。

他真是怕常岸把苹果皮给一圈圈啃下来，幸好没有。

这个苹果洗了半个世纪，每一寸果皮都被搓得一干二净，等常岸回来的时候，直播里已经开始播放先导片了。

这片子看不出拍摄时间，画面里一闪而过了一个食堂的背影，宋和初的印象里，这个食堂在过年期间一直在装修，看来片子最迟也是去年年底拍的了。

视频中先是闪回了几个校园的画面，伴随着音乐的鼓点，最后落在一双奔跑的球鞋上，背景音乐拉长，画面变成慢动作，屏幕中央慢慢浮现出一行字。

"拼搏、坚持、勇敢，我们的百年。"

宋和初立刻长叹一口气，这片子简直和他昨晚故事里的启蒙大片遥相呼应。

勇敢。

这几年他的勇气确实削减了很多，去年他翻过高考时写的日记，日记本里描绘了许多对大学生活的愿景。

周末去哪里旅游、坐一晚上绿皮小火车，还有俗气一些的通宵把酒言欢等许多他此时甚至想都不敢想的事情。

勇气无处安放,这些大胆的事情始终没有办法完成。

但宋和初感觉常岸对"勇敢"的理解会与他不一样。

特别是在听了昨天那个故事之后。

他没敢去看常岸的表情,自顾自掰开苹果咬了一口。

短片的剪辑手法很炫酷,像是在炫技一样用了许多眼花缭乱的高级转场,配音的声音很有故事感,听起来令人动容。

"当你在深夜里合上写满笔迹的书本,当你在奔跑时决定听从沉重的脚步而放弃,当你在怦然心动后默默转身躲进阴影,你抓住了什么,又丢失了什么?"

小学生作文,标准的开头排比句。

宋和初注视着屏幕上的画面。

"人生路如镜,来处漫长,去处茫茫,镜里是无际长路,你面对的只有阻挡在面前的你自己。敢战胜他、敢打碎他,镜子背后便是灿烂的、铺满阳光与鲜花的明日。"

常岸盯着看了一会儿,小声说:"不押韵。"

02

常岸啃苹果啃得很慢,校长发言讲了一半他才堪堪吃完,把果核丢进了垃圾桶里。

线上校庆很无聊,宋和初有点想退出,但余光瞥见常岸依然看得津津有味,便没有说出"拿你自己手机看去"这样的扫兴话。

一直撑到团委书记讲话时,这诡异的平静才终于被打破。

手机弹窗弹出来了一条信息。

宋和初设置的是在弹窗内直接显示消息内容,"兰田"两个大字毫无遮挡地映入眼帘。

宋和初背靠在沙发上,眼睛盯着他发来的话。

"起床了吗?"

不妙,这四个字非常直白,带着一股不撞南墙不死心的味道。

虽然他也不理解为什么兰田要使用如此意味不明的开场白,但这个开场白也昭示着即将到来的聊天内容或许会很劲爆。

宋和初在内心斟酌着要不要及时止损，把手机抢回来，兰田的第二条消息就已经发过来了。

一如既往的青春伤痛文学的味道，写着：我有话想对你说。

不会又是个被勇敢小短片激励的青年吧？

宋和初在脑海中快速回顾着他和兰田的每一次对话，他的疏离和拒绝应该已经非常明显了。在此之前的一个礼拜里，他回复兰田的字数加起来应该还不足五十个字。

兰田：这些话我知道你不想听，但是……

后面的内容被弹窗隐藏起来了。

宋和初瞒也瞒不住，只好认命地在常岸的注视下拿回手机，切去了微信，等待着兰田的后文。

常岸问道："大早上就来这一出？"

宋和初说："我怎么知道？"说完才反应过来，"嗯？你认识他？"

"认识啊……吧，"常岸心道言多必失，他捋了一遍"自己应不应该认识兰田"，最后敷衍道，"听说过。"

宋和初没心思去分辨常岸话里的真假，兰田正在微信上说着前言不搭后语的话，中心思想都是感谢你将我从失恋里拯救，你是我的太阳。

宋和初每打完一句反驳的话，兰田都会发出来一条新的让人大跌眼镜的消息，等宋和初回复完这条，新的一条又出现了。

他看得鸡皮疙瘩起了一身，常岸在身边沉默地坐了一会儿，突然开口问道："他是来发疯的吗？"

"是吧。"宋和初也没再遮掩，"看起来又因为勇敢追爱收到挫折了。"

常岸只觉荒唐："他又勇敢追爱啊？"

宋和初饶有兴趣地看过来。

"他谈恋爱跟喝水一样，一个月不换十几个都浑身不自在。"常岸索性也不装了，把兰田的条条罪状列出来，"说的比唱的还好听，等分了还不知道背后怎么编排人家。"

宋和初一时间没跟上他的节奏,脑子里搭错了弦:"你见他谈过?"

常岸也没料到这个问题的出现,许多话到嘴边刚要说又被堵住,卡了壳:"那倒没有。"

宋和初看着兰田的消息,荨麻疹都要痒起来了:"他又不是咱们院的,你跟他怎么认识的?"

还能怎么认识,常岸对于兰田的套路了如指掌。单方面认识、单方面投缘、单方面聊得昏天黑地,之后便开始热烈的吐槽之路。

当初兰田和他讲自己前追求对象的时候就是这样一条龙,他实在消受不来。

但他这暴脾气能记兰田这么久,又能忍耐他一个月的骚扰,都是因为兰田这人在某种意义上撬开了他的择友开关。

在此之前,常岸对于自己的定位是茫茫人海里一个普通的混沌人。

外向也好,内向也一样,不知是不是因为自己太过恃才傲物,交朋友的时候总是随遇而安、随心所欲。

从小到大他对对他好的人有好感,班长给他糖,他就觉得人家好,第二天不给糖就不觉得了。

在上初中之前常岸都无从理解朋友的定义,总把喜欢交朋友、有一点好感能当朋友、想要当好朋友这三种截然不同的感情混为一谈。

上高中便是感性情绪大爆发的阶段,那时他终于接受了"当朋友还是看眼缘、来者不拒喜欢就好"的观点。

可无论是哪种类型,这时候都该到了狐朋狗友一大帮的阶段了,唯有他还成天到晚心如止水,到哪都是独来独往,连耍帅都耍得不起劲。

常岸那时候觉得自己要完蛋了,感觉自己会孤独一生。

直到碰上了兰田,他平生第一次遭遇如此恐怖又猛烈的交流,被人用"给你讲个故事"砸了个满头。

他对兰田的交友方式无感,甚至有些厌恶这种无时无刻的骚扰,却能够清晰感受出自己的心理变化。

原来这就是真正的想和人交朋友的感觉……有点过于轰轰烈烈了,比卢林替他放出去的烟幕弹谣言还轰轰烈烈——那烟幕弹是他指使卢林传播的,只因之前在大马路遇上个道士,非得给他看相,说让他挡挡身边桃花,最好能一直挡到年后,拖到三四月份,不然可能会走厄运。

常岸原本不信这些,但这话听都听见了,信也不是不信也不是,置之不理心里又总惦记着,索性让卢林自由发挥,能挡一点是一点。他也没有想到卢林能编出什么"骑摩托追人千里,马路下跪公然大哭"这样的故事来。

但这些纸上谈兵的故事也只是听起来唬人,比不上兰田的可怕。

常岸摸了摸鼻子。

若是放在以前,他不介意和宋和初说说这些故事。但是他现在有些说不出口,心情复杂得无法抽丝剥茧挑出一条思路来。

他还不够勇敢。

03

"他都说了什么?"

宋和初冷眼看着对话框:"念给你听听?"

"那还是别了。"常岸干巴巴地说,对着自己的手机屏发呆。

屏幕停留在壁纸首页上,他手指一动不动地按在音量键上,不知下一步要进行什么操作,脑子里有些乱。

常岸突然冒出来了一些表达欲,比如很想给宋和初分享几张看看的照片,或者随便闲聊什么。

总之不想让兰田一直占据着宋和初的时间。

这是个奇怪的想法。

他并不是很喜欢分享私生活的人,虽然朋友圈发得还算勤快,但大部分都是扯淡。之前常雪也说过"没见过你晒猫",他甚至都不怎么和卢林聊这些比较私人化的生活琐事。

常岸摸了摸耳郭,漫无目的地点开微信,在近期消息栏里慢慢划拉着,眼神飘忽无法聚焦。

所以是为什么呢?

"你会不会有时候觉得……和别人待在一起很舒服？"常岸忽然开口问道。

宋和初正在冷脸拒绝兰田的消息轰炸，闻言沉默道："你说兰田吗？"

"不是。"常岸一时语塞，噎住后没再继续说下去，"算了。"

宋和初这才反应过来，对着手机怔住，慢慢扭过头看着他。

"你想说什么？"

常岸盯着他的眼睛，几秒后才生硬地转移话题："你想不想看小猫的照片？"

宋和初没有放过他的敷衍了事，只是勾住他的目光不放。

"你是不是不喜欢猫？"常岸避开他那双沉静如水的眼睛，在手机里找出了几张看看的照片。

宋和初有些想叹气。

他本以为常岸会继续说出什么叫人无法回答的话。

这间屋子里的氛围早就已经十足微妙，这层别扭的关系像被吹到了极限的气球，再多加半缕空气就会炸开，他不知道炸开后该如何收场。

看来常岸这种无所畏惧的性子也会怕无法收场。

讲实话，宋和初并不知道这个气球是怎么被吹到极限的，明明在最开始时他们还都想着搬出去住，看见对方就心烦意乱。这个问题难以深思，目前的他还无法给出答案。

宋和初这才回答了那个有关猫的问话："没有不喜欢，只是害怕而已，以前被挠过。"

"哦。"常岸犹豫了一下，"那你别看了。"

宋和初的头顶再次升起一个问号。

"你拒绝完了吗？"常岸把自己的手机递给他，"帮我拍一张在看校庆直播的照片，要上交给班长。"

宋和初打开直播，实在忍不住："你今天说的都是什么破话，毫无逻辑。"

常岸咬牙切齿地端坐在沙发前，挺直腰板，在镜头里留下一个完美的侧脸，直播里放着一听就知道是假唱的《东方之珠》。

这期间没有再弹出兰田的消息弹窗。

常岸把几张照片发给了班长，头也不回地进了卧室里，把门关上。他怕再走慢一步，宋和初就会问他"你到底怎么认识的兰田"。

此事说来话长，追根溯源还得追到常雪的身上。

他和兰田的初遇是在学校后街的一个酒吧里。他还真不是主动过去的，是那几天常雪突然对这地方很好奇，非要他开个实况转播。

他觉得尴尬，让常雪自己过来，但常雪也觉得尴尬，说他戴个口罩就谁也不认识了，不妨事。

那阵子的常岸还是个对人际往来无欲无求的人，不知是不是因为受到了宋和初的影响，他也确实很想进酒吧转转改善一下心情。

他是独自一人去的，随人流进去时懵懵懂懂，只觉和其他酒吧没什么区别。在来之前常雪叮嘱过他几句话，比如酒水不离身什么的，但全程也不见有人凑过来和他搭话聊天。

舞池离他坐的位置很远，没有见识到常雪口中的激烈钢管舞，他坐在吧台后，四下观察着周围的人。

他看到对面坐了几个看上去年纪很小的男孩。

常岸现在都没怎么出入过酒吧，一来时间不多，二来也想不出有什么乐趣，这些似乎刚满十八岁的小男孩看起来姿态如此娴熟，看起来是这里的常客。

人与人之间的差异真大啊。

他低头敲了一会儿手机，再一抬眼，与斜侧方的人视线撞了个正着。

那人对他笑了笑。

常岸天灵盖一凉，等到那人走到面前后果断拒绝道："不好意思，我陪朋友来的。"

但那人不躲不闪地看着他，对他晃了晃手机："加个微信吗？"

"没兴趣，谢谢。"常岸硬邦邦地回绝，起身要走。

"你是大学城的学生？"那人却说，"我叫兰田，也是学生。"

看起来不像是骗子。

"你其实是一个人来的吧,看你好久了。"兰田说,"没兴趣也无所谓,认识认识也不耽误。"

04

这一步的结果就是换来了天天被发消息,撕心裂肺得他每天都直冒冷汗。

他一直认为兰田想要的并不是和人聊天,只是在享受与人慢慢变熟悉、与人大肆吐槽的过程。

毕竟他没在这个过程中感受到他有多少诚心。

真诚这东西说来玄妙,每天被早中晚打卡、送水送可乐都不一定能感知到一丝半毫,有时却能在一个眼神、一个动作里准确地被捕捉到。

常岸向来不甚在意旁人的目光,今天是第一次产生了逃避的念头。

他好像不知道自己为什么要逃避,但好像又非常清楚。

他躺倒在床上,胳膊压到了一根垂在枕边的数据线。

宋和初的数据线。

他的眼前闪过了宋和初第一次将这根数据线递给他时的模样,一副厌倦的表情,歪着脑袋、耷拉着嘴角,像只被逗得不耐烦的兔子。

他们之间的许多次交集都因这根稀有的数据线而产生,从一借一还慢慢变成了谁需要就自己拿,无需打招呼,有时还会产生争夺战。

最近这段日子里,他只能看到宋和初一个人,也只能听到他一个人。

屋子里的每个地方都有他们生活过的痕迹,比如浴室架子上的水杯、垃圾桶里躺着的空饭盒、阳台上晒着的被子。生活似乎在不知不觉间发生了改变,许多难以捉摸的情绪在不声不响间滋生。

常岸觉得自己像把脑袋埋在沙坑里的骆驼。

他翻了个身,床边的桌子上摆着几本课本,他忘记带教材了——那是宋和初的书。

书上有宋和初的笔记,他习惯用铅笔在知识点上画很大的圈,不喜欢给书折角，偶尔闲得无聊时会把章节名字描黑一圈。

书上面扔着那个装着糖的小铁盒，自从宋和初感冒时拿这个糖试验了味觉后，便总是会来要一两颗。

常岸把脸埋进枕头里，隔着一层枕巾，硌得鼻尖酸酸的。

他心中可以清楚地判断出来了。

他并不想继续和宋和初那样针尖对麦芒下去，想尝试去和他成为要好的朋友，这与愿意跟卢林当朋友、喜欢摸看看的爪子尾巴、乐意跟钱原和陶灵做室友都不一样。

是兰田当初所描述的那样，只不过比那种热烈的狂风骤雨要平缓温和。

常岸有些心慌。

他想不出一切变化的根源在何处，不知道应该追溯于收拾行李箱的那一刻，还是源于阳台上摔碎手机的那一天。

总之……这样想想，他们已经有很久没有吵过架，也不再需要通过吵架来产生对话了。

他侧过脸，从枕头里露出一只眼睛，在手机上点了几下，把看看的照片发给了宋和初。

配文：看看。

一连四五条信息发到了宋和初的手机上。宋和初正忙着拉黑兰田，一转眼就看见常岸发了一堆毛茸茸的图片过来，配字拽得飞上天：看看。

这次是猫的正脸照，湿漉漉的鼻子，圆溜溜的眼睛，宋和初再一次感受到了心灵的净化。

但他不知道该回复一些什么，毕竟常岸也就如同在发号施令一样甩了两个字。

宋和初盘腿坐在沙发上，又盯着图看了一会儿，打开了手机备忘录。

倒霉的封寝日记。

从倒霉的第一天到现在过去了差不多小一个月，他每天都会或多或少地记录一些事。

确实太倒霉了，又是感冒又是过敏，一个接一个地找上门来，屋漏偏逢连夜雨。

除此之外还有很多小事，被蚊子在腿上咬了四个包但常岸却安然无恙，洗澡洗一半停水了只能喊常岸去打电话，楼上的吵架了他们躲在窗边一起听热闹……

第不知道多少天，过了一个很独特的生日，很开心。

从这一天之后的内容里，再也没有常岸的名字出现。

老师睡过头了忘记上课，吃到了不喜欢的水果却发现没有想象中那么难吃了，长了荨麻疹……

宋和初不记得写下这些琐碎记录时的心情，也无从得知自己是否在潜意识里刻意忽略了常岸的存在。

可如今他再也无法忽略了，他感受到了常岸的挣扎。

一种对于关系界定感到迷惘的挣扎。

宋和初也同样进退失据。

这种感觉像小学时候欺负小姑娘的调皮男孩，结果一山更比一山高，小女孩反过来把男生欺负哭了。他不知道这个例子如何类比他与常岸的关系，但就是莫名觉得很适合他们。

宋和初揉了揉眼睛，感觉有些烦闷。

他再次举起手机时，状态栏显示微信有新消息。他本以为又是常岸，没想到点开后居然是一个好友申请。

申请信息：我是董洛，过几天学校要开优秀毕业生讲座，你要参加吗？

05

宋和初扫了一眼验证信息，装作没有看到的样子，把微信关掉。

从毕业之后，他和董洛几乎没有联系。高中时大多数人都是用QQ联系，高考结束后班里很多同学互相分享了微信，他独独避开了董洛。

又或许是董洛在刻意避开他，那一天宋和初压根就没看见他的身影。

宋和初仰着头想了一会儿,又点回了好友申请的页面,看向用户来源。

来自手机号码搜索。

他去茶几边接了一杯水,把荨麻疹的药吞下去,目光瞥到了常岸的卧室。

常岸进了屋子后就压根没有出来过,不知道在里面捣鼓些什么。宋和初察觉到他最近越来越奇怪,每一种奇怪还都各不相同。

乱麻一样的生活里又添上了一团新的毛线,横冲直撞地砸入烦恼生活的正中央。

申请消息又添一条,依旧是董洛的来信,但这次验证内容变成了:是班主任让我来邀请你的。

宋和初不想把事情搞得太难堪,仿佛他还对曾经的事情耿耿于怀一样,居然还值得董洛搬出班主任来。他只是不想再看到这个人出现在他的生活中而已。

班主任的面子不能不给,宋和初端着水杯又等了十几分钟才点通过。

谁都没有先开口,对话栏里空空如也,只有那两条验证消息孤独地摆在正上方。

宋和初又接了满满一杯温开水进了屋里,瘫在床上,等待着对方先开口。

高中学校每年的百日誓师都会举办一个后续的经验分享活动,邀请一些优秀毕业生来打打气、讲讲故事。今年拖延了小半个月,看样子是准备在月底补上。

他算哪门子的优秀毕业生?是高考失利上了个与预期大学相差半个分数档的学校,还是高中当了三年学习委员在老师面前立了个不错的人设?

对方正在输入中。

宋和初卷起被子,把脚腕搭在床沿上。

董洛算什么,他对他的高考才是真正的耿耿于怀。

那年六月他没有受到舆论风向评价的影响，没有家里人给他施压，一切有可能会造成发挥失常的原因都没有出现在他的身上，但他就是考出了整个高中的最低分。

他知道有不少人以为他是被董洛和那些捕风捉影的流言打扰了。宋和初从来没有对此进行解释，毕竟也无从解释，成绩摆在这里，他没有解释的资本。

读大一的那一年，他几乎每天都在对眼下的生活不满，虽然从来没有说出口，但那股子萦绕心头的消极心情总是让他郁郁不乐。

今年倒是有些释怀，在延迟返校了大半个学期后，被压缩到日历都翻不了几页的大学生活变得无比珍贵，他终于开始尝试与自己和解。

……但是看到董洛，他才意识到他也并不是能够与一切都和解。

不管谁对谁错，不论曾经发生了什么，他都不想再出现在这所高中里，出现在那群同学的面前了。不为别的，只因他承认自己放不下，觉得尴尬，他不想也不愿。

董洛：和初，这是我与班主任商量过的，咱们这一届只找了几个同学，班主任认为你的学习习惯很好，希望你能来分享一下。

董洛：和初，我们先把私人的事情放一放，分享会在后天下午在线上举行，如果你有时间的话，我们都非常希望你能来。

宋和初看着他和班主任称兄道弟就烦。

烦上加烦，无名火在心底燃烧，他噼里啪啦地打字：我们没有什么私人的事情。那天下午我有课，不好意思。

打完这行字，一些沉寂已久的、不知来处的胜负欲翻涌而出，他实在忍不住，突然想学习发扬一下常岸招摇的作风。

宋和初：我那天还有另外一个座谈会要出席，没有时间，下次再说吧。

对面久久没有回答。

宋和初发完就有些后悔，他这句话不仅没有考虑班主任的面子，也把话驳得没留余地，完全不似从前回复几行都要字斟句酌十分钟的周全模样。

太幼稚了。

许久后董洛才回复他：那写一小段发言稿可以吗？

一不做二不休，宋和初决定将幼稚发挥到底：看情况吧。

和常岸住久了太容易被同化，不知不觉就变得幼稚又惹人烦，但他没想到这样带来的快乐居然这么爽快。

但装归装，董洛话已至此，他也没法再拒绝下去了。

宋和初这才意识到他只发稿不露面的行为很耐人寻味，但他对此又不太在意了。明明刚才还很在意、放不下，在意到不想再与这所学校有任何瓜葛，此刻却觉得无所谓了。

耍帅的力量真强大啊。

他趴在床上，打开备忘录，敲下一行"学习习惯分享"的标题。

学习习惯很好，这话倒是像班主任能说出来的。

刚刚写了没一行，半掩的房门外传来脚步声，常岸终于从他那金贵的屋子里出来透风了。

常岸的步子很稳健，从卧室走到洗手间，又兜到客厅，转一圈之后才踌躇着来到他的房间门口，像小狗在巡视家里的卫生状况。

宋和初翻身躺倒，从夹缝间看向门外。

常岸与他在门缝里对视上，便敲门问道："能进吗？"

宋和初一眼便看见他手里拿的数据线。

"线还你。"常岸公事公办地把数据线放在他的桌子上，在临走前驻足，问道，"说完了？"

"什么说完了？"宋和初问。

"你跟兰田。"常岸问得很坦然，这一次没有躲闪。

宋和初便说："哦，说完了。"

常岸的敏锐神经在此时格外发达："嗯？"

"什么？"宋和初反问回去。

常岸没再说话，一动不动地看着他。

宋和初这才慢慢坐起来，揉了揉乱糟糟的头发："董洛邀请我参加高中的毕业生分享会，我刚刚对着他耍了人生中的第一个帅。"

常岸没有想通这件事与他有什么关系："那你现在是在……跟

我耍人生中的第二个吗？"

06

宋和初怀疑了一瞬："这句话很装吗？不是你问我情况如何，我才回答的吗？"

常岸注视着他。

这阵子宋和初轮着穿这几件居家常服。浅蓝色的T恤衫，亚麻面的长裤，躺在床上或歪倒在沙发上时会露出一截细白的脚踝。T恤宽大，穿起来很舒服，不留神时领口会垂到锁骨下。

常岸忽然想到曾经在宿舍的阳台上，他们面对面站着，宋和初也这么看过他的衣领，

他被看得不自在，把衣服拉得很高。那时宋和初转身走的时候说："我有瘾，受不了？"

——常岸收回飘得遥远的思绪，对他歪歪脑袋："所以你拒绝他了？"

"没啊，同意了。"宋和初说，"他拿班主任出来说事儿，我也不好说什么。"

常岸不爽地撇撇嘴。

宋和初看出他有些话想问，可等了半晌不见下文。常岸憋了一会儿，又觉得这样避而不谈太不符合自己的性格，还不如顺其自然该说什么说什么：

"他还好意思来找你啊？"

宋和初拽了拽被子，低头翻着手机："不知道他怎么想的。"

"不想去的话拒绝他不就好了。"

"他拿班主任当挡箭牌，不管真的假的，我要是还拒绝就显得太刻意了。"

常岸皱紧眉头："这种事不应该刻意吗？他做了什么他自己心里有数吧。"

宋和初算是彻底发现他和常岸的思维差异了，从根本上，出发

点上,再到落实行动上,没有任何一个环节是相似的。

"他当然心里有数,但我越刻意他越来劲,你明白吗?"宋和初说。

常岸是完全不会在意对方会不会"越来越来劲"的那种人,只要自己拒绝时爽到就好了。

这个问题延伸下去难免会起口舌争执,可这个话题又实在是太容易引出宋和初的伤心事,他们意识到这一点之后不约而同地在此闭嘴。

常岸转开眼神:"那个分享会在什么时候?"

"后天下午。"宋和初默契地接过这个新话题,"我就写个发言稿,不会出席。"

"为什么不出席?"常岸"啧"一声,又回到了方才争执的状态里,"去都去了,不露面多憋屈啊。"

宋和初有气无力地说:"我不想露面,不想和他们再产生任何交集,我看着就头晕眼花加反胃。"

打心眼里不想。

他的高中没有因此经历什么阴暗的事情,没有歧视、没有暴力,所有人都对他包容而热情,在流言出现前后没有发生变化。

但他仍旧不想再回到那段日子里,那段所有人都在故作无事发生的、紧绷着的、沉默无言的日子。

这样想似乎有些身在福中不知福了,但宋和初认为这原本是可以规避掉的事情,一切的烦恼本都不该存在。只是因为一个语焉不详的流言,偏偏这个流言还算不上完全虚假,他连辟谣的机会都没有。

常岸懂个屁!

宋和初越想越郁闷,颇为不耐地掀起眼皮看着他,等待着对方辩手发言。

但没想到常岸琢磨一会儿,却开始出谋划策:"你不想去我去,我替你发言,就说你忙。"

宋和初僵在原地,没想到这种狗屁策略是从常岸口中说出的。

"你去?"他一字一顿问道,不漏过常岸脸上的任何一个微表情,想从中找出一丝破绽或违和来。

他不相信常岸不明白这意味着什么。

如果放在以前,这提议也不算糟糕透顶,但现在不一样,常岸知道他与董洛之间发生的所有事,而他们两个又刚巧处在落一根羽毛就会失衡的天平上,忽远忽近如荡秋千的失重感太强烈,他们经不起如此动机不明的合作。

这不仅仅是代替他露面那么简单,简直是去示威的。

……太刻意了,虽然这确实是常岸的作风。

宋和初立刻就要拒绝:"不用了。"

"为什么不用?"常岸靠过来,一只手撑在床头看着他,"不爽又不想露面,那就换我去,反正我也很不爽。"

宋和初不明白常岸对于"分寸感"的定义为什么忽高忽低,只好说道:"因为这是我自己的事。"

自己的事。

常岸的指腹在冰冷的床头架上摩挲几下,缓缓直起身,后撤半步。他眼睁睁看着小猫滤镜被宋和初一句话"啪"一下关闭,冷酷杀手又回来了,开始和他划清界限了。

"好吧,随便你。"他只觉索然无味,心情在被拒绝后快速变烂,终于撒手不管,转身离开。

宋和初仿佛看到了他耷拉下来的尾巴。

拒绝是下意识反应,此时慢慢回过味儿来,他居然对这个提议有些心动。

宋和初的处事原则里向来以规避麻烦为先,从来没想过这种挑衅到头上的解决方案,更何况这很像在炫耀"看我有个关系很好的同学",董洛看见了又会觉得他是故意的。

但宋和初仔细咂摸一会儿,发现常岸也没说错。

这种大刀阔斧的风格能够简单直白地剖析内心,他的确很不痛快很不甘心,而且不想重回那段记忆的抗拒感与想要装一把的冲动……也并不冲突。

反正今天已经放了非常幼稚的狠话,干脆就幼稚到底好了。

宋和初从床上下来,犹豫了一下是在手机上聊还是亲自去敲门。

他打开手机,聊天记录还停留在那句霸道总裁一样的"看看"上。面对着这两个字,他依旧不知道如何平滑地过渡到下文中,只好将了将卷起来的裤脚,趿拉着拖鞋,走过去推常岸的门。

"哎!"

门没关严,他轻轻一推就滑开了,露出半个光着膀子的背影……大早上也不知道脱衣服是要干什么。

常岸刚脱了一半,上衣不上不下地挂在脖子上,两只手被袖子缠在其中,艰难地扭头看过来。

宋和初的内心就算早已静如死水,见到这般光景也只能进退两难地轻咳一声,把门慢慢关回去:"唔……你先继续。"

07

"你……进门前能不能敲敲?"常岸的声音听起来也很无奈。

这段时间的无厘头事件发生得太多,他们似乎都已经对此习以为常了。

宋和初不甘示弱:"你大早上脱衣服干什么?"

"洗啊,早上做检查随便拿一件就穿了,忘记换了。"常岸的声音忽强忽弱,看来脑袋又钻进了衣服里。

这大哥还能记起来洗衣服,刚才走的时候一脸失落,看得宋和初还以为他得关起房门闷头哭一会儿。

"你来干什么?"常岸隔着房门问。

"没事。"宋和初突然觉出一丝尴尬,在经历了刚刚的思想斗争后,对这个计划加以肯定变得非常羞耻,"就是我刚刚想了想,你这个策略也不是不行。"

"不是不让我管了吗?管了以后那人还得多想。"常岸说。

宋和初第一次见常岸以这种口吻和他说话,一时间有些不适应:"你不是说了,去都去了,不露面多憋屈啊。"

常岸把衣服脱下来,瞄了眼门口,发现门被关得很严实。他换了件洗干净的衣服,又拍拍床铺上的褶皱:"写完把发言稿发我,你想要什么风格的?"

宋和初在门外说:"别太高调就行。"

常岸问:"我平时很高调?"

哪怕隔着一道门,他依然感受到了宋和初在翻白眼。

一会儿之后,他才听见宋和初说:"你……每时每刻都很高调。"

"放屁,我什么时候高调?"常岸把床单拎起来抖了抖,百思不得其解,"是你一直戴着有色眼镜看我,所以才会觉得高调。"

宋和初对着门默默压下了怒气:"你开学第一天就像蜘蛛侠一样从楼上翻下来,落地还做了一个前滚翻。"

常岸在里面怒道:"那是我共享单车没上锁,很着急好不好!"

"你军训的时候还骑着摩托车绕着操场转了三圈。"

"那是我迷路了!我那摩托车又不响,绕几圈怎么了?"常岸抬高了音量。

宋和初按了按眉毛:"你双十一在寝室里堆了二十八个快递。"

常岸一把拉开房门:"那里面有一半是卢林凑的满减,剩下一半是卫生纸和批发的袜子!"

常岸的脸冷不丁地出现在面前,宋和初看着他因为穿衣服而被静电电蓬松的头发,没说出话来。

"是不是我给你发个猫你都觉得我在炫耀?"常岸逼近一些,终于占了上风,"我给你发照片你为什么不回我?"

宋和初也纳闷:"你让我怎么回复?我回复'收到'?"

常岸难以理解:"你不是说你挺喜欢小猫的吗?"

宋和初也无法理解常岸的思维:"我喜欢小猫和我不知道怎么回复你有什么关系?"

两人鸡同鸭讲后对峙几秒,常岸忽然顿悟了:"你……看看是这只猫的名字,它就叫看看,不是我让你看看。"

宋和初久久地沉默了。

常岸欣赏了一会儿他语塞的表情,抱着一堆衣服从他的身边挤过去。

"你多打几个字不行吗？"

"这谁能想到？"常岸回驳道。

宋和初实在不想再和他讲话，回屋子里打开备忘录继续写发言稿。

常岸在卫生间里洗衣服，水哗啦啦直响，传到屋子里，跳进了宋和初的耳中。

他的脑海里出现了常岸的脸，还回响起了常岸的声音。发言稿至此开始跑偏，通篇变成了常岸的语言风格，不自觉就张扬了起来，甚至还跑出来了一些口头禅。

宋和初把口头禅的部分全部删掉，恼火自己为什么对这些东西记得这么清楚。

21天养成一个习惯，合住21天摸清一个人。

他把全文复制一下，发给了常岸。洗手间里依然响得像飞流直下三千尺，过了许久后才消停。紧接着常岸回复了他：你这学习方法看得我醍醐灌顶，得是高考缺考了一门才没考上"985"吧？

宋和初一听常岸说话就来气。

校庆这天放假，许多课都调到了后面几日，分享会的那个下午还真调了一节课过来，他当初说的"自己没时间"没想到一语成谶。

直到分享会开始前，董洛都没有再私下联系过他，宋和初便也没有主动提，只在开场前半个小时发消息说：今天没有时间出席，发言稿已经写完了，让我朋友替我发言吧。

这话说得不太好拒绝，几分钟后董洛说道：好吧，还以为你会亲自来，我们也那么久没见了，还想叙叙旧呢。

他发了一个表格，内容是排好的发言顺序，宋和初仔细看了看，大部分是今年刚毕业的学生，往届的只有他、董洛和考上北大的班长三个人。

宋和初端着电脑坐在沙发上，替常岸把专业课的腾讯会议挂上。

常岸上身穿了个人模狗样的衬衫，下面却大大咧咧地穿着沙滩裤，宋和初嫌弃得懒得转头看他，给电脑连上了耳机。

分享会很快就开始了，仍旧是万年不变的开场白，宋和初歪头看了一眼参会人数，一个班居然几乎到齐了。

印象中他高三时没有参加优秀毕业生分享会，班里大部分人也没有去。那时候，分享会是各个班主任各自找空教室开的，学生们总觉得耽误时间。如今变成了线上，在哪里都可以点进会议里挂着，左右也不耽误做自己的事，感兴趣听一耳朵，不感兴趣就静音，倒是方便。

前几个人的发言都中规中矩，宋和初左耳朵听老师讲课右耳朵听分享会，整个人昏昏欲睡。

直到班主任点了他的名。

宋和初一激灵，下意识点开专业课的会议看了一眼，确认不是老师在点名。

还没等他反应过来，常岸已经打开了摄像头和语音。

"大家好，我是宋和初的朋友，今天他有要事无法出席会议，我来代替他将他的学习方法与经验分享给学弟学妹们。"

他说完这段铿锵有力的话，抬头看了一眼笔记本电脑，仍旧保持着面部僵硬的微笑，把电脑抬了起来，调整着位置。

宋和初看着他咬牙鼓起来的腮帮子，几乎想象到了他在心中腹诽什么。

"怎么有电脑的摄像头是长在键盘上的？这拍出来的脸还有人样吗？"

宋和初再次检查了一下专业课的会议里自己没有开麦，以免把常岸的丢人发言散播到班里去。

"首先，在分享经验之前，我想问大家一个问题，有没有人想回答？没有我就随机点一个……"

宋和初的发言稿里没有这段惊人的互动情节，他难以置信地转头看着常岸。

常岸说："那就董洛同学吧。"

08

会议里沉默下来。

常岸问:"咦,董洛同学不在吗?我是看这同学的名字排在第一个……那就第二位来吧。"

会议里有人的麦克风响动几下,董洛终于出现:"在的。"

"太好了,请问董同学你的目标院校是什么呢?"常岸问。

宋和初怀疑他是来砸场子的,在旁边对他用口型说道:"他刚刚已经出场了。"

"不好意思,但是……我刚刚发过言了,我是往届的毕业生。"董洛说,语气里带了一丝不满。

"这样啊,不好意思,刚刚没有听清楚姓名。"常岸对此一笔带过,又跟着继续说道,"既然如此那便不耽误时间了,我来给大家共享一下屏幕。"

宋和初看着他把屏幕切到电脑桌面上,桌面的正中间开着发言稿的 word 文档,文档标题是"浅谈学习习惯(高考篇)"。

要不是摄像头还开着,宋和初真想对着常岸的脑袋来一下。

这个标题改得太有水平,说不上高调却又装腔作势到了极致。

常岸把发言稿小窗化,露出了桌面的几个边,桌面上还堆着其他文档,标题都非常离谱。

"学生会主席任职发言稿""从信息化的角度看新时代的共享……""校运会统筹调动一览"……

宋和初一伸手把键盘上的摄像头按下去,戳着常岸的脸,压低了声音咬牙切齿道:"我还混不混了?"

常岸不动声色地挥开他,把摄像头重新打开,游刃有余地介绍道:"不好意思,我此时在宋和初同学出席活动的场地后台内,网络不太稳定,大家见谅。"

宋和初眼前一片眩晕。

左下角的泡泡弹窗里有人发了一串"哈哈哈",看名字应该是来听分享会的高三学生,紧跟着又有几个人发了鼓掌的表情。

宋和初目瞪口呆。

常岸眼风一扫:"感谢大家的欢迎。"

这个发言稿的最初版有些混乱,宋和初想起什么就写什么,把

-130-

学习方法和复习策略都混到了一起，没想到常岸居然重新整理了一遍，把整个文档归纳出了一个体系。

他没有提学习方法，只以冲刺复习为切入点，把复习方法分成了三部分——基础知识很烂的、有点底子但是不会做难题的和全都学得很不错的。

这三个概括词就是他的原话。

"都三月份了，还有三个月就高考了，咱也别提如何学习这种虚头巴脑的东西了。这三个部分不是以人群来划分，而是以科目来划分的。"

宋和初听着这话，感觉他在暗指董洛讲了十分钟的"如何预习与巩固"。

常岸把鼠标挪到第一部分上，语言通俗易懂地讲着学习方法，中间夹杂着几句夸耀，甚至把宋和初发言稿里的单句话拆开详细讲了，还提到了他在写稿子时完全忽略的细节。

常岸讲话很有感染力，听着不让人犯困，不自觉就被他调动起来。也有可能是宋和初生怕他语出惊人，一直提心吊胆地跟着。

"好的，以上就是全部了。最后，宋同学还有一句话要分享给大家——无论结果如何，只要敢于战胜自己，迎接你的就是灿烂的、铺满阳光与鲜花的明日。"

这不是校庆小学生作文 VCR 里的吗？

宋和初先是一愣，随即笑起来。

这话像是在给高三生加油打气，像是在表达"宋和初现在过得很好，早就已经不在意旧事"来回应老同学们，也像是在借着这个机会说给他听。

有没有从无趣的高中、失利的高考里走出来，有没有本事不被令人厌烦的家庭、无处不在的困境困住，宋和初的答案是他没有，哪怕他时常表现出一副并不在意的模样，但他自己心里清楚，他很难放下。

常岸也知道他没有。

常岸说他要战胜自己。

听起来虚无缥缈，却足够真诚。

发言以弹幕中无声的掌声雷动结尾，常岸非常体面地感谢了大家的喜爱，又预祝了大家高考顺利。

确认摄像头和麦克风都关闭后，宋和初扯着嘴角冷笑："这就是你说的不会太高调？"

"这还高调？这不比董洛低调多了？他就差把自己的学校名字写在脑门上了。"常岸单手解开了衬衫领口的扣子，转头去看另一台电脑的会议，"老师点名了没？"

"没。"宋和初心情略有些复杂，"你其实……确实很适合耍帅。"

手机振动几下，是董洛发了消息给他。

董洛：今天替你来分享会的是你朋友？

宋和初正要打字，常岸把脑袋凑过来，手指灵活地钻到宋和初两手之间，按住语音键，说道："不好意思，宋和初的活动还没有结束，等他回来后，我第一时间让他回复你。"

"啾"一声，发送成功。

对面显示了一秒的正在输入，接着是良久的沉默。

宋和初无奈道："你怎么这么手欠？"

"他这不是没事找事吗？之前说了是朋友，现在又来问一遍，这叫醉翁之意不在酒，等你回答完，他又得开始跑题叙旧了。"常岸说得头头是道。

放在以前，宋和初听见他这些话总要烦得要命，但今天居然没不耐烦，顺着他说："那好吧，我拉黑他。"

"别，"常岸按住他，"看看他还能说出什么来，我非得给他治标又治本。"

宋和初没忍住笑："他应该不会再说了，你看起来很不好惹。"

"未必。"常岸站起身，从热水壶中倒了一杯水。

分享会里班主任正在做总结陈词，专业课的线上会议中老师还在念着枯燥的PPT，混在一起成为了屋子里乱糟糟的背景音。

宋和初坐在沙发上，常岸站在茶几旁，谁都没有再开口。

——董洛不会再继续了，因为他们都知道董洛会对常岸的身份进行过度解读,再加上当事人这一连串的嚣张举动,只能补出来比现实更离谱的故事。

毕竟宋和初能默许这人用自己的手机电脑,就已经足够说明问题。

宋和初不知道常岸是怎么想的,但他今天确实很痛快,虽然这痛快的代价是这屋子里即将胀破的气球又胀了一圈。

"常岸。"宋和初发现自己很少会叫常岸的名字,平时都是用"哎"来代替,或者省略称呼。

常岸侧过头看着他,卷起的衬衫袖子下露着因端起水壶倒水而微微发力、隐约绷起青筋的小臂。

"你这样针对他,他会多想,班主任也会多想,所有知情人都会多想。"宋和初看着他,"为什么要这样做?"

Day 8

归零

"恭喜同学们重新返回校园,
感谢这一个月来对我们工作的支持,
祝大家在接下来的生活里一切顺利。"

01

"不为什么,就凭我看他不顺眼。"常岸说,"帮人出气还需要原因吗?"

"那倒不需要。"宋和初说。

他看得出来常岸不想深聊,那就等到以后再说吧,将要胀破的气球堪堪保住了。

专业课的老师还在读PPT,念到最后一页的时候提了一句:"咱们班有多少在校外的同学?"

没有人搭理他。

老师早已习以为常,自顾自说下去:"我听说校内的管理快要解除了,你们很快都能回来了吧?不过我们还没法进学校授课,目前学校依然是封闭的。"

会议内的聊天框这才活起来,陆续有同学问起来消息来源。

老师那边把书翻得哗啦啦直响:"我也是前几天才听说的,你们且等等,估计过不了几天就该通知了。"

这话从听筒中传出来，宋和初的动作一顿，下意识向常岸的方向看去。

常岸也刚好扭头看过来，两个人安静地对视一眼。

要回学校了——这样的日子将要结束了。

宋和初打开消息免打扰的公寓通知群，果然看到半个小时前群内发出了未读公告。他莫名有些紧张，点开公告的同时手机显示董洛发来了一条消息，但他已经无暇顾及。

公告中说明天早上再做一次检查，中午出检查结果后就能陆续回校了。

吹得将要爆破的气球突然撒了气，一溜烟飘到空中转了几圈，又灰溜溜地掉落在某个角落里。

回校，回到从前的生活里，有其他人的加入，能够听到新的声音，会有新的面孔出现在眼前。

一切可能是错觉的感受、因封闭而催生的假意都将不复存在。仿佛这大半个月只是进度条上的一个临时副本，无论有多精彩和出乎意料，最终都将归于平静，汇入既定的生活的河流里。

突发的情感转变、突发的关系拉进——只能在特定环境背景下诞生的故事终究只能是"突发"。

"这么快。"常岸低声说着。

宋和初垂着头，又去看董洛的消息。

董洛：是不是打扰到你了？

在收到了将要回校的消息后，宋和初思绪万千，彻底失去了与他周旋的兴致，看着这行字只觉无趣。他走到常岸的身边，拍了拍他的肩膀，眼神示意他看微信上的对话框。

常岸正在回复通知群的消息，忙得不亦乐乎，抽空转头瞥了一眼。

宋和初按下语音键。

常岸一愣，没能反应过来所为何意，却还是下意识开口："确实打扰到了。"

宋和初松开手，语音条发了出去。

仿佛是完成了一件稀松平常的事，他再次拍了拍常岸的肩膀，神情很从容:"收拾行李吧,该走了。"说罢留下了一个潇洒的背影。

宋和初总觉得有些说不清道不明的伤感,像在与这间没住多久的屋子道别,又像在与过去了就再难重来的回忆道别。

伤感刚刚涌到嗓子眼,还没来得及更进一步,房门再次被人敲响。还是一声闷响,听起来是用什么物品砸响的。

宋和初打开门,看到常岸抱着一大摞东西站在外面。

"这些都是你的。"常岸说,"书、电脑支架、插排……这个剃须刀也是。"

宋和初看着他怀里摞成山高的东西,没说出话来。

他伸手要接,指尖不经意间划过了常岸的衣服,心中一悸。

常岸忽然后退了小半步。

宋和初的手在空中僵了僵,故作自然地收了回去,随意指向桌子:"放到桌面上就可以。"

可桌面上狼藉一片,还堆着乱七八糟的杂物。

宋和初难得有些无措,几步赶过去,把东西都扒拉到一旁,给常岸留出一个放东西的空地。

常岸怀里那一摞专业课的书大小不一,堆叠在一起危如累卵,更何况上面还堆了些形状不规则的物件。

常岸也没有说话,只是艰难地把东西挤在桌面的小空地上。

没能放稳几乎是预料之中的事情,两个人眼看着书本和生活用品混在一起倒在地上,噼里啪啦一阵响。

他们齐刷刷地蹲下来,动作局促地收拾着。

气氛在一片沉默里诡异得不像话,两人各干各的,把东西快速重新堆叠好——直到他们同时捡起了一本书。

宋和初这才抬眼看向常岸。

这幕场景太像动漫的序幕了,但宋和初却没感觉尴尬,发条拉了许久的娃娃终于运作起来。

运作得不是时候。

宋和初松开手,常岸也跟着松手,书"啪嗒"一声掉到地上,掉出几张夹在书里的纸。

纸上写满了字，但字迹太过潦草，宋和初看了半晌才看出来这是他的那篇发言稿。

常岸把他的发言稿重新整理了一遍。

"不好意思。"常岸把那张纸抽出来，团了两下塞进了自己的口袋里，又把书摆整齐，重新搬上了桌子。

宋和初仍旧蹲在地上，抬头仰视着他，看他慢慢收拾好书桌，又一言不发地转身离开。

团成一团的纸把裤子口袋撑起来一个小鼓包，看起来有些滑稽。

宋和初没有起身，垂落的手指随意划了划拖鞋上的花纹，慢慢抿起唇来。

"宋和初。"常岸在门外喊道，"你有没有一次性塑料袋啊，卫生间的东西怎么带？"

宋和初发觉腿脚有些发麻。

别人喊自己比自己喊别人的敏锐度更高，宋和初回忆了一下，发现这可能是常岸第一次在私下里喊他的名字。

又或许不是，之前似乎也有叫过，只不过印象不深……

熟悉的声线、熟悉的名字，组合在一起却很陌生。这一声呼唤好似意味着有什么在改变，即将到来的归校如一柄刀悬在头顶，没有时间留给他细究其中深意。

宋和初在包里翻找一会儿，找出几个一次性袋子。

"宋和初。"常岸又叫了一声。

"嗯？"宋和初仍蹲在原地，遥遥地应了一声。这个单音节是从嗓子底挤出、用心跳泵上来的。

常岸却没有再回应。

02

卫生间里需要收拾的东西并不多，除了洗漱用品外也只有几个晾衣架。

常岸已经把大部分要带走的东西都分门别类整理好了。

宋和初拿着袋子愣了一下，对着牙刷和漱口杯犹豫着问："这些明天白天再收拾吧，现在收起来了，晚上还得用。"

"哦，忘记了。"常岸把叠好的毛巾再次展开，一件一件挂好。

卫生间不算小，两个人各自占据着洗手池的一端，中间隔着一米多的宽敞空间，可宋和初还是觉得很拥挤，手脚都不知道该放在哪里。

适时到来的敲门声拯救了他们，看时间是晚饭送到了。常岸一个箭步冲了出去。

宋和初被留在了洗手间里，他从置物架上挑拣了一会儿，把用不上的东西装进了袋子中。

这洗发水一直是两人共用，他已经快要习惯了，等回到了学校，估计常岸也不会再借去用了。还有这块肥皂，按照常岸那个穷讲究的性格，多半是要扔掉不带走的。

宋和初只留下了洗漱用品，把其他的都塞在了怀里，抱去了卧室内。

途经客厅时，他见到常岸已经领完了晚餐——

今天的菜品一个是西兰花炒肉，宋和初最讨厌的蔬菜。另一个是烧茄子，常岸最痛恨的蔬菜。

宋和初想打趣一句，可最后也没说出什么来，只是拿起自己的那一份进了屋。

"那个……"常岸在身后开口，"肉是牛肉。"

这种时候还能记起来他在忌口，宋和初都要被感动了："……谢谢。"

有些生疏的回答。

烧茄子的酱汁调得很浓郁，拌在米饭里香气四溢，宋和初把西兰花和牛肉搁在旁边，捞起一片软乎乎的看起来很像豆腐的东西。

一夹就碎，宋和初伸出舌尖点了点，发现这居然是鱼肉。

"那个……"客厅里的常岸再次开口。

但这次的"那个"没有后文了。

宋和初叹了口气，把刚刚夹起来的那小片鱼肉塞到米饭的边角处,替他把话说完:"我知道,鱼也不能吃——你要吃牛肉和鱼吗?还没有动过,扔掉浪费了。"

几秒后,常岸拖着盒饭站到了门口,仿佛大门设了一层结界,他半步也踏不进来。

宋和初一咬牙,站起身走过去。

以前抢数据线的时候怎么不见他这么拘谨,还常常洗完澡大摇大摆地进来借东西,倒也没见过他不好意思。

这样一来搞得宋和初也很尴尬,他特意夺过常岸手里的筷子,把自己盒饭里的牛肉和几块蒸鱼都倒了过去。

常岸垂着眼睛看看,小声问道:"你要不要吃我的茄子?"

"不要。"宋和初说。

"那会吃不饱吧?"常岸问。

宋和初把筷子重新塞回常岸的手里:"吃不饱就算了,反正明天就能回校了。"

常岸没有回答。

晚上通知群里传来了确切消息,并且提醒了全体成员,说是明天的时间安排已经出来了,从下午两点半开始,返校的大巴车就会陆续出发。他们这栋楼被安排在第一批次,负责人建议大家今晚把行李收拾好,到时候可以推进得快一些。

宋和初把吃完的空餐盒扔掉,把行李箱翻出来摊开在地面上,将衣服一件件叠好码进去。

隔壁的动静听起来像在拆房子,常岸收拾个行李收拾得惊天动地。宋和初把衣服袜子全都整理好之后,蹲在地上挪着步子,悄悄越过玄关,看到常岸的门口堆了一堆垃圾。

定睛看倒也不算垃圾,是常岸那倒霉的一次性用品们——包括垫在枕头上的那层枕巾。

宋和初轻咳一声:"那个……"

他终于知道为什么吃饭时,常岸的每句话都以"那个"起头了。他们好像都很不习惯喊对方的名字。

但常岸没能听到他的呼唤,依然"噼里啪啦"地在屋里捣鼓着。

宋和初清了清嗓子："常岸。"

噪声戛然而止。

"你那个枕巾……扔了，今天晚上用什么？"

常岸拉开房门，与屋子里蹲在地上的人遥相对视。

他弯腰捡起枕巾来："忘记了，谢谢。"

宋和初的胳膊架在膝盖上，默默地看着他。常岸不自在地皱了皱眉头，宋和初转开眼，又挪着步子溜了回去。

这下常岸收拾行李的声音都放轻了很多，没有再那样无所顾忌地扔来扔去、砸天砸地。

明明这段时间里消耗了很多东西，也丢掉了不少没用的，但宋和初的行李箱还是被挤得满满当当。他立刻预料到了常岸下一个来找他帮忙的理由。

"那个……"

果然。宋和初扶住额头，试图站起来，但蹲久后腿麻，只好手撑着地面向后坐下来。

"你的箱子还有位置吗？"常岸在隔壁说。

"你差什么放不进去？"宋和初问道。

常岸支吾了一下，最终抱着一堆衣服进到了他的屋子里。

宋和初看见他怀里的一大团衣服，不免有些无语："你压根没带什么东西来，怎么还能装不下？"

"不知道。"常岸两眼一眨不眨地盯着他，"怎么办？"

"你没有背包吗？把不重的放到包里。"宋和初说。

常岸摇头。

"给我吧，放到我的包里。"宋和初绝望地把自己的背包打开。难以想象等到了寝室里，他当着陶灵和钱原的面从包里拿出常岸的衣服裤子的模样。

常岸也蹲下来，把包里的东西整理好："谢谢……记账上，回去请你吃饭。"

……可别了。

宋和初把包从常岸的手里拿回来，却见常岸还有些恋恋不舍，黏稠的目光从包慢慢挪到他的脸上,又眨巴几下眼,看向其他地方。

宋和初居然意外地读懂了这熟悉的神情。

这是前几天常岸向他介绍看看时,面对猫咪时的眼神。

这什么意思?人类不能仅仅因为蹲下来就改变了物种吧?

03

常岸的行李收拾得一塌糊涂,但好歹也算收拾完毕。

公寓里又一次恢复了刚刚入住时的整洁干净,看起来崭新如初,不曾有人住过。

宋和初扫视一圈,特意把沙发靠枕拎起来拍了拍,毕竟这靠枕时常被他和常岸拿去当坐垫。

哦,回校后也不会再有深夜聊天的机会了。

回校的消息给公寓里的学生带来的喜大于悲,楼上传来阵阵行李箱的拖拉声,时不时还有说笑声顺着暖气片管道传过来。唯独403屋内的气氛有些凝重。

这股凝重一直持续到了第二天早上。

距离离开公寓只有不到十小时,早上洗漱过后,卫生间里的一众用品也被收了起来。

常岸对着孤零零的置物架出了一会儿神,神游天外时想了许多颠三倒四的东西。

这两天许多不受控的下意识行为和突然冒出来的奇思妙想都在指向同一个答案。他对宋和初不讨厌了,甚至想成为好朋友,不管是习惯成自然也好,吊桥效应也罢,他产生了难以忽视的想交好的冲动,这是毋庸置疑也无法抹除的事实。

他不知道脱离了这个封闭环境后是否会有所改变,但这种想法一旦出现,就并不是那么容易被抹除的了。

可是他摸不清楚宋和初是如何看待这段关系的。

留给他慢慢剖析自己、抽丝剥茧地解析这种想法的时间太少,一切都来得很仓促,又即将面临一个很仓促的"结局"。

常岸不知要如何是好。他不确定宋和初是否已经感觉到了他的动摇。

常岸在此时才真正理解宋和初从前说过的那句话。

"我都习惯了啊,我一直生活在这样的'装作无事发生'里。只有我自己不别扭,其他人才不会别扭。"

不管他的手忙脚乱有没有被看出来,宋和初自己倒是装得很好,瞧不出他的心思来。

没有默许也没有抗拒,尺度把握得刚刚好。

"你把毛巾也收起来了?"宋和初从门外探头进来,"回校后也要封楼,一时半会儿去不了澡堂,你不先洗个澡再走?"

常岸闻言忙道:"马上洗。"

上午满课,这一个"马上"拖到了中午。

也许是洗完这个澡就正式宣告结束,常岸在潜意识里有些抗拒,便逃避一样始终没有踏进浴室里。

吃过午饭后,准备来接学生的大巴车陆续驶入公寓园区,他打开手机,早上的检测报告已经出了。他这才拿起毛巾和换洗衣服进了浴室,最后享受一次独立卫浴的快乐。

这间狭小的浴室里发生过不少回忆,他第一次打开这个花洒的那天公寓水管出了问题,水流一直不大,那时候他还会和宋和初生疏地回避着。随着生活环境的适应,两人作息渐渐变得不规律,常常零点后才洗澡睡觉,有时困得不行了就一个在里面洗澡一个在外面刷牙,后来宋和初干脆扯了一块废布挂在浴室的玻璃门上。

如今那块破布也已经被扔掉了。

他们也许再也不会回到这个屋子里,也许又会回到曾经普通的、平平无奇的关系里,像彼此生命中的过客,在寝室里偶尔聊上几句话,没话说的时候就装作看不见。

常岸有些难过。

花洒里的热水洒落下来,顺着肩膀流淌下,滴滴答答地砸在地面上。

缘分实在很奇妙,在公寓生活的第一个礼拜,他几乎每天都想着换屋子的事情，宋和初那张总挂着虚情假意的脸看着就心烦。

他想不出这段两看相厌的关系的转折点，几次夜谈似乎只是在原有的基础上修修补补，他们在不知不觉间靠得越来越近，等到猛然意识到时早已无法抽身。

不知道这算不算他的单方面感触，毕竟他没法从宋和初的身上看出任何端倪。

这让他不想轻举妄动。

常岸曾经设想过如何面对交朋友这件事，他对自己的期望从来都是"直言直语"。

在他的想象中，将诚意宣之于口不是什么难事，并且他不太理解为什么要把这种事藏着掖着。不说，对方就永远不可能知道，不知道只会带来患得患失，他不喜欢患得患失。

嘴上说得好听，可真当这一天来临时，常岸发现确实很难开口，尤其他们之前的关系如此僵硬。

他不知道宋和初是怎么想的，不知道宋和初会不会为此而疏远他——他见过宋和初的拒绝，对兰田、对董洛，实在不留情面。

他不想收到那样的拒绝，与那些人一样。

"常岸。"宋和初在外面喊他，"要走了。"

他名字的最后一个音是"an"，宋和初总是会把这个字的尾音拖得很长，与平时的利落言谈差别很大，听起来像在叫什么小猫小狗，让人不免亲近。

"没晕里面吧？"声音由远及近，浴室门随即被敲了敲。

"没有，马上。"常岸说着关掉花洒。水珠挂在身上也没觉得凉，反而一阵阵泛起热来。

宋和初顿了顿，又说："穿戴整齐再出来。"

常岸抓起衣服套上，在这个十分平常的、没有任何特别的一秒钟里，他决定冲动一下，勇敢一把，就当是为公寓生活画上句号了。

他想告诉宋和初。

虽然他头脑很凌乱，但"开口"是唯一一个清晰的线头，他怕现在不赶紧扯住，等会儿就要被吞没在混乱的毛线球里了。

常岸把衣服整理好,推门出去。

可一开门的场景把他想说的话全都堵在了嗓子眼。

他的行李箱已经被宋和初推到了客厅里,屋子门敞开着,门外站了几个工作人员,隔壁几间屋子的人正推着行李往走廊里走。

……难怪让他穿戴整齐再出来。

宋和初递给他一个未开封的口罩,拎起了行李箱:"走吧,还有东西落下吗?"

常岸看着他,喉结动了动,最终也只是说:"……没有。"

04

"走吧。"宋和初见他神色有异,扯了扯他的衣摆,"东西拿好。热水器关了吗?"

常岸无意识地吞咽了一下,仿佛把所有未尽之言和涌上头脑的热血一并压了下去:"关了。"

宋和初把箱子推出门去。

结束了。

常岸看着他的背影,又回首望向这间公寓。

普通的二室一厅,空荡荡的沙发、擦得反光的茶几、重新收拾回柜子里的热水壶,每一个角落都有曾共同生活过的痕迹,可他知道这屋子很快会被重新打扫消毒,这些痕迹将消失得一干二净。

"403?"门口的工作人员正拿着纸笔勾画着,"齐了?"

"齐了。"宋和初对他说。

工作人员用一个仪器在门框上的电子感应器上扫了一下:"好,没落东西吧?去楼下集合吧。"

"辛苦了。"常岸对他说。

这一层楼的人几乎都走得差不多了,常岸推着行李箱走到楼梯口,拦了一下宋和初:"我帮你吧。"

宋和初没来得及答话,已经被人把行李箱抢了过去,接着就见常岸一手拎一个箱子,臂肌发力,轻轻松松地往楼下跑。

宋和初怎么看怎么觉得太高调了，只不过不得不承认确实很帅。

也不知是不是拎起行李箱后重力势能太大，常岸的步子飞快，几秒钟就下了一层，宋和初跟在后面还要小跑着。

"可以了，我自己可以。"宋和初很无奈，"你不如帮我拿背包，这里面全是你的衣服。"

常岸在下一层停下，仰头看着宋和初。

他的脖子上还挂着那个颈椎按摩仪，搬了几层楼却还没有出汗。风吹起T恤衫的衣角，他扬着头，轮廓清晰的下颌线勾出一道漂亮的弧，看着清爽又阳光。

"我给你拿？"

宋和初转开目光："不用了，走吧。"

楼下有人接应，正安排着学生上车。常岸把箱子放到行李舱里，又去登记。

宋和初跟在他身后上了车。

返程的氛围比来的时候轻松很多，熟悉的人都在低声聊着天，不再如之前那样死气沉沉的了。

宋和初坐到椅子上，一时间有些感慨。

日子几乎是一转眼而过，可刚刚走在阳光下时，他却总觉得已经许久没有在蓝天下呼吸过新鲜空气了。

"人齐了，我们发车了。"工作人员走上来收尾，"恭喜同学们重新返回校园，感谢这一个月来对我们工作的支持，祝大家在接下来的生活里一切顺利。"

车上的人们鼓起掌来。

宋和初偏过头去看车窗外，大巴驶出园区，驶入这条他在公寓里日夜都盯着看的大街。

熟悉的路灯，熟悉的斑马线。

窗玻璃里倒映出的熟悉的人。

常岸戴着耳机，靠在椅背上闭着眼睛。宋和初打开摄像头，对着窗外，对焦在了玻璃倒影上。

在来公寓的那天，他也是这样对着大街拍了照片，意外地将常岸的侧脸拍进了镜头里。如今，同样的马路，同样的车窗，只不过常岸的位置从斜前方变成了身边。

他按下快门，画面定格在这一刻。

镜头里的常岸在此时睁开了眼睛，在倒影里看着他。

"再拍一张？"常岸说。

宋和初收回手机："不用了。"

"那我拍。"常岸把音乐软件的页面关上，打开了自拍模式，举到面前。

宋和初躲开一些："你自拍就好了，别拍我。"

"为什么不能拍你？"常岸凑过去一些，生硬地把两个人同时拉入取景框，"也算一段很有纪念意义的经历，我拍下来给我姐看。"

"跟她说这就是你最讨厌的那个室友？"

"你怎么知道？"常岸应了一声，又改口说道，"最近不是了，没有讨厌。"

没有讨厌。

宋和初望向屏幕，看着常岸摆出一个标准的假笑。他不自觉也挂起一个笑。

大巴车驶入校园，停在了宿舍区前，他们下车领了行李，纷纷向宿舍楼走去。

宿舍楼阳台上站满了围观的人，还有几个刚刚下大巴车的正挥着手臂和自己寝室的人打招呼，小跑着冲进宿舍楼里。

宋和初好久没见过这么多人，一时间居然有些不适应。

在宿管阿姨的本子上登记好便可以上楼，常岸走在前面，宋和初跟着他，有种衣锦还乡的感觉。

寝室门就在几步远的地方，宋和初心中却前所未有的安定，楼道里各个宿舍里的吵闹声都远去了，他只能看到逐渐接近的大门和常岸的背影。

在常岸按住门把手将门推开的那一刻，他心底向下一沉，仿佛这一动作便是什么分界线，预示着一段全新的生活将要开启。

"终于回来了！"

"你不是说你瘦了吗？看着也没啊？"

"这还没瘦？胳膊都能一只手掐住了！"

钱原和陶灵跟在门后欢迎他们的回归，宋和初被这几声交谈声扯回现实，目光越过几人看向寝室内，屋子布置与他走的时候的样子无差。

他的书桌一直没有人动过，还是收拾行李时被打乱的模样，只不过脚边丢的几个纸团被扫走了。

"和初？"钱原喊了他一声。

宋和初转头去看他，笑着拍了拍他的肩膀："看着有点恍如隔世。"

"你们才走了多久啊，还没寒假时间长呢！"陶灵倒着跨坐在椅子上，两只胳膊架着，"哎，我俩还打赌了，终于有机会验证了。"

"赌什么？"常岸问。

钱原叹了口气："赌你俩吵了几次架，我们下注了的，不过我觉得我应该输了。"

"你赌的几次？"宋和初问他。

"我赌你们没吵架。"钱原一摊手，"要么不吵架一直憋到结束，要么没等吵起来就换了屋子住，反正我总觉得你俩吵不起来。"

常岸对他竖了个大拇指。

"啊？真没啊！"陶灵连忙坐直，"一次都没有？不应该啊，那饭盒又是西红柿鸡蛋又是京酱肉丝，你俩能不吵？吃个炸鸡你们俩都要掰扯到底是甜辣酱好吃还是蜂蜜芥末好吃来着。"

常岸又把大拇指换到了这边："如果这也算吵架的话，那确实吵了不少。"

陶灵一拍手："我就说我最了解你们。"

宋和初哭笑不得地把行李箱摊到地上，将东西慢慢取出来："也没有吵得那么激烈。"

钱原坐到椅子上："唉，陶灵还说你们肯定会动手呢，让你俩和睦相处比登天还难。"

宋和初闻言没有说话，只是不尴不尬地把背包打开。

"其实也没有那么夸张吧，也就二十来天，井水不犯河水的也能过下去。"陶灵晃悠着椅子。

常岸也不尴不尬地走到宋和初身边，把他背包里的几个小袋子拿出来。

上衣，短裤……

钱原和陶灵的交流停止，沉默地看着常岸从宋和初的包里拿走自己的衣服，最后一袋甚至是内裤。

安静的氛围太别扭，常岸解释了一下："没地方放了……没地方放了！"

宋和初没忍住笑了起来。

"看到没有，人家比我们更成熟，可以短暂地放下恩怨好好相处。"陶灵感叹道，"二十几天，天都变了。"

常岸拉开自己的衣柜，嫌弃地拍打着衣服上落的灰："不要说得那么离谱，我们以前关系也没有那么差吧。"

"哎，我一直想问，你们住那地方闹鬼是真的吗？我看学校超话有人提了来着。"陶灵问。

"是啊，我还半夜遇上了来着。"常岸满嘴跑火车，根本不打草稿。

陶灵无语，看向宋和初："和初，是真的吗？"

"假的，不过常岸被吓到踩裂了一个盆，还一拳把我的鼻血打了出来。"宋和初说得轻飘飘的。

屋里再次陷入了沉默，常岸闷声笑个不停。

收拾屋子没比收拾行李轻松到哪里去，他们把行李箱里的东西放回原处，再把该洗的该换的都整理出来，就已经到了领晚饭的点。

钱原给他们讲了讲如何领晚饭——得拿着宿管发的饭票，一个寝室派一个人下去拿。平时是他和陶灵每天轮着来。

常岸闻言很不解："平时上厕所打水都在楼道里来来往往的，怎么领个饭还得派人下去？住一起了还怕聚集啊。"

宋和初无奈："人太多了会被挤死。"

常岸"哦"了一声。

果然回到了熟悉的斗嘴中，环境确实能影响人，在寝室这一环境中，他们好像都很难找回在公寓里的感觉了。

-150-

可能是心浮气躁遮住了暗流涌动，可能是面对室友的既往印象时下意识的掩饰，是什么都好，常岸唯独不希望公寓里的转变是错觉。

他不想有如梦初醒的感觉，他压根不想承认那是"梦"。

"你们每天在寝室里不无聊吗？"宋和初看了看陶灵领回来的盒饭，又是烧茄子和西兰花炒肉。

"无聊啊，不过你们回来了。"陶灵把盒饭放到桌子上，从柜子里掏了一个飞机盒出来，"人齐了，吃完饭我们玩大富翁。"

"好啊。"宋和初说着，状似无意地扫了一眼常岸。

常岸也正目不转睛地看着他。

这一次的对视里，常岸没有转开眼，而是迎着他的目光，旁若无人地问道："要不要吃烧茄子？"

05

"什么茄子？"陶灵正蹭着筷子尾巴上的碎木屑，抽空转头看了眼常岸，却见常岸是在对着宋和初说话。

宋和初"唔"了一声，被这句直白的问话问得措手不及。

他的第一反应很诚实，他很在意室友的想法。室友对于他们不再剑拔弩张的关系确实表现出了吃惊。

宋和初点点头："好。"

这一次他无须如昨天那样来到房门口，因为常岸主动站起来走到了他的面前。

常岸可以这样无所顾忌地做自己想做的事情，想问就问，想做就做，不在意室友如何想，也无需瞻前顾后地担心自己的举动会不会给别人带去影响。

宋和初垂眼看着茄子酱汁浸润到米饭里。

在他高三的那段时间里，他很少会主动和班里的同学产生任何公事之外的联系。

他知道也不是所有人都会把自己想歪，但他不想因为自己的主动而给别人带来麻烦，比如被其他人猜来猜去，被放入大家的想象里。

也许他应该更洒脱一些，毕竟他问心无愧。可是大道理谁都懂，可真的能做到却是另一码事。哪怕此时置身于一个新的社交圈里，没有人知道他的事，他却仍然会不自主地减少可能造成误会的行为。

可常岸很坦率，坦率得让他想要后退。

常岸似乎在告诉他，面对他的时候不用躲闪、不用顾虑太多，更不用担心他被影响。

真可怕啊。

"岸哥现在还不吃茄子啊。"钱原问道，"我的挑食都被治好了，你居然还在坚持不懈。"

常岸端着一盒西兰花炒牛肉："任何情况都不能让我改变喜恶。"

四个人四份饭，烧茄子的味道萦绕在屋子里，吃完饭扔掉饭盒后还没有消散。

陶灵把阳台纱门打开，随后收拾出了一块空地，摇着手里的飞机盒："来玩大富翁，我跟钱原两人根本没法玩，到最后就玩乱了。"

钱原驾轻就熟地铺了几个垫子在地上："来吧，这是除了手机之外唯一的娱乐活动了。"

宋和初坐在垫子上，看着陶灵铺好大富翁的地图。

他看得出来这个活动是陶灵和钱原提前安排好的，大概是为了给他俩接风洗尘、消除矛盾，只是没想到他俩之间没什么矛盾，可安排都安排好了，只能硬着头皮继续。

"大富翁要怎么玩？"常岸撸起袖子坐下来，有些茫然地捧起手机，"我搜搜攻略。"

"你不是玩过吗？"陶灵说。

常岸皱着眉头："过去太久了，不记得了。"

"四个人就不安排银行了。"钱原拿了个娃娃放在一旁坐好，"它来当银行吧。"

大富翁玩起来很消磨时间，到了后期很容易疲惫，几个人玩一会儿游戏看一会儿手机，一看手机就聊个半天，聊累了再继续扔骰子。

常岸扔出来了三点，举着棋子跳了三格："要是能点外卖送些烧烤来就好了。"

"想得美。"宋和初说。

"怎么又落在和初的房子上了?"陶灵表情怪异,"岸哥的钱是不是全进和初的账里了啊,你也太照顾他了!"

常岸闻言拍了拍大腿:"放屁,我也不想的,可是每次都刚好落在那里!"

他抖着手数出来两千块虚拟币,丢到宋和初面前:"都给你!"

"你俩这关系好了不少。"钱原把骰子捧在手心里摇着,"本来这游戏是给你俩破冰的,现在倒好,我看也不需要破冰。"

常岸把自己手里所剩无几的钱捋了一遍:"你们的破冰游戏太没劲了。"

陶灵高声道:"有大富翁就不错了,我柜子里还有一套咱们学校的文创扑克牌,我数了一遍结果还少五张,玩都没法玩。"

常岸刚要说话,屋外忽然响起一阵音响开机的声音。

几人同时看向阳台的方向,声音似乎是从对面楼某寝室传来的,还在不断地调试着,低了一些。

"嗯?是对楼吗?"陶灵伸长脖子,把手里的一沓钱券放下,转身拉开阳台门。

剩下三人跟着走出去,此时夜幕四合,天色是掺着深蓝色的黑,远处还挂着几缕灰白色的云。

几栋楼的灯都亮了起来。

他们没找到音响的来源,却听到了缓缓响起的音乐声。声音并不大,却足够两栋楼都听清楚,陆续有人走到阳台上来,连楼道连廊上都站着几个驻足围观的人。

"要唱歌吗?"钱原问。

宋和初靠在栏杆上向下看着,春天的晚风很凉爽,吹着发丝,扫在脸颊上痒痒的。

"我还以为是哪间寝室要开舞会。"

"唱歌吧,之前有过一次,挺热闹的。"陶灵兴致勃勃地四下看着,"音响是对楼的,上一次大家都没明白怎么回事,等唱起来的时候都很晚了,没一会儿就结束了。"

宋和初打开阳台的小灯。楼上寝室的人也来到了屋外，脚打着拍子像在热场子。

"好热闹。"宋和初笑着舒了一口气。

过惯了见不到什么人的日子，此时像从原始社会进入现代生活，瞧着这么多年龄相仿的人聚在一起，居然有些说不出口的感动。

播出的第一首歌并不躁动，慢慢调动着大家的情绪，将人逐渐吸引到了阳台边。音乐流动在空气中，越来越多的人加入了这场音乐会。

不知是谁惊呼一声，大家四下看去，发现左边楼侧连廊处赫然亮起了一片光影，不知谁打开了投影仪，将画面投射在了白墙上。

画面连接着那人的设备，显示出的是软件的听歌识曲，正随着音响内的歌声识别出相应曲目的歌词。

宋和初看得出神，站在他左边的人却忽然扭过头。

天已经完全暗了下来，身后的阳台小灯映射在常岸的眼中，亮晶晶泛着些许水光，宋和初能从其中看到自己的身影。

音乐刚巧播到副歌，投影上的歌词也已经调整好了，许多人跟着背景音唱了起来，声音都并不大，可汇在一起却是好听的大合唱。

蹩脚的粤语发音在整齐的合唱声里瑕不掩瑜，宋和初眨了眨泛酸的眼睛，将注意力从常岸的身上挪开。

无数道手电筒的光亮起，将这一方四角黑夜照得亮如白昼。

常岸没有唱歌，只是两手撑在栏杆上，微微弓着腰看向远处。夜风吹起他额角的发丝，小灯只能照亮他的右侧脸，高挺的鼻梁将另一只眼睛遮在阴影中，瞧起来深邃，又平添了一分沉静。

"岸哥，你不弹弹？"钱原说，"我记得你会弹这首歌吧？"

"对啊！"陶灵很兴奋，闻言立刻跑回屋里，把那把落了灰的吉他拿了出来，"来秀一手，就当是欢迎你们回校。"

常岸看着琴弦上的灰，不情不愿地接过来。

陶灵顺便拎了一把椅子给他。

宋和初向后退几步，藏在钱原的身后，从最远的地方看着常岸坐在灯下，抱起那把吉他。

-154-

亲眼看见了一个新的名场面的诞生。

也许是常岸装得太频繁、太自然，宋和初几乎已经习惯了看他出风头，甚至会觉得……常岸就应该出这个风头，没有人比他更合适。

这一次就连常岸自己都觉得太高调了，难得尴尬了起来："这也太……"

"反正没有人知道你是谁。"钱原说，"留个纪念，大学四年能有几次赶上这样的时刻，弹给你想送的人。"

你想送的人。

常岸愣怔一刻，他没有调音，只是低头调整好姿势，勾起了第一个音。

吉他声音并不大，除了前后左右几间寝室大概没人能听清。琴声慢慢跟上节奏，合上音乐，在高潮部分恰到好处地切进去。

楼上有人听到了吉他声，随着他的节奏打起拍子，时不时用口哨声起哄。

在宋和初看见常岸背着吉他来到寝室时，就认定了这人迟早会拿这个装一把，像某次在球场带球炫技一样。他嫌常岸太装嫌弃了这么久，从未想过自己真的会被他打动。

黑夜里数不清的晃动的光芒、无数人的齐声合唱、白墙上模糊的歌词投影，还有坐在小灯下的常岸。

好像青春偶像剧的男主角。

感动随着一曲毕推到了顶点，宋和初在此刻才意识到，公寓里的所有故事都不会被一句"公寓生活结束"抹除掉。想要改变这段僵硬关系的想法不会随着时间和空间的变化而变化，只要是他，就不会有差别。

就像只要是他，常岸都可以理所当然地问出那句"要不要吃烧茄子"一样。

不用在意其他人，不用在意其他声音。

在哪里都一样。

Day 9

不是错觉

"为什么要当作无事发生？"

宿舍 关系处理指南

01

"宋和初。"常岸忽然叫了他的名字,"这首歌是给你弹的。"

常岸那道坚定的目光穿过钱原与陶灵的肩膀,直直望进宋和初的眼底。

宋和初很缓慢地眨眨眼睛,像有细小的羽毛飘飞进去,痒痒得叫人想用力眨。

不用再怀疑了,常岸在向他放出友好的暗示。可他还不知道要如何回答,宋和初承认自己确实想要顺应这个改变,但他不想轻易就对此做出回应。

他们是室友,同住一个屋檐下,如今出门很难,几乎每天都低头不见抬头见。

他怕常岸是一时兴起,是习惯了合住生活后混淆了自己的想法,怕他们在过了这三分钟热度后留下一个无法收场的烂摊子。收拾烂摊子对他来说并不算难,更重要的是,他怕常岸会受到这烂摊子的影响。

宋和初意识到自己还没有足够的勇气来回应常岸的暗示，无论是为自己担心也好、为常岸未雨绸缪也罢，总归都是他在胆小。

可他原本并不是个在社交关系里畏首畏尾的人。

宋和初有着一个奇怪的念头，他是两个人里有着更多的社交障碍与心理阴影的人，他就好像要承担着更多的责任一样。

音响里切了一首更欢快的歌曲，吉他声慢慢响起，宋和初退后半步，最后还是拉开阳台门回了屋子里。

时间不等人，常岸和别人不一样，别人也许会知难而退，也许会继续含蓄试探，但常岸不出三天就得亲自找上门来。

宋和初的脑子很乱。

被曾经的死对头送来了好友申请怎么办？

陶灵见他回了屋子，转头趴在玻璃上用口型问他"怎么啦"。宋和初犹豫一刻，又不想扫大家的兴，便指了指手机，示意自己要接电话。

陶灵点点头转回去趴在栏杆上，宋和初漫无目的地拿出手机，一边随意乱点着一边走回阳台，却发现董洛在几分钟前给他发了微信。

董洛：方便问问吗，他是你的好朋友吗？

宋和初靠在门边，抬眼看了看常岸。灯光下他的影子被拉长拖拽到了墙角，影子里，碎发随风飘着。

宋和初：不方便。

他想了想，又把这个回答删掉，换成了"与你无关"。

"好朋友"太醒目，宋和初没办法在对话框里忽视这三个字。

关系的转变需要过渡期，常岸直接跳过了磨合这一步，一跃从死对头变成了好朋友。先前还没有太直观的感受，直到看见"好朋友"这个头衔，他才清晰意识到一旦他们再进一步，常岸就要变成他的朋友了。

这把吉他放了太长时间，琴弦又没有调音，弹出来的曲子时不时会有几个音很突兀。

常岸垂眼看着自己的手指，指尖拨动着弦，小灯如一束舞台聚光灯，全世界的目光都汇聚在这一小片明亮的空地上。

宋和初不知该不该形容自己太纯粹了，但是这样美好的画面远比常岸那些狗血风流往事更打动人心。

原来他更乐意看到这个样子的常岸。

宋和初歪着脑袋，他站在靠后一些的位置上，盯着常岸打量也不会被他发现，便可以肆无忌惮地多看一会儿。

他以前以为自己更喜欢和叛逆少年交朋友，后来听说了文艺青年都很容易被叛逆少年吸引变成朋友之后，像是为了证明什么一样，试图把自己的目光转向其他类型的人。

没想到最终兜兜转转还是来到了叛逆少年身上——不过这也是他很久之前对常岸的印象，如今早已被粉碎个干净。

一点也不叛逆，是个不会收拾行李的、怕虫子怕鬼的、时而神经大条时而心思细腻得不像话的……

无法做出最终定义的人。

和戴着头盔骑摩托兜风的那个常岸不一样……形象诈骗。

宋和初看着他把眼前的碎发撸到脑后，又微微抬起头看着天空。常岸的锁骨下面有一颗红色的小痣，在一个月前他就看到了。

手机振动几声，董洛不甘心地追问道：和初，这些年我没有联系你，就是怕你不愿意见我……一直欠你一句对不起，前几天没来得及说，现在正式向你道歉。

宋和初草草扫了一眼，看来这些日子常岸的挑衅果然激起了这人的胜负欲。

他回复：？

几步远处的常岸拨出一段连贯的滑音。

对常岸这个人下定义是个很难的事情，他以前觉得常岸情商感人。爱耍酷的人的情商基本上都维持在一个岌岌可危的数值，但常岸却总能捕捉到许多极细微的情绪，然后选择一种让所有人都舒适的解决办法，偏偏又在做这些周全决定时也不会委屈自己。

宋和初无法明白为什么一个喜欢直来直去的人可以在很多时刻将事情做得两全其美、滴水不漏，这也算是常岸身上的魅力吧。

微信消息再次打断他的思绪。

董洛：你还在生气吗？对不起和初，那个时候是我太幼稚不懂事，我本意并非如此。

董洛：我不求你原谅，只希望我们可以重新做回朋友。你对我来说是个很重要、很懂我的朋友，我不想让这段友谊走向破灭。

宋和初见对面还在输入。

摸着心底里说，他确实一直等着收到一句"对不起"，他心胸没那么宽广，没办法轻易原谅一个伤害过他的人。

但此时，这等待已久的"对不起"看起来却格外可笑。他心底毫无波澜，曾经沉重到能将天平压倒的三个字，在今天又变得轻飘飘，不值一提。

他懒得继续看董洛的小作文了。

释然来得太突然，果然忘记一段痛苦经历的最快途径是遇到一个更重要的人。

"常岸。"宋和初说。

抱着吉他的常岸扭过头，宋和初举起手机。

他按下了录像键。

常岸认真地看着他，慢慢笑起来，手里熟练地勾着琴弦，轻轻哼唱着歌曲，与两栋楼间的大合唱合在一起。

"当世事再没完美，可远在岁月如歌中找你。"

宋和初盯着手机取景框，穿过镜头与常岸对视着。

连飘在灯下的小虫都变得诗情画意起来。阳台外的纷乱声音与混杂光线都不复存在，一切都被慢放成慢动作，只剩下他与常岸在音乐声里静静地望着。

他把视频发给了董洛。

宋和初：我好朋友。

他等董洛反应了一会儿，在新一次"正在输入"亮起时锁了屏。

他倒是想谢谢董洛，帮他完成了一次简明扼要又一针见血的心理推演。

不用等到常岸来找他了，有些事一目了然，无需再慢慢琢磨了。

宋和初决定要找个机会和常岸好好聊清楚。

音乐会没有开太久，但把精神状况不佳的学生们的兴致勾了起来，晚上去洗漱时都能感受到整层楼的氛围是上扬的。

待在寝室的日子让所有人的作息意外规律了很多，按时熄灯按时爬上床，宋和初在拿着毛巾回到屋子里时遇到了常岸，常岸对他说晚安。

宋和初也说："晚安。"

话音落地后他一种奇妙的感觉袭上心头，无论是在这偌大的公共洗手间里还是在只有四个人的小寝室中，只有他与常岸拥有独属于那栋公寓的回忆。

他们之间多了一些心照不宣的默契。

晚上时钱原排了个领饭的名单，一人负责一天，明天由宋和初来负责。

每日早晨会照例发放早饭，他们寝室平时基本会睡过吃早饭的时间，只有需要上早课时才会去领。

宋和初的生物钟已经被公寓生活调整到了七点自然醒，他起床时屋里还是黑漆漆一片，便悄悄爬下床去，洗漱后到楼下领了早饭。

他穿着宽大的短袖衫，趿拉着拖鞋上楼，走到寝室门前，正要开门，门却被从里面推开。

常岸走了出来。

两人迎面撞上，宋和初下意识退了几步，刚要让开，却被常岸一把拦住了。

他被吓了一跳，抬眼看去。

常岸待在原地，大概是没睡醒也没想通自己要做什么，刚刚洗过脸后额角头发湿漉漉地泛着水光，眼睛里带着一丝急切。

宋和初知道他有话想说，但大早上的，宿舍门口属实不是个合适地点。

"我……"他轻声说，举了举手里的包子。

常岸没有去看他手中的肉包，只是专注盯着他的脸。

这门敞着，楼道里的阳光斜射进来，宋和初站在外面有些心虚，轻轻推他一把："一会儿再说。"

常岸忽然低下头,低声问道:"你知道我要说什么?"

"我知道。"宋和初叹了口气,微微侧过身躲过他的视线。

常岸这才放过他。

宋和初走进屋里,把早点放在每个人的桌子上,当走到钱原的床铺面前时,听到了极细微的一丝动静。

他抬头看过去,几秒后,钱原才翻了个身问道:"今天吃什么?"

"肉包。"宋和初说。

他能听得出来钱原是在尽力装迷糊,可刚睡醒的状态装起来并不容易。

钱原分明已经醒了一会儿了。

02

宋和初把小米粥和包子放到钱原的桌子上。钱原没有再开口,他便也没再说话。

对面床上陶灵的闹钟惊天动地地响了起来,打破了寝室内的宁静。钱原终于松了一口气从床上坐起来,宋和初也松了口气,把屋里的灯打开。

在寝室里上网课比在公寓里更方便偷懒,钱原听课认真,偶尔遇上点名也不用担心没听见老师的问题。

宋和初用吸管戳开小米粥,转头瞥了眼常岸的方向。

常岸给自己的桌子安了一圈围帘,帘子一拉,整个书桌带着人都藏于其中,也不知在里面做些什么。

钱原也有一个同款围帘,起初他是怕早起背书影响到大家才买的,结果买回来后也没坚持几天。谁知常岸倒是用得起劲儿。

今天的课程少,只有早上八点一节课,老师的结语刚说了一半,常岸便一把扯开了围帘。

钱原和陶灵齐刷刷地转头看向他。

宋和初感受到一道锐利的目光投向他的后背,他僵硬着身子,低头给常岸发消息:"出去说。"

常岸在收到信息的瞬间一把扣上电脑，直接摔门出去。

钱原和陶灵再次整齐划一地转头看向宋和初。

宋和初在心中叹气，硬着头皮向门外走去。

"和初！"陶灵轻声叫他，"干吗去？要打架？"

"没有……没事儿。"宋和初敷衍着应付道。

常岸罚站一样立在门口，一见他出来，又要上手去拽人，生怕他转身跑了一样。

宋和初还没顾得上说话，却听隔壁寝室的门"砰"一声，接着屋子里就是一阵人仰马翻，桌子腿在地面摩擦出刺耳的噪声。没听见有人吵架，倒是听见有人大声拉架，可几个人的声音混在一起也听不出拉的是个什么架。

不待楼道里的人反应过来，有两个人扭打着从屋里撞出来，推搡间后背结结实实地磕在墙面上。

常岸抓着宋和初，把他拉到了身后。

拉架的人从屋里蜂拥而出，几个人将抱作一团打架的两位团团围住。

宋和初从常岸的肩膀上探出头，看到那两人架着对方的肩膀，一脸不揍死你誓不罢休的模样，撕扯得面红耳赤。

宋和初看清了占上风的那人的脸，总觉得面熟得很。

说来也怪，这附近几个寝室都是同专业的，平时不免在教学楼遇上，可宋和初却只在这一刻觉出眼熟，好像在哪里见过这人这般表情狰狞的样子。

陆续有人从各个房间里开门看热闹，还有熟人跑过来加入拉架的队伍。

陶灵大概真以为是他和常岸打了起来，慌慌张张地推开门看，伸着脖子研究好半天，才见到站在一旁的常岸和躲在常岸身后的宋和初。

陶灵说："哎哟，我还以为是你俩在打。"

这句话是宋和初根据他的表情和口型分辨出来的，此时的楼道里喊作一团，他压根听不清陶灵说了什么。

常岸顾不上围观的室友，叫上宋和初就要走。

那打架的二人连拉都拉不开，还在不断地贴着墙面移动，很快就挪到了开水房旁边。常岸眼尖，立刻就瞥见饮水机上正摆了个盖着塞子的热水壶。

"哎！"他皱着眉喊了一声，"要打回去打，别到外面打！"

他的喊声淹没在了人海里。

很快有人意识到了这地方不适合掐架，几个人簇拥在开水房前，试图让打架的两人离这边远一些。偏偏怕什么来什么，混乱里也不知是打架的打猛了还是拉架的磕碰了，饮水机上的热水壶猛然掉落下去。

摔落在地的热水壶发出"嘭"一声巨响。

巨响为这一团粥的楼道里按下了暂停键，所有人都在条件反射的惊呼声之后安静了下来。

这一声响唤醒了宋和初脑海里藏在角落的回忆，他猛地想起来是在哪里见过那男生了。是在兰田的朋友圈，他发的院系篮球队合影里，其中还有他的扣篮特写和二人合照。这个男生是他们院里篮球队的，并且看起来与兰田认识。

……这学校真小啊。

热水壶在压力作用下直接炸开，声音虽大，碎片却没有炸很远，只有开水像烟花一样四处飞溅。好在壶里的开水并不多，没有造成大范围攻击。

常岸离得远，只不过人倒霉，隔着层层人海还被溅上了好几滴水花，左边小腿上被烫到的地方火辣辣地发麻。

"你俩是不是有病？"常岸气结，率先打破了这片沉默。

打架的那两个人一路都在向对方施展花拳绣腿，身上没受啥伤，只是被掐得青一片紫一片。他们还在气头上，又被炸开的开水壶吓了一跳，此时被当头骂了一句后脸色都不太好看。

"关你什么事？"其中一个骂道，气势汹汹地走了过来。

拉架群众再次拥过去："哎哎哎，别别……"

宋和初碰了碰常岸："走了。"

-165-

"干什么呢!啊?!"宿管阿姨中气十足的喊声顺着楼道从一楼传上来,看来早有人去通风报信过了。

常岸也不想参与到这飞来横祸里,被宋和初在身后悄悄一拉,他便收回了阴云密布的表情,转身跟着他就走。

见二人奔着寝室而来,陶灵连忙为他们让出一条路,两个人在众目睽睽之下闯进了阳台里,还顺手锁上了阳台门。

宋和初透过阳台的玻璃门看向屋子里,钱原正拉着陶灵站在楼道里。看来宿管阿姨正在收拾打架斗殴事件,更值得看热闹。

"有没有被溅到?"常岸问道,低头去看宋和初的腿。

"没有。"宋和初被突然客气起来的常岸肉麻得起了一身鸡皮疙瘩,微微推开他一些。

"哦。"

突然只剩下两人,常岸反而有些手足无措,他顺着阳台向下看了看,没话找话般说道:"刚才那俩人我还认识来着。"

"嗯?"

"隔壁班的,打过球。"常岸说,"又菜手又脏,看他不爽很久了。另外一个……"

他的话戛然而止。

另外一个跟他的关系倒是还可以,下了球场也能说上几句话,这人没别的特别之处,就是空闲时间很多,一点事都能掺和进去。当初他和兰田认识后发生的事,这人不仅知道,还在兰田的朋友圈里跟了全程。就为这事儿,他默认了常岸和兰田那人一丘之貉,后来慢慢疏远了。

"不聊他们了。"常岸说,"我……有话要和你说。"

"我也有话想问。"宋和初笑了笑,"我们谁先来?"

常岸说:"你问吧。"

"你到底是怎么认识的兰田?"宋和初问。

这问题出乎意料,但细细想来也不算突然。

常岸也笑起来:"为什么想起来问这个?"

"看到刚刚打架的那个人就想起来了。"宋和初倚在栏杆上,"我

-166-

在兰田朋友圈见过他,我们院篮球队的?兰田很喜欢发。"

常岸低头叹了口气,像在暗暗下决心,也不知是讲出和兰田成为朋友后又决裂的往事的决心,还是与宋和初坦白交友的决心。

或许两者都有。

"我很久之前就认识他了。"常岸最后说道,"在……酒吧里。"

"酒吧?"宋和初想了一会儿,从兰田讲述过的众多好友里挑选出了一个初见在酒吧的。

哦,是他嘴里那个脑子有病的。

常岸继续说着:"我当时叫你不要搭理他,是因为他当年就……很难评价。"

他说完后仔细观察着宋和初的神情。

"我知道。"宋和初却是一副意味深长的样子。

"他厌烦了就会去跟别人说你不好……"常岸刚刚反应过来,倒吸了一口凉气,拧起眉毛来,"他是不是跟你骂过我?"

宋和初点点头:"他没说名字,是我猜的。你们第一次见面……在学校后街那个酒吧?"

这次轮到常岸面上犯难。

"你去那里干什么?"宋和初饶有兴趣地看着他。

这问题很有技术含量,这个地点并不是重点,去这个地点的心情与动机才是重点。可常岸也没法实话实说是替常雪去看热闹,听起来很像是借口。更何况他本身也并不单单是为了看热闹而去,他原本也带着见见世面的心思。

"不能去吗?"常岸顺着这个思路想下去,才意识到分明是他要来找宋和初聊的,不能被牵着鼻子跑,便反问道,"这个问题很重要吗?"

宋和初抿了抿嘴唇,其实想回答说不重要,可话到嘴边又觉得这个回答本身已经不重要了。

"好吧,那换我来说。"常岸说,他坦然地迎着宋和初的目光,深吸一口气,"你……我……"

却在这个要紧关头卡了壳。

常岸的耳廓渐渐爬上一层红,在心里想好的说辞好像有点难说出口:"等下,我再酝酿一会儿。"

03

常岸支吾半晌也没说出个所以然来。

宋和初原本还有些紧张,可看着他这副模样又觉得好笑。

常岸那根绷紧的神经在看到宋和初笑出声后"啪"一声断开,垮下肩膀来,也跟着笑了笑:"我很认真,你别笑。"

一触即发的氛围被打破,一泄力就很难再找回刚刚的状态了。

常岸提不起气来,与宋和初并排靠在栏杆上,吹了一会儿风后转头问他:"你知道我要说什么。"

宋和初仰了仰头,叹气一般说道:"知道。"

这有什么不知道的呢,表现得如此明显。

"好吧。"常岸垂头丧气地说,"没意思。"

"你自己藏都不会藏,还怪我猜出来?"宋和初反问他。

常岸伸出脚踢了几下飘到地面上的树叶:"我没想藏,这没有什么不能说的。我就是想要和你正式地道歉,说句对不起,之前是我对你有偏见。"

他是当真摸不清楚到底是从什么时候开始对宋和初改观的,觉得他人还不错,产生了这样的想法,简直神不知鬼不觉,细细数来是近乎草率的一种改变。

但他从不觉得他的诚意草率。

宋和初挠了挠头发:"我还以为你会疏远我。"

常岸听出他话里有话,对着树叶乱踩的脚静止下来,认真等着他说下去。

宋和初说:"我是想说,你不用和我道歉,你讨厌我也不是什么需要道歉的事情。现在我们握手言和,但我们不一定就适合当朋友,我们只是一起被隔离在公寓里不得不产生交流。比如在你去看演唱会时,很容易对身边给你递零食的人表示感动,从而想和他们说话,但其实你并不是想和他们交朋友，只是在那种热烈的环境下感受到了关怀，让你把对演唱会的激动嫁接到了一个具象化的人身上，你明白我的意思吗？"

"好哲学，不太明白。"常岸说。

其实他当然能听懂。

宋和初也知道他听得懂，便继续说道："公寓里的生活很寡淡，每天重复着同样的事情，看同样的人，你也许只是在这种封闭的环境对我的为人有了不一样的看法而已。"

常岸低声说道："可是我们已经回来了，我对你的看法没有再发生变化。"

宋和初转过身，趴在栏杆上，向下看着阳台下茂密的树冠和空荡道路。

常岸这时才明白为什么他举的例子是演唱会。

是在映射那场令人感动的宿舍楼音乐会，在告诉他——你弹奏音乐时所萌生的想法未必是理智的。

"所以你拒绝接受我的道歉，对吗？"

宋和初一时语塞，偏开脸不去看他。

拒绝了吗？

他仍旧无法读懂常岸的脑回路，太过直截了当，如果人和人的相处是一道数学题，他正在与常岸进行一步步解析，可常岸偏偏要直接写个答案。

这段解题步骤里没有任何一句话在表达拒绝，可却的确是证明"拒绝"的路。常岸一步到位，不留给他在证明里出错的机会。

宋和初心累。

常岸不依不饶，踩着被碾碎的树叶，绕到另一边直视着他："我只是想为自己以前说过的过分的话以及对你的偏见道个歉。"

宋和初闻言，将脑袋枕在胳膊上，看着眼前旋转九十度的常岸："你非得……其实你真的不用道歉，这没有什么的，就算你以后又觉得我这个人不行，处处和你相克，我也可以当做什么都没发生过。"

"为什么要当做无事发生？"常岸也歪着脑袋，与他目光平齐，

"我不会后悔，就算后悔也不需要装傻，我就是想告诉你。"

宋和初静静地看着他。

他鼻尖有些发酸，直白的话戳得他泛起一片窜到头发丝的酸胀感。

"所以你是不愿意接受我的道歉是吗？"常岸小声问道。

他眼中的失落太清晰，宋和初从中看到自己的身影与深深的难过叠加在一起。

很能让人共情的难过。他第一次触碰到常岸沮丧的情绪，连带着呼吸都停了半拍，像吃到了没熟透的猕猴桃一样，淹没在铺天盖地的酸涩里。

"为什么这样想？"

"因为你知道我是来说这些的，却一上来就要讲那些大道理。"常岸说。

宋和初闭了闭眼睛，将那股涌到眼眶边的热意压回去。

"是因为我觉得这些事情不重要，没必要说这些，我也不想以后我们还会没完没了地吵架。"宋和初说出口时有些心虚。

他没办法底气足，这种说教一样的话只适用于围观他人，真落到自己身上时，他发现自己也拎不清。

两个人像笨蛋一样趴在栏杆上，歪着脑袋。

他们挨得不近不远刚刚好，常岸仍在认真瞧着他。

宋和初抬起胳膊很轻地拍拍他的肩膀。

常岸愣怔住，维持着方才的动作没动，眼底却慢慢攒起一个笑。

"所以现在，你接受了我的道歉了吗？"

"嗯。"宋和初很小声地说，"我接受了。"

坦诚一些真好，想到什么就说什么，把所有的忸怩都抛之脑后，不需要故作别扭和误会，将所有想法清清楚楚地告诉想要告诉的人。

这种感觉好爽快。

还没等两人平静下来，身后的玻璃门发出了几声闷响。

两人回头看去，是正在将陶灵扯开的钱原。

钱原见他们看过来，便挥了挥手。常岸下意识要摆出不合的样子，却被宋和初拍了一下。

"怎么了吗？"宋和初打开阳台门。

"没事，有电话找你，打了两三个了。"钱原摸着鼻子转开眼，指着他桌子上的手机。

宋和初拿起手机，发现来电的是个与他几乎从来没有联系的人——宋东风的儿子，他的哥哥。

这么急匆匆地来找他，只怕是家里出了什么事。

宋和初看着这几通未接来电，实在不想回拨过去。

现在哪怕是天塌下来也不重要了，他只想找个地方放松休息，好好修补修补被折腾得乱七八糟的心脏。

"要打回去吗？"常岸见他脸色不太好，轻声问道。

宋和初长出一口气，走回阳台上："我打电话给他。"

钱原非常自觉地走回了自己的座位上，还顺手扯走了没插上话的陶灵，只有常岸还犹豫不定地站在阳台门口。

宋和初按下号码，把手机贴在耳边，示意常岸来阳台一起听。

"这是我那个哥，我舅舅家的。"宋和初对他解释了一句，不打算对着新晋的好朋友逞强了。

"他怎么突然打电话给你，宋东风有事？"

宋和初摇头："不知道，如果宋东风有事也该是我妈来找。我跟他不熟，几乎没联系过，微信都没加。"

电话那头是机械女音，说着"您所拨打的用户正在通话中"。

宋和初只好挂断电话。

挂断后屏幕跳回了锁屏前的界面，是微信的消息列表。常岸只是下意识随意一瞥，偏偏就看清了置顶的几个班级工作群下的消息。

这个人没有备注，但常岸还记得这头像是董洛。

字体太小，一打眼看过，只看见了"好朋友"三个字。他一惊，凑近了去看。

"我好朋友。"

常岸满脑袋是问号："哎？这是什么？"

"嗯？"宋和初没明白他在说什么。

常岸戳了戳这条对话框："你们在聊什么？"

屏幕立刻暗了下去，宋和初镇定地说："没什么。"

回避的态度太明显，常岸倒是压根没有什么别的想法，只是好奇得很："我也想看。"

宋和初刚刚都没这样羞恼，直接躲开："我都要拉黑他了。"

"看一下。"常岸耍起无赖。

宋和初纠结了半天，最后还是把聊天记录打开，递到了常岸面前。

"也……没有什么的。"

04

常岸没料到董洛居然会在那之后再来找宋和初，他以为自己那天的几条语音已经很到位了，但凡是个人都会知难而退。

他把聊天记录向上划了划，看到了董洛掏心窝子的感人话语，感觉下一秒就要痛哭流涕、呼喊自己年少不懂事。但宋和初直接用一条视频打断了他的掏心掏肺。

常岸在看到这条视频时愣在原地，指尖悬在屏幕上方，久久没能落下来。

宋和初见他不说话，开始后悔为什么自己要把手机交出去："好了，看完了吧？"

"昨天你听一半就跑到屋子里，是为了回他消息？"常岸的嘴角止不住地挑起来，压都压不下去。

"没有，我压根都没有仔细看他的话。"宋和初终于忍不住去抢手机。

常岸把手机举高一些："册封我为好朋友，都不下旨通知我一声？"

他的心情如同坐上了压到底的弹簧，猛地一下冲上云霄。

所以宋和初说"我也是"并不是为了保全他的脸面，他确实也想要改变，只是表达得很含蓄、在他看不见的地方。

他躲着，不让宋和初夺过手机，按住那条视频选择了转发："视频给我也发一份好不好？"

可他在转发列表找了一圈也没看见自己的名字。

宋和初又心虚了几分，没再挣扎，只是凑过来挤到手机前，默默点了一个联系人。

常岸发现自己的备注是"长按"。

"你连我的名字都不愿意打全？"他瞪圆了眼睛。

宋和初在他震惊之余得以拿回手机，含糊道："我现在改过来。"

"我们现在是……"说到这里，常岸停顿一下，"特别好的朋友了，算是吧？"

"当然是。"宋和初含糊得很彻底，根本没有改备注，只是按了锁屏后揣进口袋里。

"有点太快了，不太真实。"常岸说，"当朋友该是什么样的？"

话赶话聊到这里，宋和初才想起来要问个好奇已久的问题："对了，问你个事情，你那些桃色绯闻都是真的假的？"

"假的啊，我哪来那么多艳遇。"常岸说得理直气壮，"你怎么连这些绯闻都知道？"

宋和初迟疑一下："这不是人人都知道的吗？"

"卢林编出来吓人的，我俩之前碰上了个算命的道士，我从大马路上走过去，他还冲上来拦住我，指着我的脸稀里哗啦说了一堆。"常岸嗤之以鼻，"说我容易招惹上不怀好意的人，会影响自己的运气，让我在年前挡一挡，最好把三四月份开春的那阵子空出来，能遇上个贵人。"

他越说越不对劲。

他在初春突然被打乱了生活，三月初被拉去公寓，回到学校后的四月份里交到了一个从未设想过的好朋友。

他原本是不信这些，可卢林那时说这东西宁可信其有不可信其无，能碰上那道士，听见那番话也算是他和道士的缘分，既然如此不如一试。

常岸说："……改天请卢林吃饭吧，他应该想破头皮也想不到咱俩能成为朋友。"

"是因为你总是跟他骂我?"宋和初斜眼看着他。

无数道横在他们之间的误解如今都被摆到了明面上,宋和初拎着一把大剪子准备挨个剪断。

"没有。"常岸立刻解释道,"我只是会描述一些事实,从来不添油加醋。"

"什么事实?"宋和初问,"我们之间以前没有多少事实吧。"

"我以为你不喜欢小动物。"常岸一五一十地数着,"而且你总是看起来很烦,小组作业都不在群里发言,还老是垮着脸。"

宋和初一听就皱起眉:"你都不问我就知道我不喜欢小动物?而且哪次小组汇报不是我上去讲,一问谁来发言,就你每次都装手机没电,要不是你是群主我都想把你踢出去。"

常岸也跟着急:"我是真没电,你不问我你怎么知道我是装的?"

宋和初悬崖勒马:"算了,成为朋友的第一天不要吵架。"

其实是成为朋友的第一个小时。

常岸又垂下头:"如果还在公寓就好了,想说什么就说什么,也不用担心被人看到。"

他们又在阳台上吹了一会儿风。这片宿舍园区里种了不少柳树和杨树,这段时间正是柳絮杨絮飘满天的日子,前几日晚上刮了些风,把不少毛茸茸的白絮吹到了阳台上。

宋和初踩了一会儿白毛,拿出手机来看,发现宋启明在刚刚给他发了一条短信。

"我爸在外面赌钱欠债了,在往家里要钱,他想把你的事说出去。"

常岸也凑过来看,对着这行字沉默几秒,却问了个与短信内容风马牛不相及的话:"你们两个没加微信吗?"

"没有,加他微信干什么。"宋和初微不可见地抿起唇角,一直盯着这句话看。

常岸小心翼翼地问:"你们关系不好……他为什么要来通风报信?"

"不知道。"宋和初没精打采地抬头看他,"很烦,不想再处

-174-

理家里的那些事儿了。"

常岸看着心痒痒，摸了摸他的头发："宋东风想说就让他说吧，既然管不住他的嘴，就随他去。"

他回忆了一下宋和初曾经与他讲的事情，斟酌着问："你是担心你姥姥那边出问题？"

宋和初摇头："没什么的，反正他家的事情，我也管不到，只是怕我妈妈担心。"

"那需要我做什么吗？"常岸问，"先提前和她接触一下，让她放心，知道自己儿子过得挺好的，有不少好朋友？"

"不用，不管他，让他闹去。"宋和初闷头靠过来。

常岸揣摩了片刻这动作的含义，试探性地站到他身边。

宋和初手揪着他的衣服，拧出了一朵花来。

"嗯？"常岸能察觉出他的心情不好，可他又不擅长安慰人，此时不知该如何是好。

"你不用顾忌别的，有什么就说什么，像以前一样。"宋和初闷声说，"为什么现在畏手畏尾的了？"

常岸张了张嘴，有点莫名其妙地开心："为这个才不开心的？"

"嗯。"宋和初隔着衣服挠了挠，"别管宋东风了，他怎么样是他的事，别让我家里的破事影响到你。"

"不会影响到。"常岸说。

既然宋和初说了让他不要别别扭扭，那再说些心里话也不会尴尬。

"那个……咱俩在这里，屋里能看到。"

宋和初不管不顾："看就看了。"

常岸扯出了一个无比百感交集的笑，对着阳台门里展示了一下。

宋和初这才转头看向屋里。只见钱原正局促地拿着一个扫把，整个人都挡在门前，装模作样地扫着那片光洁又一尘不染的地面。

一道门，两个世界。

宋和初"唰"一声推开阳台门，钱原立刻就转身。

"钱原！"常岸喊住他。

"不好意思啊，不是想瞒着你们，就是没来得及。"宋和初说。

钱原很缓慢地转过身。

常岸走进屋里，揽着他的肩膀，低头说道："你先听我们解释一下。"

"不用解释，我大早上就看见了。"钱原手忙脚乱地把常岸推开，"我早就看出来你俩是和好了，我看比跟我关系还好。"

"你早上看见什么了？"常岸也是一愣，被他一推就开。

这个问题问得叫人有些难为情，钱原把扫帚放到墙角，面对着角落里憋了半响才憋出来："你们能不能别站在屋子门口说悄悄话？我还以为我做噩梦了……"

常岸转头看宋和初："我们什么时候在门口说悄悄话了？"

宋和初也懒得再解释："下次注意。"

"没事。"钱原摆摆手，甚至连摆手都没转过身，一直面对着墙角的扫帚罚站，"就是有点想不到，这都这么久了，我还以为能和好早就和好了，还至于等到现在，真没想到啊……"

"世事难料嘛。"宋和初用手肘碰了碰常岸，示意他赶紧转移话题。

"哎，我刚看群里有人说就快能外出了，应该就这两天了吧？"常岸及时读懂了他的肢体语言，配合着把话题带向其他地方。

"第一周可以安排人去超市采购，下周才逐步恢复。"钱原说，"我已经把名单上报了，采购要两人一组，我安排好你俩一组我和陶灵一组了。"

05

在宋和初看来，钱原的智商情商在寝室里是巅峰般的存在，如今却也说出了如此直白且生硬的话。实在是太为难他了。

成为朋友之后，他本以为他们会在生活上有很多矛盾的地方，毕竟之前两人互看不顺眼那么久，连看对方呼吸都感到痛苦。没想到公寓生活使得他们居然适应了彼此，在那样的生活里都能容忍对方，更不用说此时又有了两个室友做调剂。

宋和初也算对常岸的生活习性有了些许了解，知道他的大部分习惯，常常下意识做出些配合，每到这个时候他们都感觉很难面对室友。

有一种背叛了室友的感觉。

如宿舍楼群内所说，从第二天开始隔日开放固定时间能够出楼，具体通知比昨天的版本还要细致，澡堂也陆续开放，只不过要分楼栋预约。

预约系统卡得不省人事，等到他们点进去时，明天的前四个时间段都已经满了。

"洗个澡怎么像上战场一样。"常岸好不容易点进去，却发现还需要校园卡认证。

"学校谨慎吧，隔壁校刚允许外出又病倒一个。"陶灵第一个举起手，"我约上了，你们赶紧抢。"

钱原一边戳手机一边说："马上可以出楼采购了，今天哪组先去？"

无人回答。

"那和初你俩去吧。"钱原说。

"我以前天天盼着能出去，结果现在有机会了，又懒得动了。"陶灵说，"我头发都快长到肩膀上了！"

常岸忽然抬手摸了摸自己的头发——他从来没有注意过形象管理，在此刻猛地意识到自己应该打理一下，省得带给别人不好的体验。他又摸向自己的下巴。短胡茬冒了个头，肉眼看不出来摸起来却硬硬的。

"这楼里有没有开理发店的？"常岸问。

陶灵啧了啧："没有，我之前扫荡一圈了，没有手艺人。"

常岸叹口气："学校的理发店开了吗？"

"没有，校内所有店都关了。"陶灵望着天花板，"这些天我的思想已经升华了，这就是个返祖的过程，不经历一次就无法真正理解城邦的形成。"

常岸语塞："……好。"

开放出入的时间一到,楼道的每扇门内都蠢蠢欲动,陆续有人拿着出入证狂奔下楼,宿管阿姨拦都拦不住。

出去的人先是在阳光底下转了转,接二连三地奔跑起来。

不为赶时间,只是想体验一下跑起来和被风吹过的感觉。

常岸和宋和初并肩走下楼,楼下的白絮团子更多,铺得满地都是,风一吹起来从面前飞过,宋和初抬手挥了挥,偏过头打了个小喷嚏。

"戴着口罩也能打喷嚏?"常岸说。

宋和初隔着一层口罩揉着鼻子:"不知道,可能是太久没晒太阳了。"

哪怕每个寝室只能出去一两个人,可超市里依旧一片热闹。

门大敞着,隔着一层塑料帘就能看见排排货架,人头攒动。

宋和初手里拿着钱原钦点的生活必需品清单,卷纸和泡面前被加上了星号,其他的都是些非必需品,居然还有一瓶醋。陶灵在这瓶醋旁边备注:受不了吃面条没有醋的日子了。

常岸掀开帘子挤进去,加入了大家的抢货行动中。

货架上的货品很足,完全无需抢,但也许是风风火火的更合气氛,每个人都是一副兴奋又急哄哄的样子。

"哪有卖醋的?"常岸从瓶瓶罐罐前挨个走过。

宋和初额角突突直跳:"醋在卖调料的地方,哪有在饮料里面找的?"

常岸拿起一盒番茄汁:"要不要喝?"

"不喝。"宋和初说,"这个好难喝。"

"纯果汁,无添加,难喝但是富含维生素。"常岸边说边拿起来念着上面的广告语。

宋和初说:"买了你自己喝。"

"你不要吗?"常岸眼睁睁看着宋和初拿了一盒巧克力奶,说道,"这个奶不是齁死了?"

宋和初无法理解:"不甜的,刚刚好。"

他们对视一眼,默契地将这个话题一掀而过,扑灭了将要燃起的火星。

超市里最受欢迎的部分是零食架，其他人也都奉室友之名前来扫荡，连零食名字都不看，一样一包抓起来就塞到怀里。

货架上的食物如风卷残云被掠夺干净，营造出了一种物资紧缺的紧张氛围，常岸动作飞快，一抢就是一大片。

宋和初说："稍微收敛一些，咱们隔一天还能来。"

常岸抓起一袋咖啡液："喝不喝？"

宋和初终于忍无可忍："你是对甜过敏吗？"

"不啊，我只是不喜欢甜的。"常岸说完，挑了一袋生产日期最近的咖啡液。

宋和初还以为他又要表演非主流语录大赏，比如"我不喜欢糖，我的世界永远苦涩不堪"一类的话，但没想到常岸说完这句话后便没有了下文。

宋和初问道："为什么不喜欢？"

"就是不喜欢啊，这有什么为什么，口味差异吧。"常岸又拿了一袋咖啡果冻，"就像你不喜欢苦的一样。"

宋和初拿起另一袋草莓果冻，塞到他怀中。

常岸说："草莓，好甜。"

"……别管。"宋和初和他聊不到一起去，指着抹茶和巧克力果冻，"他俩喜欢哪个味道？"

"抹茶。"常岸说。

"真的吗？"宋和初犹豫一下，"他俩看起来应该都比较喜欢甜口吧。"

常岸说得很直白："他俩如果不吃，可以给我吃。"

宋和初咬牙切齿地把抹茶和巧克力一起拿下来："就是你自己想吃而已吧。"

常岸心满意足："反正明天还能来，今天就买你自己喜欢的，他们想吃什么后天自己来。"

"牛肉干。"宋和初说着就要去拿。

"你忌口不能吃牛肉。"常岸拍开他的手。

宋和初坚持要去拿："我的过敏已经好了，都好很久了。"

"大夫说至少要忌口一个月。"常岸扯住他的衣领,把人带离了肉脯货架。

宋和初这下算是发现了,常岸坐在这个好朋友的位置上,该吵架的时候没见手下留情,管起人来倒是理直气壮。

"给你买猪肉的吃。"常岸说着,把架子上的一长串猪肉干全部都撸了下来。

"你……"宋和初忙活得想呕吐,赶紧伸手去拦,"也没有那么想吃,全都买光了等着被骂啊。"

常岸隐藏已久的傻富少爷的模样露出马脚,满不在乎地说:"想吃就买嘛,又不是不给钱。"

"我不想吃。"宋和初两手扣住他的小臂,"真的,我只是想吃牛肉而已,拿一个就够了,我对猪肉没兴趣。"

常岸勉为其难地把其他几个猪肉干挂回钩子上。

因为要拎着一桶卷纸,又抱了不少膨化食品,他们不得不在怀里玩起了叠叠高,但好在其他人也是这副模样,走在外面看着也不算狼狈。

"岸哥!"走到楼梯拐角时身后一声喊让两人齐齐止住步子,一转头,拎着大包小包的卢林正跑过来。

卢林一抬头见到常岸身边的人是宋和初,一时间不少话卡在嘴边,僵硬地转了转眼珠。

常岸站在原地等着他赶上来,随后又一起向楼上走:"你买那么多湿厕纸干什么?"

"室友用……不是,你?"卢林的尾音都扬到了天上。

宋和初看了看他。卢林立刻回避他的眼神,还欲盖弥彰地清了清嗓子。

他清嗓子的动静太大,听起来像是吃急了噎着,常岸这才问道:"干什么?"

"你问我啊?"卢林快走几步,挤到常岸的身边,压低了嗓音吼道。

宋和初看不下去了,对他说:"你有话就说,不好意思说就微信说,别一惊一乍的。"

卢林第一次与宋和初正面相抗,再加之过往没从常岸口中听到什么好话,他对宋和初这人的印象很一般。他仗着有常岸在,还以为不会起什么正面冲突。

卢林连忙去看常岸的神色,却见他脸上没什么表情。他拍了拍常岸的肩膀,示意:他都惹到你头上来了,这你能忍?

"嗯?"常岸却微不可见地向宋和初的方向挪了挪。

卢林的手僵在半空中,有些不知所措。

两年多了,他第一次见这两个人没有拌嘴地站在一起。他依稀记得常岸上一次跟他提起宋和初,还是在公寓里咨询换屋子的事。

怎么现在就勾肩搭背走在一起了?

06

"回去再跟你说。"常岸把他挤到一边去,自己挨着宋和初,"我怕现在跟你说你接受不了。"

"啊?"卢林没能理解,"那你回去说我就能接受?"

他们刚巧走到卢林的宿舍前,常岸一把将他送进屋里:"就不用看你当面发疯了。"

送佛送到西,宋和初还顺手帮他把房门关上了。

他们满载而归,回到寝室里却发现屋里没人。

"陶灵?"常岸把醋瓶子放在他的桌子上,对着床上喊了一声。

无人应答。

"他俩都不在?"宋和初问道。

房内静悄悄,没等来答复,倒是常岸快速跨过放在地面上的购物袋,用力关上门,"啪"一声上了锁。

"干什么?"宋和初心下生疑,就见常岸一把拉过他,引到自己的座位上,"唰"地扯上了书桌围帘。

宋和初眼前看不真切,只能听到一阵塑料袋的窸窣声,常岸似乎在拆些什么东西。他向右边挪了挪,踢到了椅子腿,发出"刺啦"

一声尖响。他慌乱地握住椅背，将重心放到了右侧。

常岸拉下他的口罩，塞了一块肉干给他。宋和初下意识咬住了，喉咙里挤出一个疑问音。

"特别好吃，最后一包我抢到了，偷偷给你，别被发现了。"常岸也小声说。

肉干散发出的香气弥散在这小小的一方空间里，两个人挤在一起瓜分着这包战利品，宋和初看不清常岸的表情，却能猜到他一定正带着几分不怀好意的笑，眼睛亮晶晶地看着他。

这还是他们第一次瞒着室友行动，虽然只是分一包零食，却仿佛立起来了个巨大的里程碑，标志着他们的朋友关系名副其实。

朋友就该偷偷有点秘密。

帘外的房门忽然响动几声，室友回来了。他们默契十足地一人拉帘一人抽椅子，在房门打开的前一刻规整地站出来。

钱原和陶灵开门就见到两人正一本正经站在屋子正中间，强装镇定地看着他们。常岸还用手背蹭了蹭嘴角。

"你们回来了？"陶灵不明所以，见他们不动，自己也不敢动，像在接受检阅，"怎么了吗？"

"没事。"宋和初原本没什么感觉，但面对着钱原却有些心底发虚，他原地转了半圈，"你们去哪儿了？"

"洗澡啊。"陶灵举了举手里的毛巾，"你们这些有独立卫浴的人不会懂。"

宋和初看向他放回柜子里的盆："在哪里洗？"

"不给你详细描述了，你等着晚上去洗手间看吧，人多得轮都轮不上。"陶灵拍了拍手上的水珠，"你俩怎么怪怪的，吵架了？"

"他俩哪天不怪。"钱原解了个聊胜于无的围。

"没有。你喜欢吃果冻吗？"宋和初不动声色地把话题带走，"买了巧克力和抹茶的。"

陶灵立刻顺着思路被带走："巧克力。明天终于能去浴室了，好想念淋浴的感觉。果冻在哪儿？"

宋和初点头附和了几句，不经意间看向常岸。常岸却连掩饰都不掩饰，一直在认真地看着他。

宋和初总有一种自己捡了只大狗的感觉，特别喜欢分享和经常对着他乱吠。

第二天，浴室开放了。在公寓洗澡的经历先入为主，他们谁也没意识到即将迎来的是多么壮观的场面。

宋和初和常岸照常带好换洗衣物去了澡堂，在门前排着队。一上楼后热气扑面，隐约能听到哗啦啦的水声不断。换衣区的每排柜子前都站着不少人，他们挑了个宽敞些的地方，拉开柜门。这个场面太熟悉，宋和初回忆起了他们在隔离前的最后一个澡——和常岸撞在一起双双摔了个跤的那次。

"这么多人，咱们各凭本事吧，洗澡就别扎堆了。"宋和初最后说道。

常岸背过身，走到身后一排的柜子。

"宋和初。"他突然说。

"嗯？"

常岸正要脱上衣，衣服挂在手臂上："你带校园卡了吗？"

宋和初竟没有对这个意外感到惊讶，就常岸这性子，忘个卡都是小事。

"你……"他话说一半，忽然看到一道熟悉的人影一边系扣子一边从过道之间走过，忙叫道，"卢林！"

人影倏然闪过，几秒后又慢慢退回来。卢林一脸疑问地看着他们两个。

"你洗完了？"宋和初问，"校园卡借……"

"没事，你走吧。"常岸打断他，敷衍地摆手，又对宋和初说，"用你的就行了。"

宋和初这回是真无言以对了。

常岸又喊道："卢林！"

去而复返的卢林再次莫名其妙地被呼了回来："干什么？"

"帘子借我用用。"常岸说。

"你不是看不上这玩意儿吗？说鸡肋又做作。"卢林从自己的小篮子里扯出来一个隔间布帘。

常岸二话不说拿过来据为己有:"好了走吧,回去给你送零食吃。"

卢林的目光在二人之间流转:"你俩……"

宋和初见他这副为难又好奇的样子,不免有些好笑,偏头问常岸:"他还没问清楚呢?"

"没有。"常岸再顾不上卢林,向卢林说出了道别词,"回去跟你说。"

拜常岸这个馊主意所赐,宋和初不得不找了个偏远僻静的相邻的隔间,再把帘子拉下来。这在现在的澡堂子里还真是可遇不可求。

宋和初把校园卡插进卡槽里捋了一把湿漉漉的头发,笑笑说:"还是有独立卫浴更方便些。"

宋和初冲了一会儿,把校园卡穿过帘子递给旁边等待的常岸,余光恰好扫过他的后背,又想起来他点评过自己的颈椎不好,犹豫一下还是问出了这个不合时宜的问题:"我一直想问,你的背肌到底是怎么练出来的?"

"不知道,打球吧。"常岸心不在焉地说,"很明显吗?我看不到。"

听起来依旧很像在装。

宋和初说:"他们说颈椎不好就要练背肌。"

"那你和我一起打?"

"不了。"宋和初把洗发水打出泡,揉在头发上,把校园卡要了过来。

常岸在一旁幼稚地造起了泡泡,泡沫透过帘子飘在空中,宋和初眯着眼睛,笑出了声。

常岸生怕他说出什么带有嘲讽语气的话,但宋和初只是说:"话说你下次洗头发之前能不能剪剪指甲?"

常岸看向自己沾了泡沫的手指:"已经很短了啊?"

"哪里短,你跟我这个比。"宋和初把手伸过去让他瞧。

常岸左右对比着看看:"好吧,下次再剪剪。刚刚给你卡的时候划到你了?"

宋和初笑了一下,低下头:"还好。"

他一直都在远离人群,有种自我放逐的感觉,但此时……很奇怪,他的眼睛发烫,有点想流眼泪,也不知道是不是洗发水流到了眼睛里。

他感觉很幸福——原来这种抽象的描述词是能够真实感受到的。

07

"咱们是不是下礼拜就能出校了?"隔壁隔间里传来说话声。

"差不多了吧。"有人回答他,"我跟我对象一个城市,连过年都在一块儿过,头一次分开这么长时间。"

"不知道什么时候能申请出去,我们寝室之前说要去电竞酒店通宵,结果这都四月份了,学校大门都没迈出去。"

"等能出楼了就去咱们学校那招待所呗,我听他们说有带电脑的房间,就是不知道打游戏快不快。"

泡沫顺着水流掉下来,常岸拍拍手,拍出几个小泡泡在空中飘,灯光下的泡泡流光溢彩。宋和初揉了揉脑袋:"等能出去了,要好好逛一逛。"

常岸动作一顿。

"也不知道外面怎么样,公园里树都绿了。"宋和初把飘到眼前的泡泡吹飞。

"嗯。"常岸的声音在水声之下有些模糊,"到时候去转转,很久没出去了。"

宋和初忽然想起来了什么:"你马上要生日了吧?四月份。"

"是啊,四月底。"常岸等到两人都洗完之后把校园卡拔下来。

他正想感动一下宋和初居然记得他的生日,却听他说:"你怎么比我还小?"

常岸拿毛巾擦着脸上的水:"我过的是二十一岁生日。"

"哦。"宋和初笑了笑,"你怎么比我大这么多?"

"是你太小吧,咱们寝室都跟我同年。"常岸往外看了看,随后拎起洗漱小篮子,走了出去。

"给你送什么生日礼物?"宋和初也跟跄着往外走,"你想要什么？"

常岸说："什么都可以。"

他们本以为一边聊天一边洗澡浪费了很多时间，没想到出来后看表也没有过去太久，还有不少人在换衣间出入。

常岸把帘子上的水珠抖干净，折成规整的小方块，在路过卢林的房间门口时给他塞了进去。卢林正躺在床上歇着，一见寝室门开立刻喊道："你等会儿！"

常岸露了个头。

"你怎么回事？啊？"卢林费劲扒着床杆，尽力向外看着。

"我不是让你微信问我？你又不问。"常岸说。

卢林挠了挠下巴："我有点不好意思……行，我微信问你。"

"你还知道不好意思？"常岸调侃了一句，把卢林宿舍的门关上。

看来卢林也不算太笨。

这个话题实在不方便讲，上一次提起过这事之后，卢林想起拿手机问的时候已经过了十几分钟了，隔了太久再旧事重提有些尴尬，他便没有问。这次刚巧手机就在手边，卢林也不再客气，下一秒微信就发来：？

常岸对着这个问号，居然也有些尴尬了。

他和宋和初的这件事说给谁听都无所谓，就连讲给钱原时都没觉出过尴尬，偏偏此时对着卢林有些说不出口。毕竟卢林跟他关系太铁，知道不少他和宋和初之间的事，且听得都是一家之言，他这些年又没少抹黑宋和初，此时忽然态度一百八十度大转弯，难免让人无法接受。

常岸的湿发上顶着一块毛巾："卢林问了，告诉他？"

宋和初替他把门打开："告诉吧，反正他迟早都要知道。"

屋里仍然没有人，室友都还没有回来。常岸潦草地擦了擦头发，爬到床上盘腿坐着。

常岸：要问什么？

卢林：你跟宋和初怎么回事啊？

常岸：你觉得是怎么回事？

-186-

正在输入中显示了两三分钟,卢林的回复才发来:你别问我,我不知道。

就八个字打了这么长时间,看来卢林已经无须点拨了。

常岸:你知道,就是那么回事。

卢林:??

情绪饱满的两个标点符号。

常岸:我们不是死对头了,变成好哥们儿了。

卢林沉默了。

常岸端着手机等他的回复,等了半天不见人影,便切换去了其他软件,刚刷了一秒钟不到,寝室门便被惊天动地地砸响。

宋和初正坐在椅子上,闻言走过去开门。门一拉开就看到了衣衫不整的卢林。他连拖鞋都穿反了,正扶着门框狼狈地调换着。

卢林一抬眼就对上了宋和初的眼睛,连忙张皇失措地别过头,掐着嗓子说:"我找那个,常岸。"

宋和初一见他这模样就知道是为什么了,哭笑不得地抬眼看向坐在床沿上的常岸。

常岸兴致勃勃地对卢林招招手:"进来坐。"

"你……出来说!"卢林气急败坏地把翻进去的衣领整理好。

常岸从楼梯上爬下来,揽着卢林的脖子向外走去。卢林一边拼命挣脱他的束缚一边喊叫:"你别拉我!"

他们一直走到连廊处才停下来,卢林甩开他的胳膊:"你小子很牛啊?"

"干什么?"常岸笑着靠在栏杆上。

"你俩?"卢林的吃惊溢于言表,既想喊出来又要极力压着嗓子,无从发泄的震撼只能低吼出来,"啊?"

常岸说:"有这么难以接受吗?"

卢林在原地转了一圈,脸都憋红了:"你俩怎么破冰的?这么好面子,你能主动跟他说话?"

常岸觉得这件事现在说出来也无所谓了:"为什么不能主动说话?"

卢林目瞪口呆地看着他,脸上的表情僵得仿佛在九寒天里冻了一个月。

"在公寓的时候我俩聊了聊,然后就这样了。"要真的复盘他们是怎么破冰的,常岸自己也说不出个所以然,只能把一切归结于缘分和感觉到了。

卢林憋屈得肺都要炸开,急得跳脚:"你跟谁当好哥们我都不惊讶,你跟那个一看就愣头愣脑的拿奖学金的室友处成好哥们我都能接受,你跟、你……"

他说到这里被自己噎了一下,拿出手机来飞速划着聊天记录:"我给你看看你当初是怎么骂他的,你说他冷血无情、蛇蝎心肠,还怕他半夜拿刀杀了你,说他看起来像隐退杀手,这是不是你说过的话?"

常岸苦口婆心道:"那都多久之前的事了,人都是会变的。"

"你!"卢林指着他的鼻子,"咱俩这关系我不知道你?这个世界上只剩下粑粑和甜面酱烧茄子,你宁可吃粑粑也……"

"这不一样。"常岸挥开他的手指。

卢林冷笑道:"我看你就是早就想跟人家破冰,一般人谁关心别人喜不喜欢猫猫狗狗,也就你。"

常岸辩解了一下:"我那时候是真的看不惯,不是在跟你装模作样,算了说这些也没用,随你怎么想吧,就是通知你一下我俩现在关系铁得很。"

刚刚的情绪发泄太激动,卢林此时也有点累了,他小声嘟囔着:"就出去住了二三十天,前面十天都在问我换房,现在直接成能穿一条裤子的好兄弟了,稀奇。"

他越说越离奇,又质疑道:"你突然把他看顺眼了也就算了,他还能突然把你也看顺眼了?"

"我怎么了?"常岸问,"我也没干什么伤天害理的事儿吧。"

"算了算了,随便你们吧。"卢林按着太阳穴,"那我以后怎么面对他?我以前天天给你撑腰,你对人家冷脸撞着肩膀过去我也跟着冷脸,现在好了你俩成兄弟了,我跟个太监一样。"

"没事,他不会在意的。"常岸拍拍他的肩膀。

"你室友知道吗?"卢林奄奄一息地问。

"那个拿奖学金的知道了,另一个还没说。"

卢林又开始吃惊:"'奖学金'没大吃一惊?你们天天在他们眼皮子底下,他们受到的冲击大概更大吧。"

"不知道,这很难接受吗?适应适应就好。"常岸语重心长地拍拍他。

卢林换成一副过来人的样子:"有点期待另一个知道这事儿时候的表情。"

他说到这里才想起来:"上次听你说宋和初家里有点矛盾,现在怎么样了?"

"他……"常岸转过身,站在回廊上刚好能看到自己宿舍的阳台,宋和初居然真的站在阳台上,看样子是在接电话。

隔着这么远就能看出来宋和初的脸色不太好,常岸只看一眼就能够断定是他家里的电话。

"走一步看一步吧。"常岸说。

他看到宋和初也转过身,向连廊的方向看过来。

卢林有些尴尬地躲了一下,常岸站着没动,只是对他笑了笑。

距离太远,他不确定宋和初有没有看清。

宋和初确实没有看清,却能感受到常岸在与他互动,便也回了一个笑。

他对着电话里喊了一声:"妈。"

Day 10

金钱是永恒难题

"你说我要不要……借他点……钱?"

01

老妈打电话过来的时候，宋和初刚刚把头发吹干。

他在看到来电人的那一刻便已经猜到老妈会说些什么了，平时他们之间大部分沟通都在线上，最近一段时间也没有其他事值得老妈亲自打电话来了。

"妈。"

电话里安静了一会儿，老妈才说："最近学校里面怎么样？"

"挺好的。"宋和初撑在阳台栏杆上，偏头看着远处的常岸，"没什么事。"

"噢。"老妈说。

听起来是欲言又止，老妈似乎咽下了一些不知如何开口的话。

"怎么了？"宋和初心底有些不安。

他隐约猜到是宋东风惹起来的事端，不知这一次是说了什么难听话，还是又搬出他儿子来硌硬人。他再次转眼看向连廊，却看不见常岸的身影了。

"妈,是不是舅舅那边有事?"宋和初低头看着脚边的几团白絮,轻轻踢着。

情绪在这一刻变成透明玻璃,全然感受不到任何想法和心情,他厌倦这样无穷无尽的烦恼,渐渐有些麻木了。

老妈那边也叹了气,一字一顿地讲道:"宋东风赌输了钱,在问家里要存款。昨天我们在你姥姥家,他耍了酒疯,说……"

宋和初不自觉屏住呼吸,脚下空落落,白瓷砖好像被抽走,他感受到了突如其来的失重感。

"说你三观不正,性格不好,交不到朋友,以后也不会有人能看上你什么的。"老妈还是说出了这句话。

也许在她的理解之中,这是一个很伤人的问话,她又吐出几个音节,似乎想说些什么来补救,可嗓子却被噎住一样,连半个字也说不出来了。

宋和初闭了闭眼睛。

这些话诚然已经伤害不到他了,所指向的无非是对高中时期一些令人难过的过往,而那些过往的发生也并非因为他性格不好,还恰恰相反。

这些攻击的话语只会伤害到老妈,这个总是觉得他很辛苦、对他关心则乱的老妈。宋和初不希望她因此感到不开心。

可他一方面又觉轻松,方才那一瞬的失重感像是要随着热气球浮上天,脚腕却拴着一个沉重的铁球,在这电话响起的瞬间,铁链被剪断。

一直坠得他心沉沉的顾虑终于被捅破了。

宋和初想说话,可用力提起气来却没能说出字句,他清清嗓子:"不是,我有很多朋友。"

老妈安静下来。

这片安静不断放大他的不安,宋和初用鞋跟一点点碾压着变成薄片的白絮,阳台门忽然被"唰"一声拉开——常岸出现在了面前。

他看起来是跑回来的,还在轻轻喘着气。

常岸将门关好锁上,慢慢走到他身边。高高悬起的心猛然掉入一片棉花团里，宋和初看着他，弥散在周身的忐忑被驱散得一干二净。

"你……"老妈得到了肯定的答案，没有情绪过激，只是沉声问着，"妈问你，那你的高考，与这有关系吗？"

"没有。"宋和初说，"我保证。"

"哎哟，妈不是不信，就是……想起来了问问。"老妈一声叹息接着一声，"你在大学里交到新朋友了？"

宋和初小声说："嗯。"

常岸凑到他的旁边。

老妈问："怎么不跟妈说？"

宋和初借力把常岸拉得更近一些，让他也能够听到通话的内容。

"我……不知道怎么说。"宋和初诚实回答道。

老妈突然问："是不是宋东风威胁过你？还说要分更多的钱？"

宋和初收紧了手，看向常岸。常岸点点头，示意他不必对妈妈隐瞒。

宋和初含糊其词："妈……"

"他说过，对吧？"老妈一下子来了火，方才的尴尬消失得无影无踪，"我就知道，我就知道！他怎么和你说的啊？"

宋和初连忙说："妈！"

"不是个东西！"老妈骂道，"昨天他一说，我立马就想到了，你是因为这个才不跟妈说，对吧？"

宋和初想打马虎眼，可又实在不想替宋东风说话，只好说："不是为这个，我就是怕你生气。"

"我上哪里生气去？"老妈的高声顿时落下来，听着有些让人泛心酸，"生你什么气？叫他说去罢，他说又怎么了，你才多大，别惦记着家里赚钱的那些事，妈还在上班呢不是？跟他们委屈自己做什么？"

宋和初没法回答这个问题。

他不是怕自己委屈，是怕老妈委屈。可他无法说出这句话，妈妈要强，听到这样的答案又该难过了。

老妈接不上这话，只好几句车轱辘话来回说："行，你自己照顾着点自己，钱不够了就问家里要，宋东风再找你就跟妈说，听见了？"

"听见了。"宋和初按着额角。

对面又支吾一会儿，在宋和初还以为会有下文时，电话被"啪"一下挂断。

他举着手机愣了一下，对常岸说："挂了。"

他的表情有些木，看起来像还没能反应过来发生了什么。

老妈的电话来得仓促去得仓促，其间又包含了太多信息。

老妈向来是知道他有个关系很差的室友的，宋和初平时不提，他也不问。宋和初本没打算和她聊自己的生活，但又怕她心里扎一根刺，真觉得他和同学关系不好，是因为自己性格问题，或者家里教得不好。

如果这样，还不如把常岸带回去，告诉老妈他们相处得其实很好，让老妈放心。

"阿姨其实挺担心你的。"常岸说。

宋和初点点头："没什么事儿。"

"那就好。"常岸放下心来，他很担心宋和初会被这些事困扰，毕竟每次接过电话的烦心样子都被他看在眼里，他不希望宋和初再为此费心。

宋和初却摇头，思考了一会儿才低声说："我妈有事情瞒着我。"

他从消息记录里调出了前几天宋启明发来的短信。短信里说："姑姑跟你说了吗，公司裁员，她29号下岗了，最近在考虑搬家的事情，想把你们市中心这套房租出去，先拿着租金再找工作。"

常岸一个字一个字认真读下来，感觉自己像踩在独木桥的正中央，眼看着一条路正通桥对岸，可脚下却踩不实，往旁边偏移一丁点就会摔落下去。

她本不必瞒着宋和初，这也不算什么大事。可就是这横插一刀的宋东风，把宋和初的私事直直捅到了全家人的面前。

老妈短时间内都不会再和宋和初提下岗的事了。

常岸脑子很乱，也有些看不懂这短信："他没骗你？"

"我核实过公司那边了,他没骗人,上礼拜我妈确实下岗了。"宋和初说。

常岸不明白这里面的弯弯绕:"没有退休金吗?"

"她没到退休年纪,得自己再交几年钱才能拿退休金。"宋和初站得有些累,慢慢蹲下来。

常岸也跟着蹲下:"把现在的房子租出去,你们住哪里?"

"老宅。我不是跟你讲过?我是本地人,郊区有一套房,是我妈跳槽、我上学以后才搬到市区来的。"宋和初说。

常岸很难理解郊区有房这一概念,只觉得带着"老"字的东西都值钱:"把老宅卖了能拿好大一笔钱吧。"

"卖不了,那房子的房产证写的是我姥爷的名字。"宋和初也懒得细讲,他心烦意乱,胡乱揪着头发,"搬家也要花钱的,我妈这几天应该一直忙着卖家具。"

最近有太多叫人措手不及的意外之事出现,牢牢压在他的肩头,是怎样都挣不开的五指山,让人喘不过气来。可看到常岸的每一秒都叫人开心,常岸身上似乎带着一种力量,能让他对着所有生活琐碎说"滚一边去"。

02

常岸换了一身格子衫,一边系扣子一边走出来:"穿这件怎么样?"

宋和初看不下去:"换一件吧,穿这件衣服太像咱们的计算机老师了。"

"那再加个外套?"常岸对着玻璃转了转。

"真不用,你穿早上那件就行。"宋和初举起手机对着他比画几下。

常岸怀疑地问道:"那个衣服看起来很像不良少年,不合适吧。"

宋和初笑道:"你自己也知道?"

屋里传来动静,宿舍门被人打开,刚洗完澡回来的钱原走进门,向阳台看了几眼:"干什么呢?"

"给我挑一身衣服吧。"常岸对他说。

"你那么多衣服呢。"钱原探头出来,上下打量着他,"什么场合穿,要参加活动吗?"

常岸难得有些难为情:"不是,发给宋和初他妈妈。"

钱原倒吸一口凉气。

宋和初还蹲在栏杆根,托着下巴笑道:"我妈怕我没朋友。"

"然后阿姨想看看我长什么样。"常岸凑近玻璃,仔细端详着自己的脸,"我这头发是不是应该再吹吹?"

钱原沉默又局促地看着他审判自己的五官,等了一会儿才说:"真的,你平时什么样现在还什么样就行,这个衬衫我看着总想喊老师。"

常岸愤愤地从领口开始解扣子:"好吧,为什么我的风格不是太古板就是太野蛮,就没有过渡吗?"

他刚脱了一半,钱原倏地缩回屋子里,留下一句怒喊:"你能不能进屋里脱?"

宋和初对着这幅画面按下了快门。

手机定格在方才的一幕,常岸微低下头,格子衫领口垂落在后背,露出宽阔的肩膀。

常岸若有所觉,回头看去。宋和初透过镜头对着他笑。

"你别发这个,我要树立好形象。"常岸忙冲回屋里,在衣柜里挑挑拣拣。

宋和初站起身,甩一甩酸麻的腿,慢悠悠地踱到常岸的桌前,把他搭在椅背上的一件衣服拎起来,丢过去。

"穿这个?"常岸把衣服抖开,是他在公寓里最常穿的一件薄毛衣,"这也太居家了吧。"

"这个好看。"钱原点评道。

常岸听劝,把衣服换好,又开始拗姿势,搔首弄姿半天不知该如何是好,只好拿出手机:"我搜搜明星公式照。"

宋和初坐在他的桌子上,将手机举到眼前。

常岸随意斜坐在椅子上,胳膊在椅背上架着,垂眼看着手机。

"咔嚓。"

常岸反应迅速，立刻就伸手要去抢他的手机，可为时已晚，宋和初已经将图片发了出去。

两人挤在一块小屏幕前，紧张地等待着回复。

不多时，老妈回了条语音来："哦哟，是室友啊？不是说关系不好吗？"

老妈敏锐捕捉到了宿舍背景，可其中弯弯绕绕一言难尽，一时半会无法概括，宋和初只好简单回答：刚变好。

常岸看着聊天框，顶部弹窗却忽然出现一个好友验证消息。

ID 是"玉米汁老板"。

宋和初看到这条弹窗，微不可见地将手机偏转了一个角度，下意识不想让常岸看到。

"谁？"常岸皱了皱眉头。

瞒不住索性也不瞒了，宋和初把手机拿给他看："学校玉米汁店的老板，下礼拜我想去他们家干几天。"

"打工吗？"常岸对这家玉米汁店有印象，就开在学校的那条商业街里，门店不大，每次排队都要拐一个弯。

"嗯。每天去两个小时就够。"宋和初瞄了眼常岸的表情，又低声说，"不过是中午和晚上最忙的那两个小时。"

常岸坐回椅子上，若有所思："你时间倒得过来吗？有两天上午最后一节和下午第一节都有课，你来得及吃饭？"

"来得及。"宋和初点点头。

常岸便没多说，只说："好。"

宋和初低下头，凑到常岸面前，用钱原听不见的声音小声说："现在才告诉你，别生气。"

常岸没有问他是什么时候找的兼职，也没有给他一种"你为什么瞒着我"的压力感，这让他在讲起这件事时比较轻松。

宋启明告知他老妈下岗之后，他便联系学长找了学校里的兼职，在筛选之下挑了这家，想把最近一段时间的生活费赚出来。家里少出些生活费，负担能够少一些，毕竟正准备着搬家，老妈又将有一段时间无收入,一直用姥姥的钱也不合适,他又不希望老妈动家里的积蓄。

他每个月花的钱并不多,之前又私下有存款,加上跟着钱原买的理财,手头也不算太紧张。更何况也无需他立刻就经济独立,只是最近一段时间事情太多,家里周转起来很难,撑过这阵子就好。本也不算艰难,是他自己想开源节流而已。

但他不知道这话该如何和常岸说。

他们的关系从死对头到好朋友一路走得太快,就连磨合的日子都被挤压得很短,在公寓生活的催化之下,整段关系像一块浓缩咖啡,倒出来时是压缩过的精华,此时才被泡入水里,慢慢扩散开。

这就让他们的相处难免有些割裂,适应需要时间,聊天、相处都需要时间。

他不知道常岸是否有这种感觉,但起码他还不能非常坦然地和常岸聊"钱"。

这与他是否缺钱,常岸是否有钱都不相关,只是他难以启齿而已,钱财这种事本身就是人与人之间一个敏感的话题,更何况是他们这种才刚刚建立关系的朋友。

但常岸并没有对兼职这件事表现出任何多余情绪,就好像他在说"我找到了一家很好吃的店""我的作业没有写完"一样平常。

无论是常岸真的不在意也好,还是他故意这样表现的也罢,宋和初都感觉很舒服。

"玉米汁店的活儿好干吗?要干多久?"常岸问。

"牵线的学长说还挺好干的,我一会儿和店长沟通一下。先做一段时间试试看吧。"宋和初蹭了蹭他的拖鞋边。

坐在一边的钱原这时才插上话:"那我们去照顾你生意,我还没喝过这家的玉米汁,平时排队的人太多了。"

"等下礼拜吧。"宋和初抬起头,松快一下泛酸的颈椎,"什么都要等到以后,如果日子能快点过去该多好啊。"

常岸很轻地叹了口气。

他很想和宋和初说,如果急需用钱可以问他借,可左思右想都觉得这话说出来很不妥当。

放在以前的关系里说这话欠揍,现在说这话又伤自尊,其实总归还是关系不到,他怕宋和初多想,也怕宋和初会以为他在多想。

无论是什么样的人、什么样的场合、什么样的时间,谈钱永远都是个难上加难的命题。

宋和初找了个兼职却没有告诉他——常岸从头到尾都能理解,可是这也并不是能瞒得住的事情,迟早要知道的,宋和初为什么还要瞒他?

想来想去除了"关系不到"没有其他解释了。

每段关系似乎都是时间守恒的,前期用时太短,后面总要补回来。他们两个达成友谊是一步到位,可另一条腿还落在半路上,要慢慢追很久才能奔跑起来。

慢慢来吧,他们都不是爱说谎与欺骗的人,没有误解与矛盾梗在中间,磨合久一些也无所谓。

解除封闭管理的日子万众期待,仿佛全校学生都在等着那一天,前一日晚上学校超话里甚至还有人在零点倒计时。

零点到时却是风平浪静,没有想象中的欢呼声,第二日早上也没有多么富有仪式感的剪彩仪式,只是宿管阿姨不再坐在门口,宿舍大门的刷脸设备也恢复了运营。

这一日刚巧是周六,早上没有课,寝室的人却早早地被楼道里的声音吵醒。醒了后没有人再躺回去睡回笼觉,纷纷爬起床准备出门。

宋和初和老板约了在店里见一面,常岸准备陪他一起去,两个人正收拾着东西,身后一起拾掇的陶灵问道:"你俩也出去?"

"我们去店里看看。"宋和初问,"你去哪?"

"不知道,就是觉得不出去看看怪可惜,想凑个热闹。"陶灵把鞋蹬上,跑出门去,"我走了啊。"

"现在的商业街应该人挤人了吧。"钱原拿起外套,也跟着往外走,"关了一个月,一朝开放大家肯定蜂拥而至……"

"这话别让宿管阿姨听见。"常岸说。

"走了啊,我去玉米汁门口排队。"钱原挥挥手,夺门而出。

宋和初特意穿了一身黑色，以免一会儿上手工作弄脏衣服。

常岸靠在门口等着他，看着走廊里人来人往，居然有些感慨："恍如隔世，进宿舍门时咱俩还像陌生人，出宿舍门时就已经勾肩搭背了。"

"走吧。"宋和初拍拍他的肩膀，两人把宿舍门锁好，走向楼梯间。

楼下的共享单车终于开始运营，扫码开锁声响成一片，常岸看着自行车挤来挤去的热闹场面，突发奇想："我开摩托送你去吧？"

宋和初动作一顿："这有点太高调了吧。"

"高调怎么了，看起来不好惹，以免老店员欺负你。"常岸越说越笃定，拿出车钥匙，腿一迈跨上车，"来。"

宋和初没法，刚坐上车，忽然感觉到不远处有一道炽热的视线停留在他身上。转头看去，看着那人很眼熟，居然是兰田。

兰田显然是来找他的，整个人都钉在原地，两眼牢牢地锁定在他俩身上，时而看他，时而看常岸，满眼难以置信。

宋和初没想到兰田都被他删了好友居然还能找上门，只好向前探了探身子，在常岸耳边说："嗯……你看那边。"

03

常岸与兰田对视一眼，中间走过许多行人，他们各自岿然不动，简直像电影一样。

"他来干什么？"常岸纳闷，"他应该不知道咱俩认识吧。"

宋和初说："不知道。"

常岸将车开出去，一个弯道漂移停在兰田面前，车轮扬起一阵飞沙走石。

三人静静地看着彼此。

常岸终于打破了沉默："你找谁？"

兰田的视线黏在他的脸上下不来，盯着他说："找宋和初。"

宋和初从后面探出头："找我干什么？"

兰田这才慢慢将目光转移过去："你们两个认识？"

宋和初点头。

兰田沉默不语。

"你找我怎么不跟我提前打个招呼？"宋和初说，"有什么事吗？"

"没事我们就走了，赶时间。"常岸说。

兰田拦了一下："我给你打过电话，但你拉黑了我的号码。"

"不好意思，忘记了。"宋和初挠挠头，"所以你找我还是为了私事吗？那就不必说了。"

兰田仿佛此时才找回感觉，眨眼间恢复了从前在网络上那副要死要活的模样："我是第一次转过头来找一个人，我从来没有吃过闭门羹。"

常岸打断他："那是因为你以前没转过，你转一次吃一次。"

"有你什么事？"兰田很不客气。

宋和初不想与他周旋："我的朋友里没你的一席之地了，不好意思。"

通往商业街的路堵得水泄不通，他们以前从没意识到原来学校里有这么多学生。

车压根开不起来，但好在大部分人都躲外卖小哥的摩托躲出了习惯，看到快车就会给人让路。

风声灌入衣领，在耳边吹得轰轰响，头发都乱蓬蓬，到达玉米汁店外时只用了两三分钟。常岸把车停在空地，腿一迈潇洒下车，帅气地整理一下衣服。

宋和初跟着下车，无奈道："你刚刚下车差点踹我一脚。"

"是吗？不习惯后面坐人，下次注意。"常岸也跟着笑起来。

玉米汁店门前的队伍还不算长，他们沿着队伍一路向前，没有看到钱原的身影，也不知他堵在哪儿了。

一个看起来年龄相仿的女生正站在店里，手中端着一个杯子动作利落地制作着玉米汁。

"好香。"常岸嗅了嗅，"这家店最香了。"

宋和初来到最前面，对正在点单收银的人说："我来早了一些，要先进去等你吗？"

收银台前的人看起来就是那个联系他的学长，一边打包玉米汁一边把旁边的隔门拉开："进来吧。"

说罢他又看向常岸："这位？"

"他送我过来的。"宋和初解释一句，转而对常岸说，"你先回去吧，我结束了微信告诉你。"

常岸点点头："我买杯玉米汁。"

"你……排队去。"宋和初笑着和他摆摆手。

"知道了。"常岸目送他走进后厨，居然有种送孩子上幼儿园的感觉。

送人上班竟然是这样的感觉，五味杂陈。

这一天他们期待已久，可真到这一刻，他又属实不太开心。

他总是喜欢逃避一切让人烦恼的事，此前的一个月像进入了乌托邦，不用考虑生活里任何令人烦心的事。可结束后，他们又被丢回了充满不如意和不得已的现实生活里，宋和初要开始考虑家庭，考虑钱，这让他们不得不重新面对生活。

一段诞生于理想世界的、单纯无比的关系，在此时重新添加了现实元素，这些小事不足以成为他们之间的隔阂，却也是必须适应的改变。

生活好难啊。

常岸排着队，仰头看着菜单。

牛奶玉米汁，果味玉米汁，纯玉米汁（无糖）。

玉米汁都是现榨的，队伍前进得有些慢，轮到他时刚好见到宋和初从后门走出来，脖子上挂着围裙，那个学长带着他走向料理台。

女生被换到了收银台："同学你要点什么？"

"啊。"常岸目不转睛地看着宋和初的背影，"牛奶玉米汁。"

"好的。"

订单被打印出来，宋和初随意转头瞟了一眼，见到是他时愣了一下，嘴角勾起一个笑。

学长正在教他工具使用，常岸本以为这一单会交给宋和初来做，没想到是学长亲自上阵，拿他的单子做示范。

宋和初把袖子挽到胳膊之上，露出清瘦的小臂，拿起一个量勺，看着学长向杯子里倒牛奶。

"后面的同学要什么？"收银台后的学长问。

常岸连忙挡了一下："我再买一杯紫薯的。"

宋和初站在料理台前，手里动作没有停，背对着他说道："我现在只会做牛奶玉米。"

"哦，那再来一杯牛奶的。"常岸笑着说。

"紫薯的还要吗？"

常岸莫名找到了为宋和初撑场子的感觉，手一扬："要。"

带着宋和初教学的学长转头瞧他一眼，调侃着说道："就是你把车子堵在我们店门口的？"

常岸说："看起来更热闹。"

学长把玉米粒倒入榨汁机内，口罩也没能遮住笑。

"这边也没有我的停车位。"常岸补充道。

宋和初笑着偏过头看向他。

好像又装了一把，常岸已经能够习惯自己在无形中总能装到这件事了，丝毫不犯怵。

学长又盛了一小杯玉米粒给他，打包在一起塞到小袋子里："玉米杯送你了，多多照顾我们生意。"

常岸拿着袋子，又看了一会儿认真工作的宋和初后才离开。

他转身后才发现钱原正站在队尾四处张望着，便走过去把紫薯玉米汁递给他："给你买好了。"

"我要亲自买。"钱原拒绝他，"支持一下和初。"

常岸硬要塞给他："不行，我买了三杯，一个人喝不完。"

钱原抗拒于与他发生肢体接触："我要买和初亲手做的。"

常岸火冒三丈，把吸管戳进杯子里，坐在一旁闷头喝着。

一个小时过得飞快，他本以为宋和初第一天试用期会多上工一段时间，没想到他准时下班，一分钟都不差。

他喝完一杯玉米汁后撑得快要吐出来，便溜达着把商业街前后逛了个遍，买了些小吃等在车旁，见宋和初出来，把买好的东西堆在一起塞给他。

"怎么样，工作顺利吗？"

"挺好上手的。"宋和初说，"怎么买了这么多？"

常岸拍了拍车后座："给你吃啊，直接回寝室吗？"

"回去吧。"宋和初捧着一堆盒盒碗碗，总感觉常岸像新入园的小学生，只想买小零食送给好朋友，一买就是一大把。

常岸这次注意着没有让腿迈得太远，拧动钥匙，把车开出去。

回程路上的人远不如来时那样拥挤，在一片风声呼啸里，常岸斟酌着问道："搬家……急用钱吗？"

"不急，我也不用一直打工，就这一两个月，等周转起来就好了。"

常岸听着声音不对："你在吃东西吗？"

"对啊。"宋和初又咬了一口烤串。

常岸放缓车速："迎风吃东西会打嗝。"

"我没有迎风吃，你挡住了。但是你在迎风和我说话。"宋和初说。

常岸没办法回头，不知道宋和初是以怎样的姿势吃东西，人只有两只手，他能感受到其中一只手抓着他的衣服，按理来讲另一只手应该捧着那一堆食物，那他是怎么吃进嘴里的？

"你别洒了。"他叮嘱道。

"哦。"宋和初的回答很敷衍，他挑起一块烤苔皮，咬了一口，含糊着问道，"我问过了，下礼拜可以请假出校，我回去跟我妈聊聊，等下周末我去帮她搬东西。"

常岸从后视镜里看着他："挺好的。"

"你……"宋和初犹豫着问，"要不要一起来？"

常岸的车头一晃，差点撑上马路牙子："我跟你一起去？不合适吧。"

"有什么不合适，我家只有我妈在，没别人。"宋和初说。

这话里的语气并不坚定，给他留出了推脱的空间，可常岸却并不想拒绝，却又矛盾地感到不好意思。

后视镜里宋和初仍在认真盯着他的眼睛，等着他的回答，大片的浅蓝色天幕下，风把他额前的碎发卷起来，远处时不时几缕柳树梢入镜，油画一样明亮漂亮。

常岸很轻地吞咽一下，来势汹汹的轻松随着迎面的风一起卷遍全身，他点点头："我和你一起去。"

04

常岸一路开到寝室楼下，左右瞧了瞧，兰田早就没了影子。

他把车停稳当，宋和初从后面跳下来，咬着肉丸子："感觉吃了好多土。"

"谁叫你非得在车上吃？"常岸打开手机查看消息，看到有一个常雪的未接来电，响铃一秒。

他拉下口罩，从宋和初的手里叼走一枚丸子，顺手给常雪拨回去。

"谁的电话？"

"我姐。"常岸摇了摇手机，对面振铃半天不见有人接，他刚要挂断，手机里传来了一声软绵绵的猫叫。

常雪接通后的第一句话便问："你学校能出校门了没有啊？我经过你们学校，给你捎点吃的？"

常岸问："你把看看也带来了？"

"是啊，看看，叫一声。"常雪那边大概在开车，还依稀能听到导航的声音。

几个人纷纷沉默下来，等着看看说话。

"哎，别跑啊，哎哟。"常雪那边噼里啪啦响了一阵，"它跑了。你能出门了吗？我马上到你们学校北门了啊。"

"出不去。"常岸四下望着，"校外的外卖都不让点。要不……"
他拿开手机，对宋和初说："你想不想看一看我姐的小猫？"
宋和初点头。

"那你来北边的栏杆吧，我给你开位置共享。"常岸说电话里说，"别被保安抓到就行。"

"抓到会怎么样？"常雪满不在乎地问。

"不知道，可能我俩就要被杀鸡儆猴了。"常岸说，"挂了啊，你看微信。"

他把位置分享给常雪，又在宿舍区最北边的一排栏杆处画了个圈，示意接头位置。

宋和初凑近了看着："去见你姐吗？"

"嗯，走吧，开车过去。"常岸拍拍摩托车座上的灰，"希望不要遇上巡逻的。"

宋和初举了举手里的零食："这些呢？"

"想吃就带着。"常岸说完，实在忍不住，又低下头去叮走了一块烤冷面，"好香。"

宋和初嫌弃地看着他："在我眼前偷吃的。"

常岸咬到了一块裹在烤冷面里的香菜，面露难色屏住呼吸咽下去，把车开出了宿舍区。

与常雪的约定地点并不远，在宿舍区最北边一排楼正对着的那一条栏杆，护栏外就是条大道。

人行道到护栏之间是一大片绿化带，高树郁郁葱葱，小草正发新芽。一条黄土小路曲径通幽，看起来是年复一年踏出来的。

"这里能拿校外的外卖，是之前踩出来的。"常岸说，"世界上本没有路……"

"你等会儿再进去，"宋和初扯住他，"等常雪到了再过去。站在里面等的话，一会儿就被保安发现了。"

两个人鬼鬼祟祟地立在路边。好在他们一人捧了一碗小吃，看起来只是像想出来呼吸新鲜空气的压马路的不良青年。

宋和初看着常岸把木签伸进他碗里，把烤冷面上的香菜一点点拨开，小心翼翼地戳中一块，不禁说道："你不吃香菜为什么还点香菜？"

"我本来是给你吃的啊。"常岸说得理直气壮。

"那你来抢我的。"宋和初笑着说。

常岸反复确认这块烤冷面上没有残存的香菜，才把它塞到嘴里："香菜到底为什么要存在于这世界上？"

宋和初把他挑走的所有菜叶子都揽到自己这边："这个世界上不能没有香菜。"

常岸无法理解："它除了让一道菜变得奇怪之外还有什么作用吗？"

"你有没有吃过香菜凉拌牛肉？"宋和初转头看他，"世界上最好吃的菜之一。"

常岸听这菜名就额角直跳："算了，不与口味不同的人争辩。"

宋和初笑着说："好吧，你永远没办法感受到麻酱香菜爆肚的美味。"

一个保安从面前走过，好奇地打量着他们。

常岸举了举手里的烤串。

在室外吃东西也不算违规，保安挑不出错处，将信将疑地走远。

"她说她到了。"常岸看了眼手机，拉着宋和初向小路里钻去。

小路里的土早被踩得厚实，可栏杆外的那片小林子就没那么好走了。也许是洒水装置刚刚浇灌过校外那一圈绿化，土路一片泥泞，常雪是踩着两个塑料袋走过来的。

还隔着几米的距离时，宋和初忽然停住脚步，低声问道："你姐姐是知道我的吧？"

"知道。"常岸说着就笑了起来，"一会儿告诉她，我们早就当朋友了。"

"大概认识我们的每个人都会对此感到震惊。"宋和初点评道。

他抬眼看过去，常雪已经走到了围栏边，怀里搂着一只漂亮的虎斑小猫。

常雪戴着口罩，不知是不是他先入为主的想法，总觉得她的眉眼与常岸很像，连神情都像。看看与照片里一样，一身黄白毛底色之上划着几道棕色斑纹，两只圆溜溜的眼睛目不转睛地盯着他们，爪子搭在常雪的胳膊上。

"看看！"常岸唤了一声，看看的耳朵动了一动，张开嘴巴，看起来是要叫出声，可等了半天也没听到喵喵叫。

"姐，这是宋和初。"常岸介绍道。

这个开场白叫人有些猝不及防,宋和初本以为他的介绍会是"我朋友""我室友",结果居然直呼大名,可看常雪的反应似乎也对这个名字十分熟悉。

"哦,你就是宋和初啊。"常雪掂了掂怀里的猫,"你俩怎么一起来了?"

宋和初立刻猜到了他在常岸交际圈里的形象。

"小宋来摸摸猫。"常雪把看看递过来一些,小脑袋卡在栅栏之间。

常岸说:"他怕猫。"

"不咬人的,也不挠人。"常雪把看看的脑袋摆正。

宋和初微微俯身,常岸也跟着低下头,对他低声说:"可以摸它的脑袋和耳朵。"

宋和初伸出一根手指,点了点它毛茸茸的脑袋。

软软的毛,很顺,指尖被滑溜溜的猫毛包裹住。

看看抬头探起脖子追着他的手指,小声"喵"了一下。

"可爱。"宋和初又摸摸它的耳朵,"为什么要叫看看?"

"大名是常回家看看。"常雪把另一只手里拎着的塑料袋通过围栏缝塞进来,"你们拿去吃吧。"

看看的爪子动了动,试图去抓住宋和初的手。宋和初条件反射地躲闪一下,又试探性地送了回去。

看看没有再伸爪,只是歪着脑袋蹭了几下,绒绒的毛从手背滑过,宋和初没忍住又摸了它的脑袋。

"你俩现在怎么关系这么好?"常雪问。

还不待回答,身后传来一阵骚动,宋和初转头看去,是保安溜达到这里发现了小林子里的不对劲,正探索着走过来。

常岸见事态不乐观,连忙接过那一大袋的零食,捧着看看的脸猛亲几下,接着拉住宋和初扭头就跑:"我俩现在是全世界最好的朋友。"

"啊?"常雪在背后叫道。

"你快跑吧,保安要是逮住你别把我供出来。"常岸甩下一句话,头也不回地顺着小路溜出去。

为了不与保安迎面遇上,他们中途折去了另一条小道,即将跑出林子时听到保安的喊声:"谁?站住!"

常岸一抬腿跨上摩托,宋和初紧随其后,牢牢揪住他的衣服:"走吧。"

常岸一拧油门,车子风驰电掣般冲出去,一个急转弯便消失在保安的视野中。

这车飙到楼下时一时间没刹住,差点撞到个刚走出来的人。定睛一看这人竟是卢林,常岸立刻喊道:"你等下!"

卢林看清来人后,满脸不情愿地退后:"你又要做什么?"

常岸从一堆塑料袋里找出玉米汁店的袋子,从里面拿出一杯玉米汁递给他:"拿去喝吧。"

"给我这个干什么?"

"买多了。"常岸把车停稳。

卢林半信半疑:"你怎么突然爱喝玉米汁了?"

"是我做的。"宋和初说。

"啊?"卢林一脸难以置信,"这是你做的?"

"不是。"常岸说道,"你做的那杯我喝了,这杯是学长做的。"

宋和初笑道:"哦。"

常岸对卢林的震惊视若无睹,推着宋和初就走进楼里去。

"哎,"卢林这才反应过来,"今天晚上操场有活动,你俩来不来啊?"

宋和初一边被推着一边扭头问:"什么活动?"

"搞着玩的活动,热闹热闹。"卢林说,"我室友都去,你们来吗?"

"再说再说。"常岸背对着他挥挥手,把宋和初带走,他脚步匆匆,看着又急又慌,也不知是赶着去做什么。

宋和初无可奈何,似笑非笑地看着他:"你到底在急什么啊?"

常岸欲言又止,最后还是实话实说:"……烤串真的太香了。"

05

常岸的步子迈得大，推门回去时屋里果然没人，想也知道两个室友正在商业街逛得眼花缭乱。

此时一进屋，常岸才恍然惊醒一般想起来了什么，连忙把门关紧锁好。

宋和初听到关门声，不由得调侃道："吃个烤串还锁门？"

常岸把袋子放到桌上，摘下口罩，走到宋和初的面前："省得他们回来和咱们抢。"

宋和初举着一串烤面筋，吃也不是放下也不是："你要先吃吗？"

"你吃吧。"常岸把烤串推远一些，"好不容易没人，等会儿他们该回来了。"

"那下次我们出去吃吧？"宋和初说，"反正现在回来晚点应该也没有人管了。"

常岸愣了一下："真不叫上钱原他们啊？"

宋和初失笑，一时间不知该说些什么好："到时候看吧。反正不着急，但烤串要凉了。"

常岸眼看着他吃独食，咬牙道："你怎么光想着烤串？"

"明明是你光想着烤串。"宋和初说。

真记仇。

烤串上挂着满满的辣椒与孜然，咬一口嘴角沾上一点酱汁，宋和初伸舌舔掉，一抬眼看到常岸的目光后，又微微偏过头。

常岸忽然靠近，宋和初连忙按住手里的串："这串是我的了。"

常岸被他制止在原地，只好指了指塑料袋："……那剩下的给我分一口。"

"剩下的都给你。"宋和初把剩下的串塞到常岸手里，自己去拿另一个小碗里的关东煮，"关东煮为什么都是素菜？"

"荤菜卖光了。"常岸一手拿着烤串，另一只手还要拎着小木签去抢关东煮，"这个也好吃，不信我先吃。"

宋和初护住小碗："你到底是买来自己吃还是给我吃的？"

"那你先吃。"常岸这才依依不舍地移开视线，低头打开手机。

一亮屏就见到了常雪发来的一大堆信息，图文并茂。

先是一张沾满了泥的鞋套的图片，接着是一大段问号，问号后面还是问号，最后才是核心问题：你俩什么时候变成朋友了？真的假的？

常岸需要给每个知道实情的人都解释一遍。最初他还很愿意讲，可事到如今他已经说得嘴皮子都烂了，懒得仔细解释，便回答：对。

看来常雪一直在盯着手机，秒回了四个问号。

常岸能想象到她的表情，没忍住笑了起来：回头有时间再给你慢慢讲。

常雪：那你之前都是骗我的？你说你毕业了这辈子都不想再看见那个室友了，怎么这么突然？你在骗我？

这一大串问话看得常岸一口咬在了竹签上，他一条一条回复：没骗你。

常雪发了一个震惊不已的表情包，又激动地问道：我知道了，你在公寓的时候是和他住一起的吧，你在朋友圈发看看也是为了吸引人家注意力是不是？！

常岸叫她言谈文明一些，又解释道：确实是那个时候关系变好的，但是发看看只是因为我想发而已！

常雪拒不听：不要解释了，我早就看透你了！亏得我还把看看带来给你摸，你只是想拿它当友谊的跳板而已！

常岸这时才想起来问她：你今天怎么来我学校这里了？

常雪这次发的是语音："出差路过，不说了不说了上高速了，现在的高速都得撵着车屁股赶紧走，晚一秒说不定就下不来了。"

宋和初听到了这熟悉的声音，一猜就知道是谁，转头问道："常雪的消息？"

"嗯。"常岸憋不住笑，"她问我们到底是怎么成朋友的。"

这个问题太宽泛，无论是从细节还是从整体都很难解释，宋和初也无法说清他们的缘分，只好说："命里有，绕多大一圈最后也能兜回原点。"

无数个意料之外的节点串连成线，将他们两条截然不同的人生路勾连在一起，合并成同一条一望无际的坦途。宋和初从未觉得缘分有什么奇处，可他们之间除了缘分之外，也找不出更合适的词了。

　　只不过缘分是个太大的命题。宋和初第一次有如此强烈的对"朋友"的认同感，能够开启这段缘分的人只能是常岸，换作任何一个人都不行。

　　奇妙的缘，奇妙的交集，奇妙的磁场。

　　"其实我还买了水果捞，但是太沉了，我懒得提着，等你的时候我就给吃掉了。"

　　宋和初沉默一下："你这么一说我也想吃了。"

　　"晚上去买。晚上不是还要去风雨操场吗？买好了带过去。"常岸抢过一个海带结，"你是不是还要先去玉米汁店？"

　　宋和初点点头："嗯，七点多才下班。"

　　"那我七点十分在操场等你。"

　　宋和初算了算时间，本以为大差不差，可没想到事与愿违，晚上时玉米汁店的顾客格外多。

　　商业街挨着操场，也不知到底在办什么活动，在店里就能听到操场音响里的歌声。宋和初忙得脚不沾地，第一天上手又不太熟悉，只得一边给学长打下手一边收银。

　　天色暗得很快，商业街各店铺的灯牌亮起，学生来往热闹，宋和初没有时间抬头，忙活一会儿颈椎都发疼。他抽空看了看表，时间已经不知不觉到了七点十分。队伍仍然不见尾，学长在料理台前忙前忙后，这让他心焦起来。

　　熟人推荐就是这点不好，什么事都不好开口。

　　他趁着空当摸出手机，给常岸发了条消息：我这里有点忙，可能要晚一些才能到。发完便把手机匆匆揣进口袋，继续给队伍点单。

　　宋和初焦虑得站都站不稳，总想着四处转悠，心底像被丢到热油上反复折磨。

　　他不想爽约，特别是常岸的约。

　　退一万步说，因为什么事而爽约都可以，可他独独不想因为这

-213-

事情而耽误。这是一个很复杂的心理，他说不出个所以然，只是心潮起伏难以平静，高高悬着个极重的念想。

在队伍终于看得到尾的一刻，宋和初立刻转身去料理台帮忙。

"是不是没戴一次性手套？先点单吧，今天太忙，单子我来做。"学长说。

宋和初没有犹豫，直接说道："学长，我今天可以早些走吗？今天有点事，明天我可以一直待到晚上。"

学长这才低头看向手表："哟，忙忘了，那你先……"

"宋和初！"

宋和初和学长一同扭头看去，见到了站在店外的常岸和卢林。

常岸半个身子都站在霓虹灯牌的光芒之下，浅黄色的光影映在他的脸上，勾勒得眼窝与山根处明暗相交、棱角分明，目光也连带着深邃起来。

"你忙吧，我在这里等你。"常岸笑着对他说。

声音并不大，却能清晰地传到心底，宋和初遥遥看着他，高悬的心"扑通"一下掉入小溪里，留下被流水与细沙冲刷后的酸酸涩涩。

"你先走吧，也不剩多少单了。"学长用毛巾擦擦手，把放在一旁的玉米汁拿给他，"这单刚刚比例放错了，太甜，你拿去喝吧。"

宋和初接过玉米汁，低声说："不好意思。"

"没事。"学长拍拍他的肩膀，"本来你也该明天才开始上班。"

宋和初快速脱下围裙，拉开门跑出去。

常岸就等在不远处，见他过来，笑着问道："这么快？"

宋和初说不出话，他转头缓了一会儿，才开了口："嗯。你怎么来商业街了？"

"来等你嘛。"常岸安慰了一下他，"走吧。"

宋和初捏紧了袖子，轻声说："对不起。"

常岸停顿一会儿，才说："没事，也没等多久。"

"不是等多久的问题……对不起。"宋和初长叹一口气，"我会协调一下时间的，以后不会这样的。"

常岸侧过头看他，拍拍他的背："没事，不要太累就好。"

宋和初仍然不知如何回答，千言万语被难言的感动压在心头，太阳分明已经落山许久，可他整个人都暖洋洋的。

宋和初使劲眨了眨眼睛，勾起嘴角笑道："以前都没有听你说过这样好听的话，当了朋友真不一样啊。"

"别别，"常岸立刻按住他，"知道你很感动，别哭，别哭……卢林还在旁边！"

宋和初这才想起来一旁已经看不下去的卢林。

"我没看！"卢林说。

06

"你把卢林带过来干什么？"宋和初问道。

"他要蹭我车。"常岸说，"走吧，我俩刚去的时候操场人太多了，看着害怕。"

卢林站得远远的，距离他俩八百米，满脸后悔地说："我就不该跟他一起来。"

"来呗，"常岸对他勾勾手，又向宋和初解释道，"他想去交友角转转，怕一个人尴尬，一直赖在我身边不走。"

"相亲角"这名字听着就不甚靠谱，看来操场活动也就是学生们自发组织起来的娱乐活动。卢林一副兴致勃勃的样子，带动着宋和初也想去凑个热闹。

"那一起去吧。"宋和初说着，见卢林仍旧站在大老远的地方，踌躇着不敢上前，只好叹了口气，"你要习惯看到我们两个站在一起。"

"不可能的，永远不可能。"卢林说。

步行几分钟就到了风雨操场，隔着一排绿化和高大看台就见到操场里人流很大。

操场四角高高挂着照明灯，里面的人不少，比想象中还要热闹些，学生一团一堆地聚在一起，唱歌的唱歌，跳舞的跳舞，居然还有人在摆摊。

他们三人穿过跑道来到草坪中，一路途经众多摊位，卖二手物品的占多数，甚至还有算命占卜的。

相亲角并不在操场的角落里，只借助了足球门上拉起来的网，上面挂着许多纸片，都不用仔细看便知道上面是联系方式一类的信息。

有许多人正站在长线前看卡片，这地方若是自己来确实有些尴尬，但三个人同时出现便瞧起来底气十足。

卢林凑到纸片面前："有没有身高与我相差五厘米以上的？"

"身高？"宋和初也挑起纸片来看，上面写了昵称和微信号码，还有一小段的个人介绍。

"那个大师说我的正缘和我差五厘米——就是和岸哥说话的那个大师。"卢林翻着纸片，手里忙得不可开交，"我原本是不信的，但这也不得不……这有个人身高一米八五！"

"也确实是与你差五厘米，另一种意义上的。"常岸面无表情地说。

也许是他们三个站在一起，从视觉效果上看起来"人潮汹涌"，陆续有人被吸引过来。

宋和初站在人群的最前面，仍在津津有味地看着纸片："真的会有人去加好友吗？"

"有啊，刚就有人加我了，"卢林一副牙疼的表情，"但是因为我俩的三观不合，就没有下文了。"

话既如此，那便说明卢林早就把自己的卡片挂上去了。

宋和初起了兴趣，四处看着，想把他的卡片找出来。

刚看了一半，口袋里的手机嗡嗡振动起来，他下意识以为是学长喊他回去榨玉米汁，拿出来一看却是老妈的电话。

他中午与老妈聊了聊搬家的事，老妈承认准备搬家，只不过以"出租套房多一份收入"为理由，闭口不言下岗失业的事情。

操场上一片嘈杂，他背过身，手指拢在话筒旁："喂？"

剩余的对话内容都被挡在了风声里，身后的常岸听不清半个字。

常岸心不在焉地翻着卡片，与写着卢林网名的那一张擦肩而过。

"你怎么了？"卢林眼看着他把自己的名片卡翻过去，这才发觉出他的不对劲来，"吵架了？"

常岸蹬了他一脚。

卢林向旁边一躲："打起来了？"

"盼点人好。"常岸骂完，又陷入沉思里，想了片刻才试探性地问道，"你说我要不要……"

他这话就说了一半，卢林等他后半句等了半晌。

"借他点……钱？"常岸吞吞吐吐地问。

卢林吃了一惊："他缺钱？"

"不缺，就是最近有点急用，手头转不开。"常岸索性都说了出来，"他打临时工就是为了让最近宽松一些，我看他挺累的。"

卢林又瞧了眼宋和初的背影，追问道："你跟他提了？"

"没啊，我这不是在纠结。"常岸看起来是真的在苦恼，"你说我要不要跟他提？"

卢林猛一拍他："你这不是自讨没趣吗，朋友跟钱得分开，你俩刚到这个阶段就谈钱，他也觉得不合适吧。"

"不合适就不谈吗？平白绕一大圈子，不值当的。"常岸越说越笃定。

卢林替他着急："宋和初看着就知道是个好强的人，宁肯去兼职也不想欠别人的，你这时候提这码事，再叫他误会了。"

不远处有人放起了音乐，音响里传出阵阵鼓点，盖住了人声喧哗，要大声讲话才能听到彼此。宋和初已经挂了电话，卢林不方便再与常岸讲下去，只是拍拍他的后背以表达"你听天由命吧"的意味。

"我去那边转转，你俩逛吧。"卢林抬高了音量对宋和初说。

宋和初把手里的玉米汁递给他："你拿去喝吧，就是有点太甜了，也可以忍受。"

目送卢林远去后，他才看向常岸："我妈说我们可以一起去老宅，只不过有四十分钟的车程。"

"可以啊。"常岸点点头，迟疑地问，"阿姨还在瞒你工作的事？"

"嗯。"宋和初慢慢沿着操场走着，"等挑个合适的时机吧，先把家搬了再说。"

常岸其实并没有听清他的这句话，仍沉浸在自己的思路里。他纠结了许久究竟要不要开这个头,最终还是说道:"你需要多少钱?"

"不多,我不是需要钱,只是怕以后会需要,不想现在动存款而已。"宋和初的步子慢下来。

他们行至操场的另一端,远处的音乐声落下来,连带着身边的人语一同变成了若隐若现的背景音,他们踩着影子慢悠悠地走,彼此似乎都装了一肚子话要说。

常岸问道:"你如果急需,我可以借给你。"

他说完后停顿了一下,转头看着宋和初的神色:"写欠条的,不是白借。"

宋和初踩着跑道线,溅起的草末飞到鞋跟上。

他听完常岸的话,低声笑道:"不用,我有钱。"

常岸将这话理解为了推开与拒绝,便说:"我不是不信任你去兼职……只是不想你这么累。"

"我知道,我也不是不信任你,我只是……比较倔。"宋和初快走几步,站到他的面前,小步小步地后退着,"这钱非要拿的话,现在就能拿得出来,但是我不想从存款里拿,所以才临时赚钱。我就算找你借了也要兼职来还,都是一样的。"

常岸能够理解他的意思,不免皱眉:"为什么不动存款,存款不就是这种时候拿来救急的吗?"

"习惯了,从小跟着我妈耳濡目染的。"宋和初低头看着他们重合在一起的影子,"我自打认字那一天就接受着要攒钱的教育,所以哪怕我不知道存款存起来究竟干什么,却也想一直存着。"

常岸抬脚去踩他:"你得分出一部分钱当活期,存款不动,机动部分随时待命,这样想就舍得花钱了。"

"可以,回头我试试。我爸妈离婚离得太早,她一个人把我带大,难免想得多。"宋和初躲着常岸的踩踏,进行着这个幼稚游戏,"存款对我来说就是一条退路,我提前自己赚钱,实在走投无路时还能有一条安全的小道。"

常岸咂摸几下这话里是含义,补充道:"朋友也可以是退路。"

"你排在存款之后,存款用光了还可以抢你的钱。"宋和初说。

常岸对此进行了霸道而混淆定义的总结:"我的地位在存款之上,比存款更可靠。"

　　宋和初没法否认,只得笑道:"好吧,可以这样说。不过我现在要尝试改变这种执着,毕竟做事不能总是太有目的性,也要考虑朋友的心情。"

　　常岸没有想到还能得到宋和初的妥协,他在从前一直以为宋和初是对自己所认定的事无比坚定的人,无论如何也不会改变与动摇。

　　"要不要去吃水果捞?"宋和初问道。

　　常岸没动。操场一角的大灯洒下一片明亮的白光,照着宋和初的侧脸。他笑得很轻快,没有任何烦恼与忧虑。

　　"去。"常岸说,"明天会见到你妈妈吗?"

　　"会吧。"宋和初思索着,"她应该会过来一趟。"

　　事到临头,藏在平静之下的紧张感卷土重来,常岸吸了一口气:"那我明天穿什么好?"

　　"随便,这身就很好。"宋和初连转头看都不看。

　　"你看到我今天穿了什么吗?"常岸怀疑道。

　　宋和初潦草地上下打量他:"看到了,这样就好。"

　　常岸眼前一黑,意识到卢林所说的每一段关系包括友谊都要保持新鲜感的含义是什么了。一年到头看着对方从短袖穿到羽绒服,从裤衩穿到棉袄,新鲜感早已连渣都不剩。

　　"别想了,走吧,去买点吃的。"宋和初碰碰他的手背,"我妈很好的,你只要别光着膀子去就行。"

Day 11

出校

"打,老板多包几层,我可以加钱,车子是敞篷的,开回去就凉了。"

宿舍

01

常岸最终没能光膀子去,他早起了半个小时,对着衣柜精挑细选,最终选择了昨晚那家水果捞店灯牌的配色。

宋和初起床时就看到屋里一片黑灯瞎火,常岸对着镜子照来照去。他靠在床头看了半天,醒完盹才爬下床。

常岸这胆子忽大忽小,之前不知从哪里听说了夜里不能照镜子,在公寓时半夜上厕所都躲着镜子,洗手时头都不抬。

他在下床时弄出了些声响,常岸闻声转身,给他展示着自己身上那惊人的穿搭。

宋和初瞧着莫名眼熟,却又想不起在哪里见过,就指着那条牛仔裤说:"你能不能换一条?你就穿个短袖和运动裤就行。"

"不好看吗?"常岸用气声回答,"我特意选了个没有破洞的。"

宋和初眼前一花:"我们是去搬家的,要干活儿,你穿这个到时候肯定不方便。"

常岸醍醐灌顶,立刻翻出几条运动裤来。宋和初无言,拿着漱口杯走出门去。

他们本是要坐公交去，可一查看发现公交改道，还需要换乘一次才能到达，为了减少接触，他们下意识地选择了打车过去。

打车就不必赶时间，可常岸依旧着急忙慌得像是火烧屁股一样，从换衣服开始就一路慌乱。宋和初不指望他能够冷静下来，便独自约好网约车，扯着常岸出了校门。

"你别紧张。"宋和初不由得有些想笑，"就是去搬个家，我妈就跟车过来一趟，运完行李就回去，不久留。"

常岸半个字都没听进去，摆摆手："我是不是应该带点礼物过去？"

"不用。"宋和初哭笑不得，"头一次见你这么紧张。"

常岸颓然地靠在椅背上，仰着头出神。

他平时遇事不紧张，是因为他并不在意旁人的看法，总是表现得随心，可这一次不一样，他想给宋和初的妈妈留下一个好印象。可他在这时才发现他对自我的评价太过片面匮乏，无法客观定义自己到底是个什么样的人，也对他即将展现的形象感到担心。

但是宋和初说他很好，那他姑且相信。

老宅的全称是"××院"，听上去像是四合院一样的大宅子，常岸本以为会是什么古色古香的小镇宅院，但车子驶下高架桥，迎面仍是一栋栋居民楼。

"快到了吗？"常岸扒在车窗边看。

"快了。"宋和初说。

常岸望着飞速划过的路标牌："我还以为是大宅院。"

"差不多吧，"宋和初说，"是个很旧的平房，没有院子，不过有个小阁楼。"

"这地段还有平房？"常岸瞧起来这地方像市区的卫星城，不算太繁华，但也都是新式居民楼。

宋和初抬起下巴指了指路前方："最中间的那边是老房子，一整条街都是小平房。"

"会不会拆迁？"常岸问道。

"不会。"宋和初说完又思考了一下,"也许吧。"

司机把他们放在巷子口便离开了。路是修好的宽阔大道,看起来就是个年头久一些的老小区。住在这里的人大多上了年纪,他们一路向里,看见不少躺在摇椅上晒太阳的老人,还有几个没有坐人的石凳和被防水布罩上的棋盘。

道路一侧是高大的老树,有几棵甚至把水泥地面拱起一个小坡。

没有发生常岸想象的鸡鸭过马路的场面,小区里很安静,时不时传来几声鸟叫。老小区的楼间距很近,好在是平房,光照不算大问题。有几栋楼是翻新过的二层小别墅,宋和初指着那栋别墅的后面:"那里就是。"

常岸探头去看,"老宅"没有猜想中的那样有年代气息,外墙也是重新粉刷过的,墙上还扣了几个开锁的印章和小广告。

门口也没有杂草丛生,大门旁边摆着个垃圾桶,里面装满了泡沫纸和木板箱,门也不是那种被铁锁拴住的木门,而是非常智能化的防盗门。

宋和初掏出钥匙拧开锁,笑道:"是不是与想象中的不太一样?"

"为什么没有大宅院的那种门?"常岸比画一下,"从两边推开的那种。"

"以前有的,不过容易进贼。"宋和初说,"那个门别关了,敞着吧。"

常岸的手一顿:"不是容易进贼吗?"

"开着门就说明里面有人,贼不会过来的。我们这里的约定俗成。"宋和初说。

这宅院说是没有院子,其实进了大门后还要走一小段路才到老宅屋门口,四舍五入也算是个小院,只不过此时都被几个大箱子堆满了。

常岸扫了一眼,大部分是从市区房子搬过来还没有安置好的家具。

"来。"宋和初拉开门。

常岸立刻跟在后面进去,可看了一眼就挑起眉:"这老宅也敢叫老宅?"

地面铺着光洁的大理石,他甚至无处落脚。

"翻新过了,"宋和初说,"不用换鞋,随便踩。"

常岸四处瞧着,看向书架边花架上垂下来的绿萝:"住这里多好,又清静又舒服。"

"交通不方便,教育资源也一般。"宋和初摘下口罩,走到窗边拉开窗户通风。

常岸站在门口还有些无所适从:"我能逛逛吗?"

"来吧。"宋和初带头走向卧室,"这是我的卧室,只不过是好多年前的样子,大部分东西都被我带去新房那边了。"

常岸跟在他身后走去,屋子里有一股淡淡的檀木味道,可刚刚也没看到檀木的桌椅家具,不知味道是从何而来。这让常岸颇有些放松,不再像刚刚出校时那样紧绷了。

宋和初推开卧室门,里面收拾得整齐干净,就像他们住的那个校外公寓里那样简洁,没人住过一样。

但常岸没有从中嗅到公寓里那种陌生的气息,也没生出下意识的抗拒心理,自然而然地便走进门,仿佛这一刻才真正走入了宋和初的故事里。

墙壁上贴着一张世界地图,书桌上挂着一张小学课表,还有撕了一半的日历,只剩下两条双面胶印记。

宋和初的故事里没有多么独特又戏剧化的过往,只是如每一个普通孩子一样,长大、读书、搬家。但常岸仍然能感受到扑面的亲切感,好像他能够从这段平凡的过去里挑出最与众不同的那一处来。

这是宋和初的生活,哪怕当了这么久室友,却仍能在新的环境里找到新乐趣和新发现。

"这是一只猫吗?"常岸摸了摸书架上摆着的布娃娃,娃娃的毛发黑,看起来年头已经不小了。

宋和初转头看一眼:"那是老虎,小时候过虎年买的,头上的王被我天天摸,给抠掉了。"

常岸在原地又转了几圈:"你这屋子也太单调了。"

"我好多年前就不住这里了啊,小时候能留下什么有趣的玩意儿。"宋和初也有些怀念，细细看着书桌上撕剩下的日历，"过得真快。"

"世界地图后面贴了什么？"常岸试探性地掀了下地图，四角的胶布常年贴着，失了粘性，被他一碰便忽悠悠地掉落下来，扇起一阵土。

地图掉到地上，露出贴在墙上的大片手绘。纸上画得满满当当，全是点线相连的小图案，常岸只能分辨其中一个是北斗七星。

"星星？"他虽然看不懂，却也能依稀认出一些星座图，"你喜欢天文吗？"

"小时候喜欢。"宋和初看着这些也有些感慨，"你不觉得很有趣吗？我以前看古希腊神话，觉得星星很奇妙，有一段时间很痴迷。"

常岸从中找到了金牛座的图案："这个是我。"

"嗯。"宋和初笑了笑，"这个图是拿双面胶贴的，撕下来会带着墙皮，还被我妈骂了一顿。"

常岸对着这面墙看了许久。

按照常理来说，他应该透过这张图看到童年的宋和初用稚嫩的小手握着笔画下一条条线，但他的大脑却一片空白。这些来自多年前的笔迹让他有了"看到一个人的过去"的实感，他只想赶紧平复一下内心的起伏。

宋和初见他不说话，便歪头问道："怎么了？"

两厢对视，常岸正要开口，屋外一道声音响起。

"儿子，回来了？我看外面门没锁呢。"

02

老妈来得太突然，楼下两道门都没锁，她进来得格外顺畅。

她身后跟着一群搬家工，纸箱子排成队丁零当啷地放到地上，她正俯身清点着箱子，一转头就见到两个人从房间里走出来。

"嗯？"老妈一眼就看到站在宋和初身后的人，"来了？"

宋和初错开半个身子，把常岸推到面前："嗯。"

"阿姨好。"常岸有些局促,"我今天来帮帮忙。"

宋和初的妈妈戴着口罩,露在外面的眉毛弯弯的,温和的眉眼与宋和初很像,为了方便搬东西而穿了一身运动装,一打眼瞧不出年龄,看着很年轻。

"哦……来得这么早呀。"

"是,我们早上……"常岸咬到了自己的舌尖。

宋和初代替他把话说完:"怕来晚了耽误事。"

"这样啊,先坐吧。"老妈似乎也有些局促,看着一旁落满灰尘的沙发,"这里不太干净。"

"没事没事。"常岸连忙说道,"我站着就可以,嗯……先把箱子搬了吧?"

老妈转身看着堆了满地的纸箱:"把这些弄进屋里吧,搬好再慢慢布置。"

"好。"常岸弯下腰,对着箱子上贴的胶布扯了扯,又问道,"有没有剪刀?"

宋和初看不下去了:"就在你旁边。"

常岸这才走到一旁去,忙活着拆装家具。

宋和初扯了扯老妈的衣袖,示意她侧过头,在她耳边笑道:"妈,你就像电话里那样行,底气足点。"

"欸,我好久没和小孩接触过了。"老妈这才缓过神来,"你们出现得也太突然了,我还没反应过来呢。"

"你要不要和他聊一聊?"宋和初说完,仔细看着老妈的神色,又低声说道,"他觉得他代表我最好的朋友来的,压力特别大,生怕你觉得我朋友都不正经。"

另一边撕扯纸箱的声音停下来,宋和初转头看去,发现常岸在偷偷地向这边瞄,见他看过来,又赶紧把头转回去。

"我也紧张,这是你难得的朋友,我见一面也不容易,这孩子看着挺有意思的。"老妈擦擦头上的汗,"第一面就喊人家过来搬家。"

"没事。"宋和初端起桌上装满厨具的箱子走向厨房,"妈,你想跟他聊什么就聊什么吧,他有时候说话直,但人还挺好的。"

老妈便转向常岸的方向,抬高了声音问道:"你们吃饭了吗?"

"没有。"宋和初在厨房中回答。

"吃了。"常岸与他同时说道。

"不用这么客气,那等一下让和初带你找地方吃吧,我一会儿还得回市区看看,没法和你们一起。"老妈说。

"好。"常岸点点头。

老妈走到常岸身边蹲下,帮他一起拆着盒子。

她的身上有一股浅浅的香水味,闻起来清新舒爽,举手投足间似乎自带亲和力,毫不露锋芒,不经意间就能叫人放松下来。

这形象与常岸从前想象的不一样,他听到过宋和初和她打电话,大部分话题都是宋东风,对话常常夹着暴怒和烦躁,本以为她是个性格泼辣的,没想到居然完全相反。

"不要紧张。"老妈笑着说,"你是本地人吗?"

"不是,我家在北方,不过也不远。"常岸说。

"来这边上大学呀,特意请假出来帮我们搬家,辛苦你了。"

常岸也笑笑:"不辛苦的。"

老妈剪开泡沫纸:"和初这边的事你应该都知道了,这孩子,平时许多事情都爱憋在心里不跟人说,我又不在他身边,有人互相照看着也好。"

"嗯。"常岸点点头。

见常岸还是很拘谨,她便笑道:"不用紧张,就是随便聊聊,毕竟这是和初第一次带朋友回家。"

"我也是第一次去朋友家。"常岸小声说。

"这样啊。"老妈拆纸箱的动作很利落,三下五除二就把包装拆好了,"看你们相处得好,我就放心了。"

"挺好的,他平时还有很多其他朋友。"常岸给她搭把手,两人合力将纸箱里的椅子搬出来。

"好孩子。"老妈打量着他的脸,"你们同住一个寝室,关系好是好事,我见过好多跟室友关系不好惹出事来的呢。"

门外又传来阵阵车响,又来了一辆搬家的车,工人正从车厢里往外抬东西。

"走吧,去帮忙。"宋和初站在门口对他摆摆手。

常岸转头:"阿姨……"

"去吧,搬完这趟你俩找地方吃饭,我跟车回去了。"老妈拍拍他。

宋和初意味深长地目送他走来,打趣道:"你们聊得不错啊。"

"快走。"常岸逃也似的出了门。

"都说了什么?我就说我妈不会为难你的吧。"

"我不记得了。"一踏出这门,常岸的脑子里空荡荡一片,全然不记得方才的对话内容,连自己是如何站起来、走出门的都忘干净了。

"阿姨好多地方都跟我想象的不一样。之前我听见她骂宋东风,还以为她性格很急。"

"没有,我妈只有在骂宋东风时才那样。"宋和初听着就想笑。

常岸一边往外走一边低声说:"其实我好久没见过长辈了,这几年也不怎么走亲戚,差点都没说出话来。"

"其实我妈也好久没见过晚辈的。"宋和初说,"我感觉她也不知道该怎么和你聊天。"

"下次再说吧。"常岸跟在几个工作人员的后面,把箱子抬到小院子里。

"和初啊,"老妈从屋里探出头,"今天工作也不多,主要是把东西规整一下,把不用的挑拣出来。你俩等下直接拿着院子里的纸箱子去卖吧,卖完吃个午饭,我把东西搬下来后就走了。"

"行,"宋和初说,"我下礼拜还过来啊!"

"吃点儿好的,好不容易出校一趟呢。"老妈补充道。

常岸把院子里的塑料袋、泡沫纸和纸箱都叠好,动作快出了残影,像是再多等一秒就要和宋和初老妈一起吃饭一样。

"这一堆能卖多少钱?"他快速抱起纸箱子们。

"差不多六七块吧。"

常岸闻言一顿:"七块?"

"这些不值钱。你是真的不食人间烟火,现在钱可不好赚啊。"

宋和初说。

常岸问:"那我们要不要捎点儿塑料瓶过去?"

"这倒不用了。"宋和初笑道。

他们沿着这条街一路向下,此时正值上午,太阳不算烈,可因为一直在运动中消耗体力,难免有些出汗。

"转过去有一条小吃街,我以前总在那里吃,有家很不错的面条,不知道现在还在不在。"

"收废品的也在那边吗?"常岸问。

宋和初脚步一顿:"忘记了,我也不知道。"

"先走吧,说不定一会儿就遇到了。"

两人的手中都抱着一摞纸箱子,箱子很高,挡住了视线,不得不侧过身才能看到前方的路。

转过这条街的尽头,出现在眼前的赫然是一条大道,这一片都变成了居民楼,底商开着几家饭馆,路边连成片的小吃推车此时还没有人经营,看起来晚上才会开。显然还没有到饭点,饭店里堂食的人寥寥无几,透过门窗能看到里面的布置很干净。

"就是这家店,居然还在。"宋和初抽出一只手,指了指最尽头的那家面馆。

这家店面平平无奇,看着没什么特别的地方,里面难得坐着几个吃面的人。

"一会儿去买点打包回去吧,反正下午我妈不在。这废品站到底在哪儿?"宋和初把手里的纸箱放到地上,从口袋里掏出手机,准备在微信上问问老妈。

正在这时,身后忽然传来一个声音:"是和初吗?"

他们同时回过头,说话的是个面生的人,这人穿着一身灰色马甲和牛仔裤,看起来与他们年龄相仿。

常岸猜测这人是宋和初以前的朋友,便等着宋和初先说话,但没想到宋和初皱起眉头,一副不愿与他多言的样子。

"你要搬回来吗?"那男生眯起眼睛。

常岸看出宋和初不愿回答,料想两人之间应是有些过节,便也不再客气，替他开口问道："你是哪位？"

男生似乎对他有些敌意，目光复杂地看着他，嘴里却和宋和初说着话："你在找废品站吗？"

"不是。"宋和初说。

"好不容易见一面，请你吃顿饭吧。"男生倒是不见外。

"不用。"宋和初说着，转身就走。

常岸跟在他身后，两人走出一段后才低声问道："这人谁啊？"

"高中同学，当年和我一起从这里搬过去的。他怎么这个时候还没去上学？"宋和初满脸烦闷，说完又补了一句，"董洛的朋友。"

"哟。"常岸一扬眉，"怎么又是他啊？"

03

"后来不是了。"宋和初说，"他这人也不怎么样，我那事儿之后就跟董洛闹掰了。"

常岸想起宋和初的过去，察觉出了那人看不惯宋和初的意味："他刚刚是故意打招呼恶心人的？"

"对啊。"宋和初耸耸肩，"不用搭理他。"

"可他一直在跟着我们。"常岸朝后面瞥了一眼，"他叫什么名字？"

"陆全安。"宋和初转头看向后面，陆全安确实远远地跟在身后，只不过手里举着电话，不知在和谁聊些什么，兴许只是顺路。

他对这人的印象差得不能再差，在董洛把他俩的事情传出去之后，反应最大的就是这位大哥。

他和陆全安也算是知根知底的同学，从小住得近，读书后又一起从城郊转学，还刚巧念了同一所高中。只不过陆全安的自恋气质从小就发挥得淋漓尽致，让宋和初并不想和他走得太近，关系只停留在有联系方式的这一步。

董洛倒跟他是不错的兄弟——陆全安大概就是为这事情而硌硬，觉得董洛和自己当朋友会近墨者黑。

高中是重点学校，学习抓得严，陆全安没什么机会招惹他，只是偶尔会和董洛产生些口角，也仅限于彼此的阴阳怪气和含沙射影。这些理当与宋和初无关，但他看着总是很糟心。

　　废品站离底商这一片不远，背靠着一片长长的自行车停车棚，一个老人靠在椅子上听着收音机里的音乐。宋和初把东西撂在秤砣上，又转头扫了眼身后。

　　人不在了。

　　"有点后悔。"常岸咬着牙说，"刚刚应该揍他一顿。"

　　宋和初听着想笑，一边扫挂在摊位旁边的收款码一边说："你等他先动手再揍，不然被逮住了说不清。"

　　"这地方还会被逮住？"常岸有些吃惊。

　　"这地方也是法治社会好不好，在哪儿都不能随便打人。"宋和初说。

　　老人戴不惯口罩，付完钱就撵他们走，好摘下口罩松快松快。

　　宋和初指着废品摊后面的车棚："我小时候总是进去玩，里面有个小商店，卖的糖很好吃。"

　　"进去看看。"常岸抬脚要走。

　　车棚里光线昏暗，小卖部开在门口，本以为早已倒闭，但走近了还能看到里面亮着微弱的光。宋和初向内部看去，里面空空荡荡，没有见到有店员。

　　踏入门时，宋和初才发觉自己已经记不清童年时这店里的模样了，四处看着不觉熟悉也不觉陌生，只是有种"居然还没倒闭"的惊诧。

　　小卖部与寻常小店一样，卖一些小零食，常岸看什么都新鲜："我小时候好像很喜欢吃这个西瓜球。"

　　"我也是，买一点。"宋和初从小罐子里捞了几个球，"在哪里结账啊？"

　　坐在门口的老人忽然咳嗽起来，他们两个转身看去，老人正歪着身子看着他俩，接着指了指自己身边的付款码。

　　"这店是您的？"常岸问。

　　老人说了一串方言，他没有听懂。

常岸问道:"说的什么?"

宋和初说:"我也没听懂。"

"你不是本地人吗?"常岸嫌弃道。

"本地人怎么了,本地人就要听得懂方言吗?"宋和初理直气壮地反驳他,给老人付了钱。

见老人没有拦他们,便知道没付错款。他们一边嚼着西瓜球口香糖一边返回底商面馆,常岸感叹道:"现在干什么都不容易,开小卖部的都开始收废品了。"

"人家那是副业。"宋和初说。

面馆里几个堂食的人都已经走了,他们掀帘进去时只看到老板一个人坐在椅子上刷手机。

"请扫码。"老板对他们说的第一句话。

宋和初翻着菜单,点了一份自己常吃的金汤肥牛面:"你吃什么,这家店的菜都好吃。"

常岸凑近了看着菜单,菜名简洁易懂,就差把配料表写上了,孜然炸土豆球、炸鸡排中间夹芝士、辣椒粉爆鸡块……

"都想吃。"常岸看着这些名字,肚子里空落落的,泛起一阵阵饿意,"我们都点一遍,吃得完吗?"

"吃不完。"宋和初说,"你要是想吃,可以临走时再来买一些,带回去分给钱原和陶灵,就能多买几样。"

"那面条我要番茄的。"常岸指着菜单。

老板在收银机上敲了一会儿,转身去了后厨。

紧接着大门口的门帘响动,走进来一个人,喊道:"老板,来一份米线!"

冤家路窄,这声音无比耳熟,几分钟前就听到过,是陆全安。

宋和初没有扭头看他,只有常岸转眼瞧了瞧,只见陆全安尤比嚣张地拉开离他们最近的一张椅子,斜坐在上面,满脸揶揄地与他对视。

几分钟的安静后,陆全安开口说道:"你是要搬家吧,我刚从你家门口路过,看见搬家公司的车了。"

"与你无关。"宋和初说。

"这是你朋友？"陆全安笑眯眯地问。

宋和初冷冰冰的目光如利刃。如果说前面还只是在寒暄，那这句话的弦外之音已经足够令人恶心了。

常岸的眼中淬了冰般又强压着怒火，静静看了他一会儿，挑起嘴角笑了笑："怎么，你也想当？"

陆全安的视线飘忽，冷笑几声便不再多言。

第一次遇上这么厌的，常岸拳头痒痒，沉着脸盯着他。

"打包吗？"老板从后厨里冒出一嗓子。

"打，老板多包几层，我可以加钱，车子是敞篷的，开回去就凉了。"常岸说得很自然，好像真有那么回事一样。

宋和初有些想笑。

老板把几份菜装进保温袋里："从远地方过来的？"

"嗯。"常岸靠在柜台边，"老板考不考虑把店开过去？我们也不用趟趟都跑了。"

"开什么呀，就一小面馆。"老板笑着把餐袋系好，"特意过来？"

"是啊，就几个油费，比不上这碗面。"常岸接过袋子。

宋和初几乎已经习惯了他这种突然装起来的状态，配合得很熟练："走吧。"

他们从陆全安身边擦肩而过，常岸听到他小声说了一句"恶心"。

维持在稳定状态的怒火被点燃，常岸把袋子递给宋和初，回身来到陆全安面前，一只手撑在桌子上，俯身靠近，紧紧盯着他的眼睛。

陆全安没想到常岸会回头来找碴，硬着头皮与他对视着："看什么？"

看你个人渣，常岸心道。

这里不是他熟悉的地盘，对手也是不熟悉的人，常岸不欲把事情闹大，可这人又实在可恨，叫他咽不下这口气。

他慢慢直起身，扯下口罩，用西瓜球糖吹了个很大的草莓味泡泡。

在这一串莫名的举动之后，他面无表情地转身离开。

陆全安这时才意识到自己被人不动声色地侮辱了，余光瞄到宋和初正站在不远处,顿时面子上挂不住,"嗖"地站起来。

听到椅子腿摩擦地面的声音,常岸也止住脚步:"哟,这腿脚不是挺利索的吗?"

这地刚被老板擦了一遍,此时滑得要命,宋和初看着常岸大摇大摆地走到陆全安的面前,祈祷他可别摔一跤。

常岸气得发狠,遏制不住又发泄不出,只好全都堆在狠话里,伸出一根手指,戳着陆全安的胸口:"做人多积德,少管别人的事,别太看得起自己。"

小学生互骂。

陆全安恼羞成怒,一抬手就推他一把:"又关你什么事?"

宋和初最担心的事情果然发生了,但没发生在常岸身上。常岸岿然不动,倒是陆全安在反作用力之下一个趔趄,倒回了椅子上。

常岸不甘示弱,直接一抬腿踩在他两腿之间的椅沿上,连带着周身的空气都燥了起来:"再在我们面前晃悠,我让你手脚一个也利索不起来。"

小学生打架在此刻到达了水火不容之高峰,但是非常解气,宋和初心想。

陆全安还要说话,被老板高声打断:"怎么打起来了?"

宋和初想上前解围,可门口帘子又响起来,有新顾客走了进来。

"哟!"一声喊打断了屋子里剑拔弩张的氛围。

四人同时看去,掀开帘进门的居然是宋和初老妈,正满脸诧异地僵在门口,目光死死锁在陆全安身上。常岸脚还踩在椅子上,一副马上要动手的模样,看起来气势汹汹,像极了喜欢抢钱调戏人的街边流氓。

和早上乖巧又听话的小男生判若两人。

宋和初叹了口气,看来此刻才是小学生战争的高潮部分。

这场面太令人难以置信,老妈一时没能转过弯来,僵硬地把目光转向宋和初,口中喃喃:"都……在呢?"

常岸触电般将腿收回来,抬脚时还不忘踹了一下凳子,把陆全安踹得一抖。

"你!"陆全安怒道。

"闭嘴!"常岸在百忙中威慑了一句,又笑着叫道,"阿姨好。"

04

"妈。"宋和初打破僵局,"你怎么来了?"

老妈的视线在三人之间流连一会儿,慢慢走到柜台前:"刚才搬家公司说不能捎人回,我看也不急,就吃个饭再回去……你们这是?"

"我们也买点饭,回去一起吃吧。"常岸的语调又变得平和起来,两脚立正站好,看起来是个乖顺的好学生。

老妈半信半疑地瞥了眼陆全安。

有长辈在场,整个面馆里的压力重心都转向了一侧,老板在这片沉默里兀自喊道:"你的面好了,打包吗?"

陆全安倏地站起来,特意伸手撑了一下桌面,以免再次滑倒:"打!"

见他还憋着一股气,宋和初叹道:"走吧,妈,我俩……开敞篷送你回去。"

老妈莫名其妙地看着他。

常岸突觉有些丢人:"没……"

陆全安一言不发,拿起包装好的饭就往外走,途经常岸身边时,似乎还想走个流程撞一下他的肩膀,但碍于长辈还站在不远处,只好老老实实离开。

"怎么回事啊,那人你们认识?"老妈在陆全安走后问道。

"我以前的同学,你不记得了吗?就咱们后面那栋楼老陆家的孩子。"宋和初说。

老妈思索了一会儿:"哦,没考上大学的那个呀。"

"怪不得今天在这里游荡。"常岸笑道。

"你们今天是怎么了?"老妈抚了抚胸口,"我要是不来就打起来了,刚见你还一本正经的。"

"他……"常岸犹豫一下,还是没能将话说出来。

没想到宋和初倒是主动坦白道:"他不是很喜欢我,没事,从今往后也不会再有什么交集了。"

老妈还想再问,似乎突然想到了些什么,紧紧地闭上嘴,眼里带着担忧。

"没事的妈,你不用担心我。"宋和初想安慰她,可是又笨拙又没有经验,不知该说些什么,只好望向常岸,"这不是有人帮我出头吗?"

常岸理解错了意思,连忙无措道:"不是,我没有……啊,我也可以……"

宋和初看他这模样十分想笑,见一次常岸犯傻比登天还难,大概也只能在老妈面前见到了。

"你们回去吧,我买完以后随便吃点就走了。"老妈看他说不出个所以然,也不再为难人,"大门我锁上了,你俩带钥匙了没?"

"带了。"宋和初说。

老妈对他们摆摆手:"走吧,路上小心,什么时候回去也告诉我一声。"

"好。"宋和初说完,拉起常岸就走了出去。

常岸一路走得跟跟跄跄,行至门口才想起来回头道别:"阿姨再见,下周我也过来。"

两人向着回家的方向走着。

常岸每次见宋和初的妈妈后都会宕机一段时间,问话不过脑子,也听不见人说话,等到他缓过神时,就只听到了宋和初的一个尾音:"……去?"

"什么?"常岸问,"我刚刚没有听清。"

宋和初叹了口气:"我问你准备什么时候回去。"

"哦。"常岸思考一会儿,"咱们打车回还是坐公交回?"

"这边的车不好打,如果不是晚高峰的话坐公交也可以,公交车会路过一个禅寺,在城北。"

常岸点点头:"看情况吧,什么时候收拾完就什么时候走。"

宋和初点头。

他们走进屋子，老妈之前已经将包裹收拾得差不多了，家具也已经从纸箱里搬了出来。要整理的也不多，只需要把原先不用的东西扔出来，腾出一些空地而已。

宋和初把茶几收拾了一下，将打包好的饭盒放在上面。

"去洗手。"他说。

"哦。"常岸摘下口罩放在桌面上，转身去了洗手间，往脸上泼了把水。

他抬眼看向镜子中的自己，水珠顺着鼻梁滑落，滴在面前的水池中，突然意识到这是回校后难得的出来玩的时间，感觉很奇妙。他洗完脸，四处寻觅一圈没有找到纸巾，只好随意甩干。

"洗好没有？"宋和初问完，总觉得自己很像老妈子。

"好了。"常岸坐到沙发旁，拍了拍上面的灰尘。

"你都拍到面条里了。"宋和初连忙抓住他的手，"我已经弄干净了，坐吧。"

"哦。"常岸拘谨地坐下。

宋和初纠结一下，还是说道："你现在就跟五岁小孩一样。"

常岸挑起一根面条："和长辈说话太耗神了……阿姨会不会觉得我这人面前一套背后一套啊？"

"不会。"宋和初说，"你一开始表现得就很假，我妈肯定早就知道你背后还有一套。"

"真的吗？"常岸居然被这话安慰到了。

宋和初说："真的，我妈跟宋东风斗智斗勇这么多年，精得很。"

"好吧。"常岸吃饭到一半，突然想起来，"这面虽然也不贵，但咱们总在外面吃饭，你那兼职的钱……"

"没事儿。"宋和初说，"我心里有数。"

"我算是看出来了，你的根本目的其实不是赚钱，而是通过赚钱来减轻花钱的负罪感。"常岸说。

"是啊，"宋和初坦诚地点点头，"确实。"

常岸忽然有些感慨："那天卢林还让我少跟你提钱的事，怕咱俩中间起什么矛盾。"

"不会的,"宋和初说,"以后也这样就好,有什么想法就说,不说我们就永远没办法沟通,不沟通才会起矛盾。"

常岸咬着木筷子,停止运转一天的大脑在此刻才被润滑,慢慢转动起来:"那你觉得咱俩算是三观不合吗?"

"当然算了。"宋和初说。

"所以是互补的。"常岸说,"比起相似,你更倾向于互补。"

宋和初笑了笑:"怎么突然聊得这么高深?我没有想过这个问题,也许只是表面互补吧,其实内心是相似的。"

常岸也跟着笑了起来:"比如你也想去开敞篷车。"

所以此刻的殊途同归也是有迹可寻的,从前他们针尖对麦芒,倒是从没想过还会有这样的一天。

面条吃得人很暖和,吃饱喝足后晒着太阳便有些昏昏欲睡,可奈何屋里的床还没有收拾干净,只能摊在沙发上。

正午的阳光斜射入窗,洒在沙发与茶几上,茶几反射出明亮的光斑,瞧着有些刺眼。

常岸把薄纱窗帘拉好,光线被过滤后只剩下薄薄一层落在身上,暖洋洋的。宋和初抬眼看着天花板,眼皮沉沉的,总想坠下来。

"有点困了。"他说。

常岸没有说话,只是歪着脚碰了碰他。

这一动作仿佛点开了某个开关,宋和初也不甘示弱地碰了回来。

这一来二去间挑起了火花,两个人幼稚地掐了几分钟的架,才齐齐笑着倒了回去。

"我从幼儿园之后就没再和别人起过这么幼稚的肢体冲突了。"常岸说。

宋和初也忍不住笑:"这也能叫肢体冲突?"

"轻微冲突。"常岸补充道。

阳光照得人格外暖和,宋和初放空地看着前方的白墙,心情像踩着软绵绵的云朵,在天际越飘越高,不用担心踩空掉落,也不用担心被树枝屋顶打乱方向,只是漫无目的、轻松自在地飘着。

他有太久没有这样舒服地发呆了，时光就在一呼一吸间慢悠悠地淌过，无需他伸手去急匆匆地捞，也不必焦虑地目送它跑远，只要静静地感受就好。

如果这样美好的下午能永远不结束该有多好。

05

"没早点跟你当朋友，想想还挺可惜的。"宋和初轻声说。

常岸闭着眼睛，迷迷糊糊地回应他："早点的时候没跟你打起来就不错了。"

"不会的，你有我把柄，我不会跟你打架。"宋和初纠正他。

谈起把柄，常岸又低低地笑起来："你那个时候看着很不好惹。"

话里所提起的不过是两年前的事情，想想却仿佛非常遥远，他们不对付的那段历史也只刚刚过去一个月，回忆起来却又像是一段不堪回首的往事了。

程序化的日子过得太快，每一日都过得大差不差，一晃神的时间，几个月就流了过去。宋和初回忆起从前的日子，许多被忽略的细节倒是重新被翻起来，大咧咧地展示在记忆的卷轴上，每一幕都是常岸的光辉事迹。

永远摆在寝室正中间的脏衣篮，永远挂在晾衣架最向阳处的衣服，路过操场时在球场上奔跑的身影，食堂某角落捧着碗捞汤里海带的背影。

在宋和初不经意的余光里，常岸以浓墨重彩的方式填补了不少画面。

还有偶尔上课时从身边快速掠过的摩托车，下课途经小路时草丛里蹲着的逗猫人，常岸的出现频率似乎有些太高了。

"住一个寝室，去哪不都是顺路？"常岸对此评价道，"我也经常能遇到你啊。"

只不过谁也没想着要打个招呼就是了，他们默契地没有说出这句话。

两个人瘫坐着晒太阳，随着阳光从沙发的左边挪到右边，把沙发套被挤蹭成一团。

"好困。"宋和初的眼睛睁开一条缝，"还要收拾屋子。"

"我来收。"常岸把攒成一朵花的沙发套梳理好，把被踢远的拖鞋踢回来，"今天先把卧室收好吧，客厅堆的东西太多了，茶几暂时没地方搬。"

宋和初躺在沙发上没有说话，一点一点把靠枕拽过来，垫在脑袋下面，掀起眼皮看着常岸："不想回去了。"

"很快的，先全都搬出来，再把新的搬进去。"常岸把袖子卷到小臂上，"争取在四点钟之前搞定。"

宋和初"唔"一声："想洗个澡。"

"这边是不是没有热水啊，老宅之前没人住吗？"常岸拿着扫帚开始四处扫。

宋和初说："没人住，以前我姥爷住，这两年搬走了，住这边就医不方便。"

他默默看了一会儿常岸扫地，最后实在忍不住："你怎么突然这么贤惠了，在寝室住了三年没见过你扫地。"

常岸啧啧着："那是你没看见好不好，我每周都会扫地，不信你去问钱原。"

宋和初站起身，把要搬到卧室里的散装书架抱起来："我脚底下那片地每次都是我自己扫，你是不是故意不扫我那里？"

常岸一路跟在他屁股后面扫到屋里："我以前值日扫过啊，你当时跟我说让我别动你的东西。"

"那是你把我的卷子当垃圾给扫走了。"宋和初转身看着他，"那么大一张卷子，写满字的，你又不瞎，说不是故意的谁信啊？"

常岸把扫帚立在一旁，将摆在卧室里的旧书架挪开，忙活着还不忘反驳他："我说过无数遍了，你当时把卷子和一堆垃圾放在一起，我又不是你雇的保姆，扫个地还得分辨每张纸都写了什么？"

宋和初把新书架拼装起来，嘴里和他吵着："怎么钱原的卷子也扔在地上你就不扫？不是针对我？"

"钱原的地上天天有卷子,而且人家都用的是学校的稿纸,一看就知道是学习用的啊!"常岸说完,摇了摇架子,话题切换得顺畅,"这个升降架是不是坏了?"

"嗯。"宋和初干脆坐在了地上,把螺丝拧上去,"这个架子年头太长了,本来想换个新的,但是这个月快递进不来,先用着吧。"

常岸用脚尖碰碰他:"不要坐地上,没擦过。"

宋和初把最后一个螺丝拧好,费力地站起来:"把小沙发搬来吧。"

"小沙发为什么不留在市区那边?"

他们一人抬一个角,从客厅运到了卧室里,宋和初说:"因为贵,贵的都留着自己用。"

"好吧,摸起来确实很舒服。"常岸笑了笑,"那卧室原来的这把旧躺椅呢?"

宋和初围着躺椅转了半圈:"嗯……要不带回寝室里?"

常岸说:"那咱俩还要把他搬回去。"

"算了。"宋和初立刻说,"我拿到客厅里去吧。"

常岸在收拾东西的时候根本不看人,就连出入卧室门有时都和宋和初肩并肩一起挤过去。

宋和初深受其扰:"能不能别挤着我走?"

"又不耽误。"常岸理直气壮,"收拾完就该走了。"

宋和初一边拿着鸡毛掸子打扫一边笑:"你比我大一整岁,为什么还像个低龄儿童一样?"

"我本来就是这样。"常岸蹲在地上,把柜子角垫高至和另一边相平,抬眼看向他,"只是大部分人都不了解我而已。"

宋和初深以为然:"这倒是。"

渐入佳境后收拾起来便事半功倍,两个人快速地收拾好屋子,在离开前还给院子也打扫了一遍。

他们返程时刚巧日落西山,在这片卫星城看天边,天色似乎都澄澈不少,橘红里透着金灿,落日明亮地沉在天边。

面馆里的人渐多,他们本打算买几道小吃,可仔细想想放凉了口感不好,便直接转头去了公交车站。

公交上的人都少了许多，两人挑了个靠窗的位置，车子一启动便觉昏沉困倦。

宋和初也不知为什么自己这几日总是昏昏欲睡。他歪着脑袋，在车子拐弯时顺势倒在窗户上。

"困了？"常岸侧过头看他。

宋和初晃晃头："一般困，有点反胃。"

"戴口罩坐车很容易晕。"常岸把蓝牙耳机摘下来一只，戴在了宋和初的耳朵上，"听听歌会好一些。"

共享耳机倒是很好，但宋和初实在忍不住吐槽："这个歌是不是有点太劲爆了？"

"蹦迪的歌单，是我从网上学来的。"常岸说，"你没看到过这个说法吗？脑子比车摇得还猛，就不会晕车了。"

宋和初靠着他的肩膀，无言以对之下，胃里翻天覆地地难受着，也懒得再说别的了："……有道理。"

常岸料想到了他的不屑，也有点故意逗他的成分，轻声笑了笑。

宋和初半闭着眼睛，索性尝试冥想。

换乘点在城北一座禅寺前，禅寺背靠一条古色古香的商业街，算是市里有名的景点，不过最近冷清了许多。

车站就在禅寺的对面，宋和初向禅寺大门看去，门仍紧闭着。远远能看到禅寺顶，商业街尽头的小铺子都开着，第一家是卖饰品挂件的，满满的祈福物件摆在外面，个个都打着禅寺的旗号。

宋和初知道这都是骗游客的，但他瞧着那串漂亮的祈福珠子，居然也有些心动。

坐在店门口的老板瞧着他，适时开口招呼道："珠子类和手编的都有，项链、手链、吊坠、戒指，看看？"

06

"你喜不喜欢？"常岸见他将目光停留在了摊位上，便走过去，"买一些？平时也没什么机会出来玩。"

他一边说着一边拿起吊坠的挂牌。价格也不算太贵，但就这样一个吊坠放在其他地方只怕也卖不到这个价。

宋和初也垂眼看着他手中的吊牌，小声问道："是不是太贵了？"

"你如果想要就买嘛，反正禅寺进不去了，买个寓意也好。"常岸说。

老板从躺椅上坐直，脸上顶着一副遮住大半张脸的墨镜，口罩一戴，瞧起来像个不甚靠谱的小商贩。

"看看喜欢什么？自己戴还是送人？"老板察言观色的能力早已炉火纯青，不动声色地把摆在一旁的环状饰品摆到最前面。

"我家的都能改，吊坠改耳环，戒指改项链，成色都很好，这边的金饰也是，咱们都是按克卖。"

宋和初凑到常岸耳边："怎么卖有什么区别？"

常岸也低声说："金饰按克卖便宜，一口价的比较贵。"

老板透过墨镜打量着他们，看出了犹豫后立刻说："不想买金饰的话，看看这边的小玩意儿也可以，祈福款，卖得很好。"

宋和初很少逛这种饰品小店，看着摆得满满的展示架，眼花缭乱道："你想不想要？"

明明知道景点旁边的小店物价贵，可偏偏就拿捏住了游客心理，总让人觉得在这地方收获到的东西带着一层纪念意义。纪念意义是花钱买不来的，全都被寄托在了一枚戒指、一枚吊坠上，连带着小饰品本身都变得珍重起来了。

常岸说："给你妈买个吧。"

宋和初笑了起来："买东西为什么要告诉我？"

常岸说得很直白："你也买一个送我姐。"

他说完，又向老板问道："怎么改项链？"

老板从柜子里拿了一个小塑料袋，里面装了许多包装好的项链："链子材质可以自选，加两块到五块钱不等，长度也可以调节。"

在这地方开店，老板每天见过的来往行人比他们吃过的米还多，当即就明白了两人的意思，拿着一根玻璃棒指着展示架靠边的一侧："这边的款式比较适合长辈，做成项链也好看。"

这展示架里的饰品雕琢得确实好看,连素环也精致得很,普通的材质磨得很有质感。

"这些都是祈福款,朋友们一起戴,喜欢可以拿出来试一试。"老板说。

宋和初说:"你喜欢哪个?"

"随便,你挑就行。"常岸说完,又悄悄指着摆在一旁的珍珠发夹,"这个好好看。"

宋和初一愣:"你戴吗?"

"我哪有头发戴?"常岸一脸荒谬,"要不要买个送给阿姨?"

宋和初弯腰研究了一会儿:"我妈不经常戴这种太高调的,这个怎么样?"他指着的是一个带着细碎小花流苏的发夹。

常岸瞧着就头皮疼:"感觉流苏会扯到头发。"

宋和初想想觉得有道理,又指着旁边一款:"那这个呢?"

"这个太素了吧,"常岸评价道,"真的不要镶朵花吗?"

两个人同时沉默下来,最后宋和初说:"常雪平时都戴哪个款式?"

常岸打开常雪的朋友圈看着:"她好像不戴发夹……她戴吊坠,要不买个吊坠吧,吊坠也好挑。"

"送长辈吗?"老板适时加入话题,玻璃棒"啪"一声选中几款,"这几种都是比较受欢迎的,低调大气,价位不算高,寓意是平安健康,现在不求别的就求个健康嘛。"

常岸非常轻易地被说动了:"搞一个吧,图个吉利。"

宋和初按按额角妥协了:"我一个本地人都第一次来禅寺这边,缘分注定让我们遇到这个摊位。"

他们最终挑了一对花纹简单的细环,雕成了纠缠的螺旋状,细环内部刻着禅寺认证的花样图。老板为他们用银色细绳串好,又把挑给老妈的吊坠包了起来。

宋和初刚刚将小盒装进包里,来自老妈的电话便丁零响起。

他拉着常岸找了个稍微僻静些的地方,接通后就听到老妈问:"到了没有?"

"还没，"宋和初看了眼常岸，"怎么了？"

老妈的声音洪亮，也不是早上那温柔和蔼的模样了："刚跟你姥姥聊了，宋东风这几天一直往他们那边跑，他们已经跟宋东风挑明了，不会再给他还债的钱。"

宋和初说："本该如此。"

"我就这么说的，都吞了多少钱了，还想让家里给他还债？"老妈气道，"他们说下礼拜要见你一面，我给你推了，见什么见，除了吵架还能跟你说什么？"

宋和初心下一跳，轻声说："妈，他们要是提我的事，你也别跟他们吵，不值当的。"

老妈说："我才不跟他们吵，管他们什么事，轮不着他们说三道四。"

老妈的话里憋着怒火，到此时才发泄干净，平息片刻后才问道："到哪里了，打车回去的？"

"公交回的，在禅寺那片了。"

老妈的话戛然而止，半晌才问："你朋友……在你旁边呢？"

宋和初知道她指的是常岸："在。"

"哟！"老妈一惊，"没有开免提吧？"

"没开。"宋和初有些想笑，"但是你声音太大了，妈，都能听到的。"

电话另一端安静下来。

"妈？"

"怎么不提醒我？"老妈压低了声音，急急说道，"人家光看见我发火了，吓人劲儿的！"

"没事。"宋和初笑着说，"你俩也算是扯平了。"

老妈搪塞着："哎哟，我就骂……算了算了，你们路上注意安全，我挂了，我挂了哦。"

手机里只剩下"嘟嘟"声，不知是不是因为老妈带来了宋东风落魄的消息，宋和初开心起来："走吧，我妈让咱们路上注意安全。"

常岸把对话听得一清二楚，他选择性地挑了个问题问道："不给宋东风钱了？真有这么决绝？"

"未必，大概就是想讨好我妈，让她下礼拜把我骗过去。"宋和初说，"没事，不想他们了。"

就在某一个景点的路口旁，身边的公交站还坐着几个等车的路人，四月份生得茂盛的树叶在头顶随风摇曳着，周遭噪声凌乱，鸣笛声与车辆发动机声此起彼伏，还夹杂着远处商业街的音乐声。他们像过往的无数个瞬间一样寻常，又接了一个寻常的电话，然后什么也没有说。

换乘的公交自远处驶来，宋和初捏紧口罩："走了。"

"挺好的，就当是出来旅游了一趟，收获不少。"常岸说道，"应该拍一张照片的。"

公交车的乘客很少，他们找到位置坐下后，宋和初拿出手机对着窗外。车子一拐弯从禅寺紧闭的大门前路过，宋和初适时捕捉到了一闪而过的风景，他聚焦在玻璃上的倒影，拍下了一张包含了自己与常岸的影子的照片。

照片里的常岸正低头看着自己的影子，眼神很专注。

"我一共也没有拍过几张窗玻璃照，每一张里面都有你。"宋和初说。

常岸这才凑过去看他的手机："哪里？"

"把这几张照片洗出来给你当礼物吧？"宋和初挡了一下，"到时候再给你看。"

"生日礼物。"常岸琢磨一下，"其实我还没有给你送礼物呢。"

"明年再说。"宋和初侧过头看着他，"我先想想送你些什么比较好。"

当室友总有些不方便的地方，像这样准备惊喜的时刻总是容易被人撞破。

"那你想吧，最近几天我都不会靠近你的座位了。"常岸说话语气平平，可宋和初却品出了一丝委屈来。

"没事的，我应该不会让你看到。"宋和初笑着说，"你看到了也要装作没看到。"

-247-

Last Day

最后一日

但青春没有分界线——
因为我们在一起,
这个艰难的春天也充满希望。

01

最近几个月的进出校查得很严,他们在门口折腾了半天才进来。

回到学校时已经是傍晚,骑着自行车向宿舍区一路而去,不少学生正走向食堂。常岸骑自行车的技术堪忧,遇上几个路人都要捏闸缓行,宋和初总是快他一步,只好脚撑地等在前面。

"你平时开摩托不是开得很猛吗,怎么骑个车这么费劲?"宋和初问道。

常岸不紧不慢地从人群中脱出:"好几年没骑过了。开摩托的时候都是别人躲我,现在是我躲别人。"

途经食堂时他们顺路买了晚饭打包,食堂门口的人流量最大,常岸不得已下来推着车子,宋和初实在看不下去,拍了拍自己的后座:"我带你回去吧。"

常岸点点头,把共享单车停靠在路边,兴冲冲地坐在了宋和初的车后座上。

宋和初用力蹬了一脚,车头猛然向一旁扎去,常岸忙伸腿帮他撑住。

"你怎么这么重？"宋和初说完，又用力试图将车子骑起来，依旧是差点倒在一旁。

常岸说："你今天是不是不太舒服，我来带你吧。"

宋和初纳闷地换到后座上："总是没劲儿，像没睡醒觉一样。"

"你是不是有点着凉生病了？我下午在车上就觉得你没精打采。"常岸转过身，伸出手背贴在他的额头上，感受了一下温度。

宋和初垂下眼："不知道，我昨天就有些困，还以为是没睡好觉。"

"回去吃点药预防一下。"常岸替他把卫衣帽子扣上，自己跨坐到车座上，气势汹汹地向前一蹬。

几个学生从食堂里走出来，刚巧自常岸的面前经过，他连忙又捏了刹车。

宋和初忽然笑起来："不对啊，我要骑车带你是因为你骑得太慢了，怎么现在又变成你在骑车？"

"我也不知道。"常岸咬咬牙，硬着头皮在人群里穿梭，"你暂时不要呼吸，我感觉这个车很晃。"

"你……"宋和初笑得忍不住发抖，"要不我们走回去吧？"

常岸一定要逞强："骑车就算再慢也比步行快一些，你别活动了，万一出了汗再一吹风真该生病了。"

宋和初说："我觉得我坐车更容易出汗。"

常岸又强撑了几米远，最终无能为力，靠边停了车："算了，我们走回去。"

"你这不行啊。"宋和初笑得停不下来，"别人都要坐在车后座上穿过整个校园的，天上还要往下飘落叶和花瓣。"

常岸揽着他向宿舍区的方向走着："有什么的，下次开车带你去兜风。"

这一路走到宿舍，食堂买的面条都坨了，但常岸似乎乐在其中。曾经他们都被封闭在各自的茧里，进不去也出不来，但如今一切都不同了。

"这是我们第一次一起散步。"常岸说。

"也是我们第一次一起骑车。"宋和初说。

常岸笑了笑:"你还难不难受?"

"不难受,就是困。"宋和初打了个哈欠,"还晕。"

他确实不难受,浑身上下也没有什么地方不舒服,只是脑袋沉沉的,想要睡觉。

可这话说了还没有两个小时,他就支撑不住倒在了床上,一沾到枕头就觉一股睡意涌来。他今晚原本还要去玉米汁店兼职,被常岸强按着请了假。

"一有点苗头就赶紧休息,万一真的病起来就不好办了。"常岸爬上他的梯子,凑在床边低声问道,"头疼吗?是不是要发烧了?"

"不疼,应该就是吹风了,休息一晚上就好。"宋和初翻了个身,仰面躺在床上,"在屋里封闭太久了,这几天又忙,可能身体没反应过来吧。"

常岸把他的被子扯过来,盖得严严实实:"还想不想吃点什么东西?"

"不吃了。"宋和初小声说,"盖太多好热。"

常岸趴在床边:"我去泡一杯感冒药?"

"我觉得我没有感冒。"宋和初转身和他面对面,"就只是不太舒服。"

常岸无法:"那我拿点热水给你。"

他从梯子上跳下来,一转头就看到陶灵震惊的双眼,陶灵本想错开眼神,但躲闪不及,被他看了个正着。这一对视之下,不说些什么似乎有些尴尬,但陶灵左右也想不出话来,只好生硬地低下头。

钱原从一旁递了一袋红糖:"泡点红糖水,我妈说预防感冒很管用。"

"谢谢。"常岸从暖壶里倒出冒着热气的水,又用小勺子挖了一些红糖。

陶灵不可思议地看着他们的互动,想问却不敢问,只是把质疑又震撼的目光从常岸转到了钱原身上。

宋和初一只手垂在床边,半张脸埋在枕头里,侧头看着常岸搅拌红糖水。

"坐起来喝点，别洒了。"常岸等到红糖水的温度适宜后才抬手递上去。

宋和初裹着薄被坐直，捧起水喝了一口，面对着陶灵疑惑的表情，只好笑了笑："怎么了？"

"没事。"突然被点到，陶灵反倒是做贼心虚起来，支吾着说，"你们什么时候……关系这么好了？"

宋和初轻轻吹了吹水面，看向站在一旁的常岸。

常岸总是做得太过旁若无人，完全没有要瞒的意思，这倒确实是他的性格。

从前，宋和初偶尔对这样的相处环境感到别扭，在能受到其他人的注视的场合下，会下意识地遮遮掩掩，不想让别人觉得他俩好得特殊。可真到了不舒服病倒的这一刻，他又非常享受常岸这样直截了当的偏心。朋友就是这样的，没必要害怕别人在意而委屈自己。

常岸没有说话，只有钱原出来打了个圆场："最近不少人在生病，春夏交接的这阵最难熬了。"

宋和初笑了笑。

这个圆场打得有点失败，陶灵脸上的疑问渐渐消退，被吃惊取代。

"陶灵。"宋和初叫他，等到陶灵慢慢抬眼看过来后，才说，"我和常岸破冰了，成为好朋友了。"虽然声音不大却掷地有声。

常岸没想到最终是宋和初来开口，他本以为宋和初会一直对向熟人说这种事抱有抵触态度，常岸莫名有一种骄傲感，他知道这种改变是自己所带来的，这意味着他能够通过自己的力量来影响宋和初。

宋和初的态度转变让常岸的心情飘到了云端之上，暂且忽略了此时的寝室。

"我……"陶灵一时间没能反应过来，直接看向钱原，却发现钱原一副幸灾乐祸的样子。

陶灵这才回过味儿："你知道？"

"知道啊。"钱原点点头。

陶灵噎住:"什么时候?"

"上个礼拜?不记得了。"钱原说。

陶灵仍旧僵直不动,可语气里却比刚刚要生动一些:"这么早?不是,你们吵得那么凶,怎么变成朋友了?不会是在公寓就……"

"没有,回来以后。"常岸笑着说。

陶灵眨着眼睛,大脑被冻住一样:"为什么我不知道?"

"我一开始也没想到,这谁能反应过来。"钱原说。

"这也太……"陶灵不知该说什么,只好用语气词来填补空白,"我就是惊讶,太突然了,我……"

他稀里糊涂说了一堆,一屁股坐到椅子上,突然抬高了音量:"太突然了!你们,你们为什么告诉钱原不告诉我啊?"

钱原一听就竖起眉毛:"那哪是他们告诉我的,是我亲眼看到了好不好!"

陶灵很缓慢地解读了一下这句话的意思,一瞬间的好奇吞噬了刚刚的惊讶,他问道:"看到了什么?"

钱原一副回避的模样:"就当掀篇了,别旧事重提行不行?"

话虽如此,可陶灵却不依不饶:"别啊,我还不知道,偷偷给我讲。"

钱原把耳机一戴,坐回座位上:"过去了都过去了,以后不提了。"

这几段重心跑偏的对话把寝室氛围重新活络起来,宋和初捧着那杯红糖水,心底松了口气。

常岸还在和陶灵掰扯来掰扯去,宋和初正看着,一旁的手机忽然振动几声,他拿起来,是钱原在微信上私聊他。

钱原:我想问你一下,过两天是常岸的生日了,打算怎么过?

宋和初抿了一口水。要不是钱原提起来,他还真没想过这个问题。

常岸的生日在周四,很快就要到了。

他把最后一口红糖水喝干净,试图撑住床栏杆把水杯放到桌子上,可半天都没能成功,只好叫了一声常岸。常岸转身帮他递了一下,两个人当着室友的面完成了一次默契的互动。

宋和初又躺回床上,打开手机百无聊赖地翻着相册。

相册里的第一张照片就是他在公交车上拍到的风景照,禅寺的大门做背景,他和常岸的影子映在玻璃上。他把时间线向前拉,看到了一个多月前,他坐在去往公寓的大巴车上,窗外是空无一人的大道,满车载着迷茫和惶恐。

照片里只有常岸的侧脸。

宋和初静静地看了一会儿,又慢慢划动着照片。

这段时间他拍了不少照片,大多是无意中拍下来的,有公寓的饭菜、照在墙上的光斑、公寓里发的预防中药……那段时间有不少学生精神状态很差,群里的心理咨询热线始终占线,封闭的、一眼望不见头的生活让人绝望,还好那段不知归期的日子他并不是一个人。

宋和初不算是个情绪不稳定的人,比起群居生活他也更习惯独处,可即便如此,那段被迫封锁在小屋里的生活也让人难以忍受。

明明并没有过去多长时间,可回忆起来却有种恍如隔世的感觉,仿佛他已经从公寓离开了很久。

宋和初一张张翻看着照片,这似乎是他第一次回过头来复盘那段生活。

最初几天,他们都失去了时间概念,浑浑噩噩地吃饭、检查、睡觉。直到某天开始上课,生活才慢慢驶入正轨——多了一个人的正轨。

如果不是这场突如其来的公寓生活,如果不是这次荒诞又充满宿命感的相遇——

他们始终住在同一屋檐下,却仿佛在这个春天才真正相遇。

给常岸准备生日礼物是个艰难的过程,宋和初绞尽脑汁也没能想出头绪。他几乎没有给人准备生日礼物的经验,就算特意观察了常岸的生活,也没有瞧出他有什么需要的东西来。

某次在玉米汁店打工时他悄悄问了学长,学长给他的建议大多都很常规,送花、送小礼物、送吃的,都是不会出错的选择。但他总想搞出些有新意的礼物来,毕竟这是他们成为朋友以来度过的第一个生日,是在校园里难得的能够庆祝的日子。

宋和初去学校的打印店把几张照片打印出来,临走时看到打印店的墙面上挂着些微缩的饰品——把照片缩印到吊坠里,听起来非常有创意。他将这个备选方案纳入了考虑范畴里,直到晚上重新回忆起来,才发现这个方案简直又离谱又幼稚。

他已经能够想象到常岸嫌弃的表情了。

眼看常岸的生日一步步临近,宋和初只零零散散收集了些想送的东西,大多是某一日突发奇想得出的结果。他甚至没忍住去打听了卢林的口风,可卢林这个朋友当得比他还要离谱,完全不知道常岸有什么偏好。

卢林的原话是:"他没啥喜欢的东西。"

宋和初不信:"怎么会有人没有喜欢的东西?"

卢林反问他:"那你现在说你喜欢什么?"

宋和初居然被他问住了。

"对嘛。"卢林嘴里嗑着瓜子,"你要允许有些人没有什么爱好,这就意味着你送什么他都会喜欢。"

宋和初最后选择了最俗套的办法,买了一个巨大无比的盒子,准备在盒子里堆满拉菲草。他特意挑了常岸不在寝室时做,屋子里只有陶灵一个人在,围观他往盒子缝隙里塞草。

"拉菲草,你知不知道最近网上有个很火的段子?"陶灵说。

"不知道。"宋和初把套娃一样的盒子挨个拆开,"我是不是应该再绕几圈小彩灯?"

陶灵摸了摸鼻子,最后说:"怎么你送的东西比我送的更没新意?"

"你……"宋和初再次语塞,"哪里没新意?"

陶灵想拿起盒子看一看,又觉得不太合适,只是眼神示意他:"这些里面都是什么啊?"

"有……"宋和初正要打开盒盘点一下,却听到门口传来了开锁的声音。他一惊,手忙脚乱地把盖子盖上,陶灵也连忙帮忙,一片鸡飞狗跳中,盒子里飘出来几缕拉菲草。

宋和初把课本拿出来,一股脑堆在盒子上遮挡住,脚上忙活着把飞出来的草扫到一旁。

门打开,常岸走了进来。宋和初装作若无其事地转头看向阳台,陶灵也装模作样地坐回了椅子上。常岸见到他们两个,一脸疑惑:"屋里有人锁门干什么?"

宋和初又踹了一脚落在脚边的草末:"顺手。"

他自认姿态光明磊落,但常岸还是立刻便猜出来了他在干什么,只不过他们有约在先,于是便没有戳穿宋和初的小把戏。

但宋和初却忽然又冒出些奇思妙想。

这些奇思妙想总是诞生于见到常岸的某一刻,虽然零碎却每个都舍不得舍弃,一个盒子都装不下。

盒子里装不下的不仅仅是他的想法,也不仅仅是他想要送给常岸的礼物,更是这段时间回忆。

02

最近的生活太枯燥无味,每一个重要的日子都被他们当成了宣泄心情的合理理由。这是他们第一年为室友过生日,从前几个人都对此不甚讲究,但这两年过生日似乎变成了节日。

常岸生日那天是周四,几人在寝室里过了一个非常常规的生日聚会,包括但不限于切蛋糕、分蛋糕、吃蛋糕。常岸提前说过不要送他生日礼物,但室友还是为他准备了。宋和初的盒子没有在当天送出,理由是当众送太尴尬了。

常岸和他决定在周六再庆祝一下,宋和初本想着左右已经向玉米汁店请过太多假,再请一次也无妨,但被常岸拦了下来。

"每次都不去不合适。"常岸说,"我等你下班以后再一起吃饭。"

宋和初不想让他等:"其实也不差这一天。"

"不差这一天。"常岸拍拍他,"就是最平常最无奇的一天。"

玉米汁店的工作很考验颈椎,他几乎全程都要低着头。宋和初已经将工作内容变成了肌肉记忆,不需要过脑子就能走一遍流程。

几个小时的工作时间转瞬即逝,但也许是心里惦记着事,他总是在走神。

在这几天里常雪来加了他的好友。他翻看过常雪的朋友圈,他们一家的家庭氛围很好,常岸的成熟大概就来源于这样一个不错的原生家庭,知道什么该做什么不该做——听起来很简单,但真正能做到这一点的人非常不易。

在社会关系里找准自己的定位并且扮演好自己的角色是个很难的命题,宋和初自知做得不太好,但好在常岸和他半斤八两,两个人摸索着也不算太偏题。

日子向着五月而去,白昼渐渐拉长,他刚上班的时候,下班时天便全黑透了,如今天边还透着淡紫色,常岸就已经等在店外长椅上了。

宋和初把背后散下来的围裙带重新系好,尽量不去看长椅上的常岸,埋头工作着。但常岸的存在感过于强烈,哪怕他背过身去也能感受到他散发出来的气场。

过了晚饭的高峰期,店门前的学生分散开来,宋和初终于抬眼看去,与常岸隔着街上的人流对视了一眼。

常岸对他笑了笑。

挂在店面上的灯牌照亮了店前这一方小小的空地,来往行人从暗处来、向暗处去,只有常岸始终坐在一片灯光下,专注地看着他。

宋和初在调整口罩时才发现自己不自觉地露出了笑。

常岸等了三分钟左右,便看到宋和初去后厨交接了工作,接着就摘下围裙跑了出来。

"你吃饭了吗?"宋和初跑到常岸的面前,递给他一块玉米糖。

常岸大咧咧地坐在椅子上,接过糖:"没有,我们一起去吃。"

"走吧。"宋和初抓抓头发,"你困了?"

"困了。"常岸说完,突然想起来了什么一样,猛地坐直,"你要不要去兜风?今天的风刚刚好。"

宋和初侧眼看向停在一旁的车:"下次吧,等能看到落日的时候再去。在学校里怎么兜风?"

"围着学校转。"常岸说。

宋和初笑着说:"下次把车开出去,在学校里面多没意思。"

常岸载着他去往预订好的餐厅,车子一路开到楼下。

餐厅内的装潢金碧辉煌,瞧起来像个限制低消的高档餐厅,悠扬的小提琴声里,服务员带领着二人走向预订好的桌位。

宋和初打量着四周,顺着窗户望去能见到城市夜景,灯火通明的街道上人流如织。

服务员微微躬身,和常岸确认一番,便去按照预先订好的菜出餐。

"给你过生日,怎么餐厅也是你找的,菜也是你点的?"宋和初笑道。

常岸满不在乎地倒了一杯温水:"吃个热闹嘛。"

他抿一口水,眼睛亮晶晶地看着宋和初:"该到下个环节了,准备了什么礼物?"

"你来猜吧。"宋和初把大盒子从包里拿出来,系在盒子上的蝴蝶结歪歪扭扭,他揪着蝴蝶结的两端调整了一下位置。

"看起来像月饼盒。"常岸托着下巴。

宋和初一听便知道他在胡言乱语:"端午节在六月。"

他把盒子端起来,送到了常岸的面前。

常岸掂了掂分量,盒子并不重:"我要先许愿吗?"

"随便你。"宋和初也坐在一旁,看着常岸期待的眼神,颇有些心虚,"不要抱太高期待,没什么特别的。"

"好。"常岸把手放在蝴蝶结上,"要拆开吗?"

宋和初说:"这就是个装饰,不用拆,可以直接打开。"

"但是我想拆掉。"常岸拽着丝绸带的一头,慢慢把蝴蝶结解开,顺滑的绸缎滑落一旁。

宋和初忍不住瞥常岸手里拆了一半的盒子,耳朵有些发红。

盒子被打开,里面是堆得满满的拉菲草,还缠了几圈乱七八糟的线。常岸正要问,就见宋和初装作神色自若地按了某一个小开关,缠在其中的线亮起暖黄色的小灯来。

盒子中间还有一个盒子。

常岸把它打开。里面装了许多零碎的小玩意儿,摆在最上面的是一个八音盒,他拨开按钮,盒子里传出一阵轻扬的乐曲。

"听着好耳熟。"

"耳熟吧，"宋和初笑了笑，"我们在公寓夜谈那天，楼下大街那台车载音响放的就是这首歌。"

常岸心底涌出暖意："啊，我记得。"

音乐是个不错的记忆载体，八音盒里飘出熟悉的旋律，眨眨眼仿佛又回到了那个布置简单的小公寓里，好像他们仍旧坐在窗前，中间隔着一杯热腾腾的温水，共同瞧着那辆在昏暗的路灯下远去的音乐车。

八音盒的旁边是一个迷你蛋糕盒，里面装着纸杯蛋糕，和宋和初生日那天吃的一样，就连铺在蛋糕上的火腿肠也别无二致。

礼物仿佛是开启时间回溯的钥匙，那夜被他装扮成蜡烛的手电筒，灯光明灭，电影放映一样闪回在眼前。

蛋糕旁是一只毛茸茸的小蜘蛛玩偶，玩偶看起来一点也不可怕，摸起来软乎乎的。

常岸笑道："好可爱。"

他抱起玩偶，最下面是三张照片，摆在最上面的一张是宋和初在上周拍摄的，在禅寺门前的公交车上。

第二张也有印象，是在从公寓回校的大巴车上，宋和初对着玻璃照下来的。

常岸再翻动，最后一张瞧着陌生，却也不难猜，看两人穿着是在去往公寓的路上。这张图的重心并不在他，只是刚巧将他拍进了取景框。

几张图连起来看，倒是有一种强烈的宿命感。

常岸眼睛发烫。

盒子的下面甚至还有个扁平的小盒，常岸笑了笑："这是什么？"

"打开看。"宋和初歪着头看他。

常岸掀开盒盖，里面端正地放着一个笔记本。

他一愣，没料到是如此正经的礼物，抬手随意翻了翻，笔记本里居然写得很满。

第一页是标题，"倒霉版封寝日记"，倒霉两个字被划掉了。

"这是什么？"常岸笑了起来，心却越跳越快。

答案不言而喻。

这本日记大概是宋和初从手机上重新誊抄下来的，字迹很工整，有些地方还配上了手绘的emoji。

"封寝第一天，非常倒霉，洗个澡遇见了常岸，黑灯瞎火里撞在一起摔了一跤。"常岸读出来第一句话。

好像是非常非常久远的记忆了，突然停电的澡堂，猝不及防撞到一起的意外，一切故事的起点。

"不要读。"宋和初说。

"好。"常岸笑着点点头，慢慢看下去。

"……封寝第×天，马上要回学校了，日记将要完结，我居然有些不舍。"

其实我受够了这里的生活，每天睁眼闭眼都是顺着门缝飘进来的消毒水味，打开门看到的永远是铺了塑料地膜的走廊、孤零零的一把椅子，看不到太阳也吹不到风。

在这里住的每天都让人有些许心慌，每次开关门都要喷满酒精，浴室地漏要一直堵上，叫人巴不得早日离开。

可真到了要走的这一刻，我还是觉得有些遗憾，似乎还有什么要做的事情没有做。

昨晚收拾行李时我看出你有话想说，但也许是我们都很胆小，谁也没有说出口。

我不知道回到学校后将何去何从，也许这个成语用得太重了，但对我来说确实是有一种结束了一段支线任务、将要与任务对象分道扬镳的感觉。

我不希望这段支线任务被结束在此，却也怕你真的打算当作什么都没发生过……乱七八糟的，划掉。

工作人员刚刚到门口催我们了，登记册上已经划去了我们的名字，这间公寓不久后还会有新一批人入住，不再存有特殊的回忆。

现在我站在门口，等待你从浴室里出来——是时候给这本日记画上句号了。

如果不是在校园里,如果你们没有给我过生日,如果没有你听到了我的过往……

算了,让我想一个合适的结语……就用一句最想说的话来结局吧。

因为我们在一起,这个艰难的春天也充满希望。

- 正文完 -

Fanwai

番外

一个没意思的日常

一个爬山日常

一个回家日常

一个跨年日常

散落的日记碎片

宿舍关系处理指南

一个没意思的日常

宋和初很久没有体验过这样生死时速的时刻了。

他翻身下床,草草披上一件外套,抓起空空如也的书包抡在背上。常岸慢他一步出门,把宿舍大门"嘭"一声关上。

"你带宿舍钥匙了吗?"宋和初在百忙之中问道。

"没有。"常岸还在套外套,"再说吧。"

他们飞快地冲下楼梯。

今天是周五,晚上原本十分美好,可院里组织了一场讲座,随机抽了一部分学生来当观众,好巧不巧抽到了他们寝室。

以往遇到这样的讲座他们都会一翘了之,没想到今天几乎所有学生都翘掉了,讲座的阶梯教室里空荡荡一片,负责老师大发雷霆,说要在讲座开始前点名。

这消息一传十十传百,当即把瘫在宿舍的常岸和宋和初吓得一激灵。

距离讲座开始还有五分钟,还来得及赶过去。他们默契地冲出宿舍楼,直奔那辆停在路边的摩托车而去。

"在哪里?"常岸从口袋里艰难地掏出车钥匙。

宋和初率先坐到车后座上："四教楼。"

"这也太远了。"常岸就算赶早八点的课，也没这么着急忙慌过。他把头盔从车筐里抓出来，抛给宋和初，匆匆发动车子，一个漂移开出了宿舍区。

宋和初第一次感受到何为风驰电掣。平日里路上人多，这车总是用慢速行驶，比自行车快不了多少，搞得他以为这车加速起来和电瓶车没什么区别。哪知今天常岸开了全速，一时间耳边除了呼啦啦的风声外什么也听不到，连卫衣帽子都要被吹跑了。

宋和初抓着他的衣服，高声道："你注意安全！"

"小意思。"常岸稳稳开着车，"倒是你，抓紧了！不要掉下去！"

宋和初一听，默默把手往前抓了抓。

车子的势头很猛，遇上人流也毫不怵头，让宋和初十分纳闷常岸为什么骑不好自行车。

常岸把疯狂的摩托车一路顶到四教楼下，风刮得他都有些耳鸣，发型也乱糟糟的顾不上收拾。

"在几楼？"常岸问道。

"五楼。"宋和初叹了口气，听着就感到腿一阵阵酸。

常岸顾不上看表，拉起宋和初就跑："快走。"

两个人并肩三步并作两步走进楼里，在楼梯间前一个向左一个向右，又同时刹车。

"这边更近。"宋和初指着左边。

常岸闷头朝右边走："这间教室挨着右边！"

"教室号从左到右变大。"宋和初焦急地说。

常岸也急："是变小，四教楼是反着的。"

两人沉默下来，对视一秒，默契地闭了嘴，各自朝着自己的方向跑去。

宋和初暗骂一句：大难临头各自飞，看看到底谁先到。

他快步跑上楼。几个月没运动了，快速爬五楼简直如同千米体测，眼看着时间快要指向整点，他顾不上歇息，一鼓作气向上跑。

这四教楼与他们平时上课的几栋教学楼的构造不一样，好不容易爬到五楼，左找右找却看不见阶梯教室。

教室号是519，可走廊尽头却是518。

宋和初一转头正撞上跑过来的常岸，两个人撞在一起，气喘吁吁地四下看着。

"闹鬼了？"常岸手忙脚乱地掏出手机，还有最后一分钟。

宋和初在寝室群里狂拍钱原，甚至拨了个视频电话。电话被钱原挂断，随后蹦出来了一个位置共享。

常岸喘着粗气加入共享，发现他们与钱原所在位置点是完全重合的。

"这什么情况啊，鬼打墙吗？"常岸又贴过来，面不改色地说出最令人唾弃的话，"我害怕。"

"你……"宋和初语塞，推了他几下，脚步匆匆地找到了最靠边的楼梯间，发现这五楼之上还有一层。

"这不是顶楼吗？"常岸偏过头，看到身后陆续又来了几个神色慌张的学生，看起来也像是赶讲座却找不到教室的。

人一多恐怖气氛就没了，宋和初拽着他跑上楼去。

顶楼的面积更小一些，是几个更大的阶梯教室，第一个教室门口赫然贴着519三个数字。整点铃声响起，他们从后门撞进去，半弯着腰走入会场中。

最后几排几乎都被坐满了，反倒是前排没什么人，好在钱原和陶灵就在后方，为他们特意占了位置。

两个人挤来挤去，尽量不引人注意地跑到座位上跌坐进去。

"怎么这么慢？"钱原问道。

宋和初这才来得及缓神，硬生生跑出了一身汗，低声说道："没找到地方。"

"都大三了还找不到教室？"钱原鄙夷地看着他们。

"你不看看大三了上了多久网课？我都没来过四教楼的楼上。"常岸瘫在椅子上。

钱原都快翻白眼了："还没带纸笔。"

"下次一定。"常岸应答。

钱原实在看不下去，将目光转向另一侧。

他在从前确实没有想过这两个人当朋友的样子，毕竟确实都很强势，一个像火，一个像冰，瞧起来便难以相容。

但除却这些，他们似乎也渐渐展现出了他没有在意过的一面，平时黏黏糊糊的人总是常岸，又爱耍赖又爱黏人，好像自己一个人就无法独立行走，和以前的样子相去甚远。宋和初似乎是更包容的，被常岸吵来闹去也不会生气，时不时还会配合着一起闹。

但有些时刻给他的感觉又截然相反，宋和初又像是更依赖的一方，安静下来的常岸看起来可靠又心安。

久而久之，钱原也就忘记了他们从前吵架的样子。

"你吃晚饭了没有？"常岸忽然问道。

钱原转头反复确认是在问自己，才说："还没有，听完讲座去吃。"

"哦。"常岸点点头。

钱原等了半晌没有等来下文，又纳闷道："怎么了？"

"没事，就问问，一会儿我们俩去吃火锅。"常岸说。

钱原还以为是要邀请他一起："然后呢？"

"没有然后了啊，就是告诉你一声。"常岸似乎也感觉到自己很惹人烦，笑道，"本来想翘掉讲座去的。"

钱原恼火地把头甩到另一边，眼不见为净。

"要不要一起？"常岸找补一句。

"不去不去。"他额角直跳。

钱原在内心叹一口气，从前的常岸最痛恨不独立的人，觉得这些人张口闭口都是别人，又烦又没意思——人果然还是会活成自己最讨厌的样子。

一个爬山日常

卢林坐在一块大石头上,从背包里拿出水来喝了一口,一边咂摸一边看着不远处的两个人斗嘴。

出来爬山是那二位的意见,但因为出市不便,他们便选了本市一座名气不大的小山,还为了避开人群特意挑了没课的工作日。

卢林原本没想和他们寝室一起来爬,可常岸非得说人多才有意思。

可这俩人从一迈上这座山便开始拌嘴,辩论主题是在哪里看日落。宋和初说在山上看,常岸说在山下看。

宋和初说:"山上视野多开阔啊,来爬一趟山不看太阳,那不是白爬了吗?"

常岸说:"在环山观光路看也很漂亮,下面是大片树林子。"

卢林闷头走在前面,听着他俩一人一句地吵。

宋和初说:"环山路什么时候都能来,山就不一定再爬了。"

"今天阴天啊,在山上的风景不一定比底下好看。"常岸说。

宋和初忍无可忍,终于长叹一声:"下次等你骑摩托车来,我们再去环山路兜风。"

常岸这才明白过来他的意思,立刻答应:"那好。"

卢林也再也忍不住，转头骂道："我再跟你俩一起出来我就是狗。"

被打断了争吵的两人扭头看了看他。

常岸一脸不在意："我们咋啦？"

卢林想反驳，又不知说些什么，只能把一肚子气憋在喉咙眼里，拄着拐重新迈到上山的阶梯上。其他两个室友已经遥遥领先，但卢林总是不放心，感觉按照常岸那样很容易失足带着宋和初一起跌下山去。原本想在队伍里殿后，可又实在受不了走在这两个人的后面。

非常离谱的磁场，明明嘴里还有一搭没一搭地吵着，可周围却仿佛有一层屏蔽环境的隐形玻璃罩，让人很难插话进去。

宋和初看着卢林闷头向上走，不多时就拉开了一大段距离，没忍住笑道："你把人家气走了。"

"我没有，那是他自愿的。"常岸说。

这座小山又矮又胖，爬起来毫不费力，那环山路也就是山底下的一条观光道，只是取了个好听的名字，听着高端一些。

钱原和陶灵几乎已经爬到了山顶，发了消息来，说在山顶的小亭子等他们。

宋和初不知他们哪来的这么多体力，他此时刚到半山腰就已经累得直喘粗气。

在喘了三分钟后，常岸忽然伸手摘了他的口罩。呼吸顿时顺畅许多，山野里清新凉爽的空气扑面而来，是许久没有闻到过的泥土香。

"我忘记了。"宋和初终于记起来要摘口罩，反正这条上山路也没有人。

"你是不是累了？"常岸问道。

宋和初撑着膝盖点点头："累啊。"

"你这个体力，要不我……"常岸犹豫了一下。

宋和初以为他要搞背上山的那套，连忙拒绝："不要，我缓缓就好，刚刚是缺氧。"

常岸莫名其妙地看着他："我说我帮你拿包。"

"倒也不至于。"宋和初揉揉鼻子上被口罩勒出的痕迹，"走吧。"

"过几天和我一起去跑步。"常岸说，"加强免疫力。"

宋和初以前运动也很规律，只是前段时间不能出门，搞得他懈怠了很多。

他敷衍道："病来了挡也挡不住，咱俩住那公寓时隔壁兄弟有六块腹肌，不是照样该发烧发烧。"

常岸皱眉说："那不一样，提高免疫力……你怎么知道他有六块腹肌？"

宋和初正慢慢爬着楼梯，闻言没忍住笑了起来。

常岸几步追到他身边："嗯？"

"学校超话里看到的啊，他发帖子了。"宋和初看着他笑道，"他还说他一米九。"

"假的,他们被带走那天我在阳台上看见了,没有这么高的男的。"常岸立刻打假。

"哦。"宋和初仍然很想笑。

常岸看着他笑，索性自夸起来："我也有腹肌。"

"我知道。"宋和初哭笑不得，"不用再证明了。"

"我还有别的肌。"常岸也笑起来。

宋和初没有理解他突如其来的攀比心是从何而来，这么久了，还没见过常岸如此正经又直接地和谁比较过。他怕自己再不制止，常岸要当场给他挨个展示："我知道。"

常岸伸了个懒腰："真舒服。"

他伸懒腰的手碰到了宋和初，宋和初拍了一把："什么时候开车带我来让别人羡慕羡慕？"

"不行,我的车技不足以支撑我绕着山开。"常岸继续伸完这个腰。

宋和初一脸难以置信地看过来，确认了常岸脸上那平静又坦然的神色后，沉默片刻："你这也是一种炫耀吗？"

"不是,说真的。"常岸一下子笑出来，胳膊顺势搭在宋和初肩上，"这两年摩托上路查得严，我大一才考下来摩托本，开了两年基本在校内，我不敢开到山上来，出事儿了怎么办？"

宋和初调换了一下脚步，和常岸的步子同频。

"那我们去坐观光车？"宋和初问。

"不是有租的自行车吗？骑车转。"常岸看了眼身后，两侧郁郁葱葱的绿树连成片，石阶绵延到一大丛绿意之间，被树叶挡住。

宋和初怀疑道："你那个自行车的车技，比摩托危险多了。"

"那不是因为学校里人太多了吗？"常岸为自己辩解，"没有人就没事。"

山顶的小亭子已经出现在了视线里，只有跟他们一伙儿的三个人坐在里面，看来他们走的这条线确实没什么游客。

"你俩再走慢点，就可以在山顶赶上日落了。"陶灵喊道。

也许是身边太空旷，他的喊声被放大了，听起来很响亮，在雪山上能引发雪崩那种。

常岸也扬声说："快了快了！"

这一趟爬山之旅结束得很快，一行人在山顶看风景吃零食，坐了一会儿便回了市区里，几人找到餐厅时都饿得好像饿死鬼。

常岸答应下来的自行车环山之旅，在一周后便兑现了，这一次没有喊上其他人，以免再次出现上次的情况，几个人上山吃、在山上吃，下了山却依旧饿得半死不活。

这次常岸换了个更高的山，是个名气更大些的景点，这环山观光道才真正称得上是环山路，有单独租赁脚踏车的地方。

游客明显比上一次要多，他们一直骑到后山人流小的地方才摘下口罩来。

常岸把车子停靠在路边，靠在一块大石头上，望着天边。

后山视野开阔，远方山林一览无余，尽头金灿灿的落日沉沉，悬在地平线之上。

宋和初站在他身边，拿出水瓶喝了口水。

"陶灵说咱俩看起来总是很嫌弃他们。"宋和初说。

"有吗？"常岸曲起腿踩在石头上。

"他们还说要去打假，你的桃色绯闻都是假的。"宋和初一想到就很想笑。

常岸侧过头看他："我已经让卢林去打过假了，现在他们都说我是诈骗犯。"

"那倒不是。"宋和初把水瓶盖拧好。

回身放水时,他看到他们身后拖着长长的影子。不时有骑着车的游客从面前经过,他回过头,和常岸一起,安静地望着远处的夕阳。

常岸塞给他一条巧克力,宋和初拆开,掰成两半,把剩下的递给常岸。

"来。"常岸含糊不清地说着,站直身子拍了拍车后座,"我带你兜一圈。"

宋和初看向自己的那辆车:"那这辆怎么办?"

"我们骑到前面的路牌,再骑回来。"常岸说。

听起来很扯,但宋和初还是听话地坐在了车后座上,"再信你一次。"

"抓紧。"常岸长腿蹬了几下,车子缓缓起速。

宋和初的手紧紧把着车座,一条腿还时刻准备着撑地,以免车头一歪冲破护栏栽下山去。

好在常岸终于发挥了实力,把车骑得稳当,沿着指示箭头向前加速。

风掠过耳畔,宋和初侧过头看向远处橙红的天幕和亮眼的日落:"下次去海边吧?"

"好。"常岸应着,转头去看落日。

宋和初连忙抓住他的衣领,把人拽得一扬:"你看路!"

"怎么这么不信任我?"常岸笑着说,"车子骑快了才平稳,摔不了的。"

宋和初听着常岸的笑,也忍不住笑了起来。飞驰而过的风里带着山间的凉意,吹得人神清气爽。

"没有不信任。"宋和初说,"我们拍一张合照吧。"

常岸下意识转头,看到了宋和初手里举起的手机。他捏了捏车闸,很快将目光转回眼前的路上:"能拍到我吗?"

"能。"宋和初转了个角度,把自己、常岸的侧脸、远处的火烧云全都放在了取景框里。

他按下快门,相册里又多了一张属于他们的合影。

停滞不前的生活下,也还是有些什么在慢慢向前走的。

一个回家日常

在保研后依然兢兢业业、返校监督室友考研的钱原的督促下,寝室度过了一段痛苦但有惊无险的考研时光。

在笔试落下帷幕后,他们迎来了一个说不上紧张还是放松的新年。

这大概是宋和初第一次对于放寒假没什么热情。

今年上半年老妈去尝试考了各种资格证,因为最近感觉做什么都不太顺利,哪里都没个地方干活。下半年老妈的求职方向三百六十度大转弯,突然就不再急了,自己学着开了个视频号,每天拍拍杂七杂八的东西,虽然还没有收入,但粉丝倒是零零散散涨了些。

宋和初和她说不急着找工作,找不着也无所谓,每个月拿市区那套房的租金也能够养活她自己,他的学费也不用家里出大头。老妈最初被他说服了,过了好几天才回过味儿来,打电话问他:"那你也得有房住啊?有什么打算?你考研的学校和小常在一个城市是吧,毕业了留在那边还是怎么着?"

"没说定呢。"宋和初正在寝室里收拾行李,"看看研究生能不能考得上吧,能考上的话就去那边发展。"

"哦,你跟我说过,你们报的那个学校是地头蛇是吧?在本城市就业优势大。"老妈说，"那可是大城市，生活开销也大吧，哎哟，那边房价都不知道多少了。"

"再说吧，要是考得上还有三年时间慢慢想，考不上就留咱这里了。"宋和初换了一只手拿手机，把衣服叠成一小块塞到箱子里。

老妈听到了行李箱的拉链声，又问道："收拾东西呢？小常那边有没有说过叫你去他家玩啊……"

"没呢。"宋和初没忍住笑了，"妈你别操心了，假期我们自有安排。"

坐在椅子上的常岸这才扭过头来，与他对视一眼。他指了指自己，用口型问道："在说我吗？"

宋和初对他点点头，又说："我先收拾行李了，今天晚上就能到家，到时候再聊。"

常岸等他挂断电话，才走过来问道："怎么聊上我了？"

"我妈问我以后准备留哪个城市，惦记着买房的事。"宋和初说，"还问要不要去你家拜访一下，你上次都来我家帮忙了，我说回头再说。"

"哦。"常岸闻言，犹豫了一下，还是说道，"那你愿意来吗？"

宋和初一愣："什么？"

常岸蹲下来与他平视："我妈确实提过想见见我朋友，但我没有和你说。"

"什么时候？"宋和初问。

"咱们刚刚和好的时候。"常岸说。

宋和初回忆了一下他之前的说辞，喷了一声："你不是跟我说暑假才跟家里人提你跟你死对头和好的事吗？"

常岸动作停了停，又流畅地改口："哦，是。"

宋和初眼瞅着他睁眼说瞎话，不禁笑道："你骗我啊，那你怎么不早告诉我？"

"我怕你压力大啊，我当时没忍住就告诉我妈了，那时候你又打工又应付宋东风的，说出来添堵。"常岸被人识破，说话也不是那样有底气了。

"那是得找时间去见个面了。"宋和初说。

他们本以为这个"找时间"起码要等两三年,最早也要等考研结果出来后,没想到寒假里就得了个机会。说来也就是一拍脑门做的决定,在笔试成绩公布后,他们决定短暂地见一面,庆祝钱原魔鬼训练营的阶段性胜利。

高铁车程大约三个小时,趁着开年形势好,宋和初简单收拾了行李,订了最早的一张票出发。

他们没打算待多久,毕竟还需要准备紧跟着的复试,只是没想到常岸妈妈听说了他要过来,打算把人接到家里吃一顿饭。

宋和初出高铁站出了一个小时,又要做检查又要排大队,等到找到等在外面的常岸时,两个人都早已饥肠辘辘。

"你妈也邀请得太突然了。"宋和初叹了口气,"我什么都没准备。"

"不用准备,"常岸接过行李,"直接过去吗?吃完以后这几天咱们都可以一起玩。"

宋和初推了推他:"不要在这么密集客流量的地方密切接触。"

常岸带他顺着高铁站外的停车道走着,在一辆黑车前站定,按开后备箱,又替他拉开了门。宋和初向驾驶座上看了看,司机戴着一副墨镜。

"这是你家的司机?"宋和初下意识问道。

"我家哪有司机,这是我叫的网约车。"常岸说。

宋和初笑着说:"哦。"

在学校里他们总是待在一起,久而久之他便只记得常岸那副摇尾巴的样子,时隔一个多月没见,这才能够让他留意到常岸身上的气质。与他们还没有熟起来时一样,举手投足都带着一股高贵的耍帅气息。

也不全是耍帅,常岸做什么似乎都很游刃有余,拉个车门都好像在拉自家的昂贵跑车。

"叔叔阿姨喜欢什么吗?"宋和初系好安全带,"还是要带点东西的。"

常岸思考着:"没什么喜欢的,也不缺什么,你要是想带,一会儿去楼下买点坚果吧,他们最近在吃坚果养生。"

"楼下？"宋和初挑起眉毛。

"有坚果礼包。"常岸看着他，"太贵他们也不会要的。"

宋和初最终听取了常岸的建议，这坚果礼包比他想象中包装的更华丽，看起来就像是要买去送人的。常岸家也与他所料想不太一样，普通的小区、普通的单元楼，因为家在顶层而带了个装杂物的小阁楼，其余没什么特别的。

他站在门口就听到了屋里的炒菜声，被室外冰冷空气冻住的紧张感在此刻才冒头，宋和初摸了摸随着心跳震动的胸膛。

常岸从口袋里掏出一把钥匙："我开门了？"

"等等，我还没有准备好——"

他话音未落，面前的大门却从里面打开了。宋和初心底一跳，条件反射般退了半步。

但门后的人没有给他反应时间，开门的是个男人，宋和初一眼就看出这人是常岸的爸爸，鼻梁骨长得一模一样。

"回来了？"常父长得凶巴巴，说话倒是带着笑意，侧身让了让，"怎么没敲门？"

他用的是"回来了"而不是"来了"，让宋和初一时没明白这话是对他说的还是对常岸说的，但是常父的目光一直停留在他身上，让他浑身有些不自在，挤出一个不甚自然的笑："叔叔好。"

"小宋。"常父说完，对着旁边的屋子里说道，"都来了！"

这一声喊把厨房里的常母叫了出来，常母手里还握着把铲，见到他们笑着："怎么才到，进来吧，一会儿开饭，小宋来了啊，我是常岸妈妈。"

常父这时候才想起来自我介绍，跟着说了一句："我是常岸爸爸。"

一个客厅里站着四个面面相觑的人，宋和初对着两个长辈没能言语出声，只是僵硬地笑："叔叔好，阿姨好。"

仿佛复读机。

厨房里不知什么炸了一下，噼里啪啦地响，常母急匆匆地又折回去："你俩先洗手，把东西放下……当自己家。"

宋和初换了双拖鞋，悄悄碰了碰常岸。常岸跟在他身后走进卫间,没能憋住笑:"不要紧张。"

"我看见他俩就好紧张。"宋和初小声说,"一会儿吃饭要聊什么?"

"不知道,也就聊聊家常,毕竟第一次见。"常岸甩干手上的水珠要走,被宋和初拦下来。

"等会儿再出去,我平复一下。"宋和初说。

常岸从镜子里看着他:"那要不要去摸看看?它这几天在我家。"

"可以。"宋和初有气无力地说,"但还是紧张。"

"一会儿就不紧张了。"常岸摸摸他的脑袋。

常父正坐在客厅沙发上看手机,见到他们出来,坐直了身子招手。看看就蜷在茶几腿旁边,见到有人走过来,懒洋洋地翻个身走远。

"看看不怕人呢。"常父把小猫抱走。

常岸坐到一旁:"他俩见过了,老熟人,看看不怕。"

"见过啊?"常父把桌上的茶杯推过去。

"嗯。"宋和初点头。

他走进这个家门后接受到的都是善意和友好,这让宋和初紧绷的脊背慢慢放松下来,卡顿的大脑这才运转,想着要接些什么话好。

不过常父已经先一步挑起话头:"复试什么时候开始?"

"下个月。"宋和初说,"在线上进行。"

"挺好的。"常父的姿态也很随意,靠在沙发背上,"常岸这孩子,难得这么上进一次,挺好的。"

常岸笑了笑没有说话。

常母在厨房里喊道:"来端菜吧!"

宋和初立刻站了起来。

常父摆摆手:"一起去吧。"

宋和初动作幅度微小地扯扯常岸的袖子,把人给拽了起来,看起来是不想和任何一个长辈独处。

"好吧。"常岸第一次见这样紧张的宋和初,从始至终都忍着笑,"那一起。"

途经玄关处,他侧头低声问道:"这么紧张啊。"

"没有,就是有点措手不及。"宋和初回头看向客厅里,常父怀里搂着看看,按开了电视机的开关。

"我家氛围很轻松的。"常岸笑着说。

厨房里菜肴的香味飘出来,除夕夜已经过去了不少天,宋和初却有种错觉,自己在过一个热闹的年,有温暖的屋子、温暖的家、要好的朋友和小猫。

他慢慢笑起来:"我知道,我也很喜欢。"

一个跨年日常

一年的最后一天,温度居然有几分回暖,实在是怪。

宋和初的工位靠着窗,午后的阳光照进屋里,烘得整间办公室都暖洋洋的,他穿着毛衣还有些热。

明天便是元旦假期,办公室里大部分人都蠢蠢欲动,宋和初手头的工作按平时是要加班的,但为了赶在第一时间打卡下班,他把效率翻了好几倍,硬是赶在时间节点前完成,分针指向十二时,他把邮件准时发送了出去。

冬天日落太早,他收拾好东西走出写字楼,天色已经暗淡下来,只有遥远的地平线附近还有深黄色的光亮,正缓缓沉下去。

身后栋栋高楼亮起万家灯火,路灯沿着车道蜿蜒,红色尾灯连至远方。

天黑了,城市亮了,似乎在这一刻才真正有了"跨年夜"的感觉,大楼外壁的LED屏上播放着新年广告,宋和初一边系围巾一边向外走。

他和常岸两人毕业后就一起找了工作搭伙租了个房,今年工作忙,两人不约而同地没有选择回家,而是打算在这里一起过个年。常岸说今天要来接他下班,不过看样子没有找到车位。宋和初在停车场附近转了转，最后掏出手机给他打电话。

电话还没有拨出去，身后传来一阵鸣笛声，他转过头，看见一辆亮着大灯的车直奔他而来。他下意识退后几步，这猖狂的车就停在他面前，只见车窗落下来，常岸搭着胳膊探出头，对他笑了笑。

宋和初眯起眼睛，他站在明亮的车灯里，感觉这画面实在很像韩剧，最好这时候再飘几片雪，来个慢动作。

"你们这边也太堵了，我提前四十分钟出门还差点来晚。"常岸对他说。

宋和初走到副驾拉开车门："我说过了，这边最便捷的交通方式是坐地铁。"

"不行，今天得豪华一些。"常岸说。

宋和初一坐上车就闻到了一股草莓味，他转头看向后排，车座上摆着一个四四方方的盒子，logo是一家蛋糕店的。蛋糕旁边是一盒草莓，草莓旁边是一大袋菜，塑料袋上面冒出一截大葱。

"你去买菜了？"宋和初探身过去扒拉了一下。

"下午人少啊。"常岸单手转着方向盘，把车驶入公路上。

宋和初忍不住想笑："那我们今晚要做饭吗？"

"也可以点外卖。"常岸从后视镜中扫他一眼，"明天再出去玩吧，你今天上一天班不累吗？"

"累啊。"宋和初靠在椅背上，偏头看着车窗外。

有烟花声从天空中响起。先前禁燃管得很严，城区内就连年三十晚上都没有一丁点炮仗声，不过这几年就连宋和初自己也迷信起来，总想着在新年偷偷放点炮，赶赶邪气。

跨年夜对烟火管得松散，夜里爆竹声不减反增，倒是烘托起一些新年的氛围。

车堵得水泄不通，宋和初又转头去看后排的塑料袋，想捞些吃的东西。

他拿起那盒草莓。

常岸就像后脑勺长了眼，头也不回地说："没洗呢。"

宋和初把草莓放下："有没有能吃的？"

"饿了？那你把蛋糕吃了吧。"

这句话听起来莫名有些阴阳怪气的，但宋和初知道常岸的浪漫细胞总是一半活着一半死了，记着跨年夜买个蛋糕庆祝，但不在意蛋糕的归宿是不是被优雅地摆上餐桌点起蜡烛，他这话只是想单纯地表达"蛋糕是充饥之物"。

"我怕扣你车上。"宋和初说着有些想笑。

前方又是红灯，常岸把胳膊撑在一旁，手指点着额角，侧过脸看他："有一包酸砂糖。"

宋和初心满意足地把那包酸砂糖从一袋西红柿底下拿了出来。

他最近很爱吃酸砂糖，不知道算是犯了什么瘾，有时候坐在沙发上玩手机看电视，一会儿过去一袋子便见了底。有一次常岸看着垃圾桶里的包装袋，沉默了几秒钟后问他："你是把糖当饭吃吗？"

"没有吧。"宋和初敲着手机，懒得看他，"还是饭更好吃。"

驶下高架桥，最拥堵的路段终于过去，车子提速，赶在宋和初把酸砂糖吃完之前到了家。

楼底下有两人笑闹着骑着共享单车路过。宋和初把剩下半袋糖塞到口袋里，打开后排的门，一手抱起那一袋菜，一手提着蛋糕盒。

"像不像我们读大学的时候？"常岸跟在他身后，目光还追着那辆渐行渐远的单车。

"不像，你骑车带不动我。"宋和初一边上楼一边说。

常岸"啧"一声："后来能带动了，我只是平衡力差而已。"

晚饭还没有着落，常岸先把蛋糕盒子打开瞧了瞧，确认奶油没有被蹭得到处都是，才放回去。

"晚上吃什么？"宋和初换了一身居家常服，靠在料理台上翻着手机，"做个打卤面吃不吃？"

"吃。"常岸打开冰箱，把里面的菜码好，"吃肯德基吗？免外送费卡到今天就过期了。"

宋和初随口说："跨年还不吃点大鱼大肉。"

"那就点全家桶。"常岸笃定道。

大鱼大肉也是能做出来的，他们在厨房里忙活了半天，炖出了一盘红烧肉，宋和初在一旁下了一锅面条。他们也不知道为什么要做面条，但逢年过节来碗面都快成习俗了。

热气腾腾的饭菜端上桌，外卖刚好送到。常岸真的买了全家桶，看架势是把明天的早餐午餐都一起点了。

电视上播着跨年晚会，他们把蛋糕摆到正中间，窗外还有零星的烟花声。

"来切吧。"常岸把蛋糕刀递到宋和初手里，"要不要许个愿？"

"许什么愿？我每年的愿望都差不多。"宋和初抬眼看他，"你先许。"

"还没有想好，那一会儿再切吧。"常岸说着，从一旁的果盘里拿了一颗草莓，蘸上奶油，递给宋和初。

宋和初接过去，常岸凑近了些，将手中的纸巾递过去。宋和初笑起来，把卤料盖头浇在面条上，将碗推到常岸面前。

常岸不满于他落在饭碗里的目光，偏过头挤到他的眼前："怎么还急着先吃饭？"

"没有。"宋和初哭笑不得，"吃完再说，面坨了。"

常岸用筷子搅了搅，将面拌匀。电视上的晚会刚好到合唱的节目，是一首应景的欢快曲子。他笑着说："新年快乐。"

宋和初也说："新年快乐。"

又走过了一年，真好啊。

散落的日记碎片

DATE: 9月6日

××年9月6日,晴,大四

今天是社团招新,和初被陶灵拉去给他们社团撑场面了,我吃完饭去看了一眼,怎么有一群学弟学妹围着他啊!

宋和初把宣传单叠在一起当成扇子,都快扇出火星子了,也没感受到多少凉风。

数不清的遮阳棚围立在操场上,搭成一片热闹的集市,人流穿梭其中,远处的舞蹈社放着音乐,时不时有身穿奇装异服的人捧着一沓宣传单从面前走过。

宋和初眯着眼睛,看着几个男生从拐角处溜达过来。

"哇,这个是指尖陀螺吗?"

宋和初第一万次耐心解答:"这个是小号的罗盘。"

桌子上横陈着各种奇异志怪物件,八卦图、铜钱、山海经,大红色的横幅飘在棚顶,赫然写着"中国传统民俗社"。

学弟一脸恍然大悟:"教怎么找古墓吗?"

宋和初欲言又止，手里的手动风扇摇得更快："这个应该不教。"

另一个学弟又问："能算命吗？"

宋和初耷拉着手，懒洋洋地抬抬手指，指向不远处正风风火火给人推荐自己社团的陶灵："他会。"

两个学弟立刻兴冲冲地围了过去。

宋和初端起水杯慢悠悠地喝了一口，听到陶灵的声音传来："欢迎欢迎，我们社团又有趣又能学技能知识，寓教于乐，带大家学习中国古代民俗……算命？哈哈，那是非常深奥的一门学问，感兴趣的话先扫码进群吧……"

宋和初像个吉祥物一样坐在原地，摆着标志性微笑，又迎来了新一批围观的新生，再把他们指去找陶灵。

他感觉自己好像在进行一种新型的流水线作业。

明明这桌子后面坐了两三个人，新生们却偏偏都找他搭话，也不知道到底是不是因为他长得更像招财猫。

"……记得及时查看群里消息哦！我们下周见哦！"陶灵热情地挥着手里的羽扇，送别一个学妹。

他原地一转，举着手机在宋和初面前晃了几下，给他看收款成功的页面："社团费，五十块钱里有四十九块都是你的功劳！"

宋和初替学弟学妹们叹口气："你搞诈骗，到时候人家来了社团才发现我不在。"

"那时候他们就能发现这个社团自身的魅力了。"陶灵心满意足地说，"你只负责靠脸哄骗人家入门就行。"

正说着，又见两三个新生聚在桌前，饶有兴致地翻看着桌子上的书，问道："学长，请问社团活动多久开展一次呢？"

陶灵立刻潇洒一挥扇子："多数在周六，如果感兴趣的话可以扫码加群哦，我来给你们介绍一下我们的活动内容……"

宋和初忽视掉瞟过来的几道若有似无的视线，镇定地端着水杯转过头，看向其他地方。

一眼就看见了抱着胳膊靠在不远处的常岸。

常岸面色古怪，和他对视两秒，转眼扫向聚在他身边的学弟学妹们，盯了一会儿，又装作不在意地转回来。

宋和初没控制住勾起的嘴角，正要抬胳膊招呼他过来，就听到耳边有人问道："这个罗盘真有意思，能买吗，学长？"

新生是盯着他问的，他也不好意思让陶灵代为回答，便道："不卖的，加入社团免费赠送。"

他说完又侧过脸，果然看到常岸一脸揶揄。

这次不等他先开口，常岸已经迈开步子走了过来，到了桌前拿起罗盘，在掌中转了转："学长，能送我一个吗？"

旁边几人纷纷侧目，仿佛看到了来砸场子的。

宋和初毫不留情地拒绝："不给，你怎么过来了？"

常岸把手里提的咖啡放到他面前："过来看看你呗。"

说完他旁若无人地挤进桌子后，搬把椅子坐在宋和初身边，笑盈盈地看着其他人。

也许是他们两尊大佛并排坐着太引人注目，每每有人经过都会扭头看几眼。宋和初怎么看怎么觉得这一幕无比熟悉，他侧头瞥着跷腿仰头看天的常岸，终于回忆起来些不堪回首的往事。

大一入学军训的时候，他们也是这样站在一起，背挺得笔直，丢脸地供路人欣赏。

那时他们的矛盾还没有发展至后来那般针尖对麦芒，只是天然的气场不合使得两人出了宿舍就很少说话。偏偏他们身高差不多，在军训队伍中站了个相邻的位置，前后左右转的时候总能碰上视线。

对于宋和初来说，这段军训时光最灾难的部分就是挨着常岸站。原因无他，教官实在是太喜欢常岸了。

倒也能够理解，遇到这种个高身板好还长得不错的学生，特别是这个学生还很乐于表现，换成是谁都会对其青睐有加。

宋和初立在他旁边，总感觉自己被沾了一身优秀的滤镜，躲都躲不掉。

在短短的几天内，他连续三次和常岸一起被打包拎到最前面去当优秀案例示范给全体同学看。

他尴尬得满头是汗，和常岸一起站在方阵之前，余光看着教官在他们身边走来走去,"都和这两个同学学习一下"的话语简直余音绕梁。

在展示结束后的训练休息时间里,常岸终于主动和他说出了第一句话:"你不舒服吗?"

宋和初一时间没有反应过来:"嗯?"

常岸偏头看着他:"看你脸色不太好。"

"哦。"宋和初居然想不出来怎么接话,"可能是热的吧。"

尴尬的对话到此为止,两人都没有再生硬地接下去,而是不动声色地各自转开眼,在心中默默下定义:果然气场不合。

时间一晃三四年过去,宋和初偶尔路过操场时见到新生军训,都会刻意在人群里寻找一番,却再也没见过当初的教官了。

一阵凉风从身旁吹来,额前的发丝被吹起来,扫在脸上痒痒的。

宋和初回过神来,见到常岸不知从哪里拿出来一个小电风扇,举到他脸侧,功率比宣传单扇子大很多。

"不舒服吗?"常岸问。

和回忆里别无二致的问话让宋和初有一瞬的晃神:"嗯?"

"看你脸色不太好。"常岸一只手搭在桌子上,随意把玩着桌上的铜钱,另一只手把小风扇又向他面前送了送。

宋和初笑了起来,眼里带了些常岸难以看懂的情绪:"可能是热的吧。"

"现在呢?"常岸晃晃小电扇,"下午更热,再坐会儿跟我回去呗?"

宋和初笑着应下了。

这一问一答穿梭了三年时光,重复上映在同样的九月、同样的操场上,只不过这一次没有话毕相对无言的沉默,而是无比自然地牵扯出一段持续延伸向后的下文,漫漫无尽头。

×× 年 9 月 7 日,晴,研一

比开组会还折腾的就是饭局了,这个师兄酒量实在是太好了,每次和他吃饭都吃得迷迷糊糊,喊了常岸结束时候来接我,希望到时候我还能清醒地走下楼梯。

九月算是入了秋,气温却仍旧不见降低,夜晚依旧带着几分热,吹来的晚风也含着热意。

常岸等在餐厅门口,五分钟后就见到几道身影推门而出,还在热络地聊着什么。

几人一抬眼就看到了穿着黑衬衣黑裤子的常岸,站在餐厅灯牌下面,抬手对他们打了招呼。

师兄认得常岸,便推了推宋和初的肩膀:"来接你啦?"

"嗯?"宋和初眯起眼睛看他,看了半晌才笑了笑,"还真是。"

几人道了别,常岸带着稀里糊涂的宋和初上了出租车,向着学校外的出租屋而去。

"人菜瘾大。"常岸小声嘀咕着,"又喝了多少?"

"没多少,一瓶都不到。"宋和初伸出两根手指,"我特意把握了量。"

夜幕四合,车子沿着盏盏亮着黄澄澄的光的路灯,一路驶进了小区里。

常岸始终跟在宋和初的身后,唯恐他脚下一个不稳就从楼梯上栽倒,好在这次他走得很稳当,要不是能看到他正紧紧抓着楼梯扶手,常岸真要信了他把握了量的鬼话。

房门推开,还没打开灯就能感受到一团毛茸茸的东西拱在脚边,宋和初蹲在门口,两手捞起看看,抱在怀里摸起来。

一大一小两团蹲在面前,常岸忙不迭地把人往屋里推:"你俩进去再蹲,这楼道里的蚊子都跟进来了。"

宋和初不说话,看看"喵"了一声。

小猫晃晃白色的毛尾巴,仰起头蹭蹭宋和初的下巴。

宋和初在今年才全面克服对猫咪的恐惧,把看看接过来养了三天后全面沦为铲屎官的一员,摸小猫成了他的生活乐趣之一。

常岸拍拍他:"去洗个澡再抱,一身酒气。"

"好困。"宋和初原地没动,长叹口气,"好麻烦。"

"那你再蹲会儿,我先去洗。"常岸说。

宋和初目送他走进卫生间,才慢慢站起来,走到墙边挂着的日历旁。

日历下面的空白处写了两行字,他们已经习惯了每天时不时在这里写些话,慢慢变成了共同的日记。

——去和师兄吃饭,结束时候来接我,希望到时候我还能清醒地走下楼梯。

——知道了。

宋和初在后面补上后续:清醒的。

他想了想,又写:本来打算今天去超市采买,挪到明天吧。

"宋和初!"常岸忽然在浴室喊他。

"怎么了?"宋和初忙回答。

"没事了。"水声再次响起,把常岸的声音淹没在下面,"怕你晕在外面,被看看吃掉。"

宋和初低头看向蹲坐在一旁的看看,四目相对。

过了五分钟,宋和初才扬声问:"你刚才的意思是不是猫粮没了?"

常岸推开浴室门,裹着水汽走出来,笑道:"我是怕你直接睡过去……倒也是,猫粮确实快没了,本来今天说要去超市买的——你还挺清醒的?"

宋和初看着他,不知怎的只觉得很好笑,酒精让他放弃了遮掩,直白地笑了起来。

每次和这个师兄吃饭都要小酌几杯,宋和初也并不抗拒,他有时候还挺享受微醺上头的感觉,直接、热烈,把弯弯绕绕的日常琐碎都变成简洁明了的快乐。

比如此时此刻——有点平淡的生活,很幸福。

××年6月15日,晴,研三

又毕业了,感觉上一次拍毕业照还是在昨天,可惜拍照时站在身边的人不一样了,学校风景也不一样了。不知道老朋友们现在过得怎么样。

"往左挪一挪,对,三、二、一——笑一笑!"

宋和初笑得脸都有点僵,靠在教授身边,怀里捧着一束花。

这花是常岸送他的,下午集合时常岸把花塞给他,他也正抱着一束同一家店同一款式的花束,正要送给常岸。

也说不上巧,这家花店就开在他们的出租屋楼下,每天出入都能看到店门口挂的小牌子,牌子上通常写着"今日宜赠××花"。

轮番和教授合影后,又要和同门们挨个拍,等全都拍过一遍后,一个多小时一眨眼就过去了。

宋和初终于得空给常岸发微信:我结束了,快来快来。

"你们本科也是同学?"摄影师摆弄着手里的相机,靠在一旁问道。

"是啊。"宋和初一抬头就见到远处一道奔跑的身影,眼里多了些笑意,"是室友。"

"那读研又在一个学校,相互有个照应,还挺好。"摄影师顺着他的目光看去,见到来人是个挂着清爽笑容的男生。

常岸穿着学位服,手里拿着一束花,头发难得梳得一丝不苟,奔跑过后额角渗出一丝薄汗,阳光洒落在他身上,映得眼睛亮晶晶。

他站到宋和初的身边,掸了掸衣摆,随后站直身子:"好了,来吧。"

他们站在图书馆的阶梯前,取景框刚好能把两人和背景校徽框到一起,摄影师向后挪了挪,挑选了一个合适的角度:"真好看啊。"

一个五官锐利、棱角分明,笑起来却张扬;一个眉眼温和,微微笑着像暖风般和煦。

快门按下,咔嚓一声定格,晴朗的天辽阔无垠,成为相片里湛蓝的背景幕布。

常岸低头看着脚下的阶梯,想起来本科毕业那天,他们也是在图书馆门前合的影。

那时候钱原和陶灵都站在前排,他和宋和初站在后面,四个人像拍了张全家福,全都笑得很灿烂,拍完还憋不住笑,打打闹闹地围着学校四处转。

如今只剩下两个人了。

"换个地方吧,"宋和初拉过他,"接下来先去湖边,然后去教室。"

常岸想起来这似乎是那时他们四个人一起拍摄时的顺序，从北往南，刚好能一圈拍完学校所有的打卡点。他侧眼看过来，宋和初却没有与他对视，只是望着前方一组组围在一起拍照的毕业生。其中不少人穿的是黑色的学士服，都是共同生活四年的本科生们。

"有点怀念。"宋和初低声说，"大学七年一下子都过去了，其实初中高中加起来也就六年，怎么感觉相比起来就那么漫长。"

常岸揽住他的肩膀，开玩笑似的说："可能因为没遇见我。"

他们沿着鹅卵石路走到湖边，宋和初听着这话，第一次意识到他们已经认识七年了。

以年为单位的友谊很难得，他也有至今维持联系的高中朋友，可终究不在同一个城市，大多数时候都只在网络上聊聊天，见一面都难得。

细细想来，他还真没有几个每日都能见到的多年好友，常岸只怕是唯一一个。

老妈从前和他说过，当朋友不难，当多年朋友也不难，能天天生活在一起还不掰的多年朋友才难得。

读研这几年他和常岸在校外合租了一套房子，托了本科四年的福，他们不用对彼此的生活习性进行痛苦的磨合，一面互相嫌弃一面互相照顾，竟然意外的合拍。

刚入住的时候网上流行 MBTI 人格测试，他们花费十多分钟答完了题，发现四个字母有三个字母都不一样，几乎是完全相反的性格特征。毕业前夕两人又测了一遍，本以为能把对方同化得七七八八，没想到该是什么还是什么，一个字母都没变。

常岸简直叹为观止，想不通他们到底是如何在同一屋檐下和谐相处的。

宋和初对此的态度是：他俩都能当成朋友，世界上还有什么是不可能的呢？

"看镜头——"摄影师蹲下来，"你俩一个看镜头一个看远处，营造一种朦胧的、不经意的氛围，你们自己找找感觉。"

两个人齐刷刷地看向镜头，然后又齐刷刷地看向远处。

"你看镜头。"宋和初用手肘碰碰常岸。

"不行,我右半张脸比全脸更好看。"常岸理直气壮。

宋和初哭笑不得地说:"那我看镜头,你下去一个台阶,我站后面没法越过你看。"

常岸脑补了一下画面:"那也太奇怪了,我站下去一点,咱俩脑袋就像糖葫芦一样。"

"你真会形容啊。"宋和初被这样的描述听笑了,转过头去看他。

"咔嚓——"

摄影师按下快门捕捉到这一刻,照片中的两个人看着对方的眼睛,脸上的笑真切又动人。

——比之前的每一张照片都更生动。无需刻意营造出氛围感,仿佛只要他们站在一起,青春就永远不会消逝。

××年10月9日,雨,实习中
和初今天生病了,退烧药吃了也不管用,烧得太高了,只好带他去输液,凌晨三点多打网约车去医院居然还有人接单,这真是个包容的城市……

"还哪里不舒服?"常岸一边把身份证装进口袋里一边穿外套。

宋和初叹了口气:"感觉耳朵里装了个空调外机。"

"耳鸣?"常岸连忙走过去,又摸摸他的额头,"走,去医院了,输个液退烧快。"

"打到车了?"宋和初说起话来慢吞吞的,看起来是烧得有些晕。

常岸拉起他,把雨伞塞到他手里,带着人走出门:"打到了,真离谱,这个点还有人接单,这年头赚钱不容易啊。"

宋和初看着雨伞,愣了一会儿才问:"外面下雨了?"

"是啊,"常岸笑了笑,"要么让你穿厚底鞋呢,别弄湿了。"

宋和初心道原来真下雨了,早就听见外面淅淅沥沥的,还以为是自己烧出幻听了。

他也说不清楚是怎么病起来的,一年到头来发不了一次烧,烧一次就差点下不去床,退烧药吃完两个小时就又烧起来,浑身冷得发抖,脑袋眼睛都像被人蒙住头揍了一顿一样钝痛。

他在半梦半醒间感受到了常岸用毛巾给他降温,带着冷意的毛巾叠在脑门上,他却睡着了,再一睁眼就看到常岸在甩体温计。

看常岸的表情就知道温度没降下来。宋和初翻了个身,热乎乎的枕头抱起来倒是很舒服。

不过没等他抱多久就被常岸拎了起来,被兜头套了件连帽衫,又被拎着胳膊把衣服穿整齐。

他四肢无力地被摆弄一会儿,才后知后觉:"出门吗?"

"去医院。"常岸说。

打到的网约车已经等在楼下,常岸打起伞,开门等宋和初坐进车里,才绕到另一侧坐进去。

雨势并不大,只是实在细密,雨珠在车窗上连成道道水痕,模糊了车外光景。

街道上空无一人,只有信号灯还闪着黄灯,在雨夜里迷蒙成光点。

"等我攒攒钱,第一件事就是买辆车。"常岸惆怅地叹息,"不然有什么应急事,连个交通工具都没有。"

宋和初被他提醒,摸向裤口袋:"我还没请假,明天是不是周五?"

他说完又停住:"这个点给人家发消息是不是不合适?"

"发吧。"常岸道,"明天早上就太晚了,这个点发也实在是很真实,他敢不批假?"

凌晨的发热门诊患者寥寥无几,大厅里只有值夜班的护士,正靠在一旁玩手机。

宋和初坐在病床上,思考起自己有多久没输过液了。

印象中上一次还是在高中……

听到门口有动静,常岸拿着报告单走进来,身后跟着推了输液车的护士。

护士简单讲了一下要输的药名,一堆话在宋和初的耳边转了一圈,又轻飘飘地飘远了,一句没入耳。

"躺好。"常岸拍一拍枕头,"不疼。"

宋和初听着他哄幼儿园小孩的话,把手伸了出去。

"困就睡会儿,我盯着呢。"

"睡不着。"宋和初按亮手机屏幕,盯着桌面看,又不知道做些什么,"有没有单手就能打的游戏?"

常岸思考了一会儿:"消消乐。"

宋和初闭上眼睛:"不想看色块,感觉眼睛要蹦出来了。"

"一般这种时候我都找一本小说,打开听书功能。"常岸说。

宋和初觉得这个建议非常不错,翻出一本恐怖小说,闭眼听起来。

没听十分钟他便沉沉睡过去,留下常岸一个人戴着一只耳机,吓得脸色苍白。

这故事又骇人又真实,偏偏还发生在凌晨的医院里,着重描写了幽深的长廊、冰冷的雨夜、诡异的护士、浓重又不知从何而起的血腥味,代入感过于强烈。

常岸挪挪椅子,坐得离病床更近一些。

药快要输完时,常岸咬着牙起身走出了病房,在门口站了两秒才走去大厅找护士。

等到宋和初悠悠转醒,第一眼看到的就是拽着他衣服不放的常岸。

"你怎么了?"他见常岸面色不对,轻声问。

常岸瞥一眼正在拔针的护士,又瞥一眼宋和初,咬牙切齿小声说:"你大半夜听恐怖小说,这什么兴趣爱好?"

宋和初才想起来他怕鬼:"我就感觉挺有氛围的,下次换相声听。"

两人走出医院时雨已经停了,天色仍未亮起,常岸却是松了口气:"终于出来了,这医院太可怕了,能值夜班的都太伟大了。"

宋和初终于不再头疼,虽然护士说输液后一到两个小时才起效,但他仍然觉得浑身上下舒服不少,不知是不是心理作用。

有常岸陪他一起来医院本身就很安心,虽然这个陪伴人在后半段被鬼故事吓得半死。

"走吧,回去熬点粥喝,填填肚子。"常岸恨不能立刻就回到家。

宋和初应了一声,忽然就想到读大学时的某个秋天,他智齿发炎拔了牙，好几天都只能喝粥。那时的常岸热衷于给他买各个食堂各个窗口的粥，争取每天口味都不重样，把校内喝过一遍后又去寻找学校附近的粥店。

他每天坐在宿舍里像开盲盒一样，在掀开盖子前永远猜不到粥会是什么味道的。

常岸就坐在一旁，托着下巴看他掀盖子，再一样一样介绍给他搭配的小菜。

似乎是很遥远的事了，又仿佛就在昨天。

这些隔夜就淡忘，隔了好几年却又能把每个细节翻出来嚼一遍的小事，零零散散地拼凑成了全部的大学时光，又在如今的生活里挨个重演，组成了眼下的日子。

好像有什么变了，又好像什么都没变，日历仍在一天天地翻，相似的故事仍在一日日地发生，日历下面的日记却总有说不尽的话，从来没有中断。

××年9月20日，晴，工作中

负责的第一个项目成功落地了，吃了庆功宴，好开心，准备国庆节带上常岸去旅游，虽然还没有选定目的地，但先把行程排上。

和组员的聚餐到了晚上九点多才结束，这是宋和初任组长负责的第一个项目，完成得比预想中还要顺利，成就感连带着奖金一起砸过来，全组都开心得很。

刚入职时人事问他，工作能够给他带来满足感吗？宋和初心说：能带来钱就能让他满足，没有钱一切都白搭。

如今他居然真的从工作里收获了满足，感觉很奇妙，准备项目过程中熬的夜、掉的头发、改的方案全部被掀翻下桌，只剩下了心满意足的快乐。

常岸并没有开车,而是骑着摩托来接的他,正一条腿撑地,两手搭在车上,停在路边等他过来。

"今天怎么骑你的宝贝车来了?"宋和初接过头盔扣在脑袋上,看着他露在外面的一双眼睛。

那双眼睛弯了弯:"今天你开心,带你兜兜风,去不去?"

宋和初怔了一下,下意识抬腕看表:"现在吗?"

"明天周末嘛,又不用上班。"常岸的笑声闷闷的,"总是循规蹈矩地过日子多没意思,晚上兜风才爽快。"

他的话里带着洒脱和恣意,宋和初喜欢这样的感觉,便不再犹豫,跨上车:"走吧,我们去哪里?"

"江边。"常岸发动车子,引擎轰隆隆低响几声,宋和初只觉风从头盔两侧划过,紧接着便是明显的提速,风声呼啸,他不得不紧紧抓住常岸。

两侧风景飞速倒退,车子沿街而去,游刃有余地避开自行车和行人,很快便驶入沿江路。

风鼓起衣衫,像是能把全部烦恼和愁思都吹到天边,波光粼粼的江面就在身旁,与他们一同奔赴向前。

"去哪里?"宋和初扬声问道。

"不去哪里。"常岸也高声回答他,"随便走走嘛,享受一下自由的感觉。"

享受自由的感觉。

宋和初想张开双臂,又怕跌落下去,只好仰起头闭上眼,脚下仿佛腾空,随风飞着。

不需要一个切实的目的地,不以到达某处为目标,只是这样漫无目的地、轻松自在地飞。

行道树的残影道道闪过,路灯连成线,他们的速度比江水更快,光、水、树全都追不上他们。

"喜不喜欢——"常岸问道。

宋和初说:"喜欢——"

九点多的江边仍有不少闲逛的人,他们从无数看不清的身影旁路过,短暂地与形形色色的人擦肩,宋和初恍惚间感觉世界按下慢速键,独独他们脱离了地心引力,向着专属于他们自己的世界冲去。

这座城很大,宋和初很少顺江去往更远处,大多数时候他只是坐着地铁,在城市的地下穿梭。

常岸没有减速,两侧高楼渐渐变得稀疏,车子在一个路口拐离江岸,向着另一个方向而去,宋和初依稀记得这是出城的方向。

"心情不好的时候我就来这里。"常岸说,"城外是景区山,这条路走的是环山路,往西去到山腰的缓坡,能俯瞰半个城。"

"我从来没来过这里。"宋和初饶有兴趣地四下看着,虽然什么都看不太清,却仍是兴致勃勃。

常岸笑道:"这个时间最漂亮了,城市灯火通明,晚一点居民区要暗了。"

骑着摩托车去郊外,这似乎变成了常岸的某个爱好,每到一个新城市便要去看一看,像集邮一样。

宋和初记得在读研时,常岸很喜欢晚上骑车带他出去兜风。

有时候是压着速度在城市里转,骑到某条小吃街就停下来,一起吃一顿夜宵,有时候会一直骑到郊外去。

读研的城市在东部平原,土地平坦没有山,没办法找到足够高的地方欣赏城市夜景,他便在郊区里看风景,看没有光污染的星空。

宋和初原先对兜风没什么执念,后来便越来越能理解常岸的想法。

——非常痛快,可以什么都不想,什么都不做,只是享受着在风里的感觉。

"就在前面!"常岸说,"坐稳,有个小土坑!"

宋和初应声:"哦——哎呀!"

这小土坑威力不弱,颠得人七荤八素,驶过去后宋和初转头看去,却只是个小小的坑洼。

车子缓缓减速,停靠在一棵大树下。

大树立在道路边缘,路下是一道缓坡,坡下树影婆娑,影影绰绰地笼成一片。

树影之下是灯火辉煌的城市夜景,也许是所在之处仍不够高的缘故,城市瞧起来竟一望无际,绵延向远方,一条江横贯城市,蜿蜒而下。

"其实每个城市的夜景都大同小异。"常岸找了块大石头坐下,静静看着,"但每个城市里面的人都不一样,不一样的人又有不一样的故事,这样想的话,还是挺有趣的。"

"我们就是在这里闯出小天地的,真了不起。"

宋和初听他说完,也坐到了石头上。

郊区的晚风更清凉些,吹拂在面颊上轻柔舒爽。

他忽然想起来前两年两个人吵架时候的事情。

他已经不记得是为什么吵架,也不记得吵了些什么。他们并不常吵架,那一次算是难得地动了真气。

下了班还要吵架属实是非常糟心的事,最后以宋和初钻进卧室、常岸出门收场,留下一个还弥散着火药味的空荡荡的客厅。

宋和初仰面躺在床上,想他们确实都需要冷静一下。

这一躺就是两个小时,身心俱疲让他不想再动一根手指,再看表时已是晚上十一点,他仍然没有听到开门声。

常岸还没有回来。

他烦躁地皱皱眉,把手机丢回床上。

其实他已经不生气了,这场矛盾里他们两人都有错,他自己也该道歉,他心里清楚,只是刚刚吵架上头,两人都有些冲动。

但摔门就走一去不返是什么意思?这房租还摊不摊了?

又躺了十分钟,他终于举起手机,点开了常岸的聊天框。

"哪去了?"

他敲出来三个字,没等发送,就看到窗口显示对方正在输入中。

宋和初顿了顿,心情扬上来一些,停手等待对方的消息。

也不知是不是常岸同样看到了他正在输入,竟也停了下来。

半晌没等来消息,输入中的状态也消失不见。宋和初把三个字删掉,想换一句话问问,正斟酌间又见到对方重新开始了输入。

他有些想笑,像能够穿透屏幕看到同样正捧着手机试探的常岸。

几分钟后,他收到了一张照片。照片上是一个小吃摊。

常岸问:吃不吃?

一直积压在胸口的不快顿时烟消云散，宋和初直接一个电话拨了过去，响了两声才被接起。

接起后没有人说话，只隐约能听到对面嘈杂的马路的声音。

最后是常岸先装作若无其事地问："喂？"

"跑哪去了？"宋和初问。

"出来转转。"常岸停了一下，"吃夜宵吗？"

宋和初揉了揉眼睛，有些好笑地说："吃。"

"哦。"常岸说完却没挂，等了几秒才说，"你要来吗？"

"嗯？"

"出来吃夜宵。"常岸说。

宋和初只觉离谱，但又隐含着一股冲动，他心里想着怎么会有人快十一点了还跑出去吃东西，却已经爬下床翻起了衣服："……定位发我。"

宋和初细细想来，这些年做过的难以置信的事情，大部分都与常岸有关。

等到他和站在小吃街旁的常岸面面相觑时，两人这才感受到一丝尴尬。

他们心照不宣地谁也没先提起吵架的事，挤在人群中买了点吃的，寻到一张小桌子坐下后，常岸才含含糊糊地开口："不该吵架。"

他说得囫囵，像嘴里含了块糖，但宋和初还是听得很清楚。

他扯开塑料袋，把买好的食物拿出来："我也有错，不该吵架。但你怎么说跑就跑了？"

"我……"常岸余光瞄向停在街口的摩托车，"去骑了会儿车。对不起，下次带你……一起骑。"

他说完自己都觉得好笑，没忍住笑了一声。

回到出租屋已经快午夜，两人带着一身烟火气推开房门时，客厅里的火药味早已散尽。

……

原来已经过去了这么久。

宋和初收敛心神，目光重又落回眼前的风景，大石头硌得尾椎骨有点疼,他站起身,向下望着城市的夜色,不自觉便心旷神怡。

常岸伸展着两条长腿,手里捻着一片掉落在石头上的树叶,喟叹一声:"舒坦。"

两人都没有再说话,并肩一起,放空心思,任思绪随风飘向远处。

恍惚间像回到了当年,学校把他们送去校外公寓的那段独处的时间,他们也曾这样安静而默契地坐在落地窗前,看着邈远夜空,在夜半闲聊几句过往,一步步从相反处走到一起,从冤家变成朋友。

那是他们的起点,画面仿若重叠,一路多少年,他们全都没变。

- 全文完 -

日记到这里就停笔了,
但他们的故事,
仍未完待续……

图书出版编目（CIP）数据

宿舍关系处理指南 / 不执灯著. -- 武汉：长江出版社，2024.8. -- ISBN 978-7-5492-9532-6

Ⅰ. I247.5

中国国家版本馆CIP数据核字第2024AC1729号

宿舍关系处理指南 / 不执灯 著
SUSHE GUANXI CHULI ZHINAN

出　　版	长江出版社
	（武汉市解放大道1863号 邮政编码：430010）
策　　划	木本文学
市场发行	长江出版社发行部
网　　址	http://www.cjpress.cn
责任编辑	钟一丹
特约编辑	阿　岁　路　鸣　琥珀菌
封面设计	唐小迪
封面绘制	峥　峥
插图绘制	核桃米娜
印　　刷	北京美图印务有限公司
版　　次	2024年8月第1次
印　　次	2024年8月第1次印刷
开　　本	880mm×1230mm 1/32
印　　张	9.75
字　　数	216千字
书　　号	ISBN 978-7-5492-9532-6
定　　价	45.00元

版权所有，侵权必究。如有质量问题，请与本社联系退换。
电话：027-82926557（总编室）027-82926806（市场营销部）